Une si douce folie

Tome 1 : Turbulences

Val Loglia

UNE SI DOUCE FOLIE

Tome 1 :

TURBULENCES

Val Loglia

www.soromance.com

Je suis le maître de mon destin
Je suis le capitaine de mon âme

Invictus (William Ernest Henley)

Prologue

— Attention m'man !

— Oh petit coquin, tu vas voir, moi aussi je vais t'arroser !

Une course poursuite entre Sacha et moi commence sur la plage, tous les deux armés de pistolets à eau. Bien évidemment, du haut de ses neuf ans, mon fils remporte le duel et je me retrouve complètement trempée en moins de temps qu'il n'en faut pour le dire. Les cheveux dégoulinants, je le regarde rire et mon cœur de maman fond. Je me tourne vers mes deux filles jouant aux cartes sous le parasol et mon mari plongé dans un magazine sportif, casquette vissée sur la tête. Ces vacances nous font un bien fou. Nous retrouver tous les cinq sans les contraintes de la routine quotidienne est un véritable bonheur. Je les aime tellement.

Là sur cette plage, ma vie est en pause quelques secondes. C'est une chance d'avoir une si jolie famille unie, sereine et en bonne santé. Je remercie le ciel même si je ne suis pas croyante. Tant de couples se déchirent lorsque les années avalent le temps et laissent les critiques et les rancœurs prendre le pas sur la passion.

Mes yeux se posent un instant sur Gabriel, mon époux.

Seize ans de mariage et très peu de moments de discorde. Un petit frisson me parcourt l'échine quand je repense à la soirée d'hier. Nous n'avions pas eu de moment d'intimité aussi intense depuis si longtemps. Le repos semble l'inspirer, le booster. Je n'avais pas pris autant de plaisir dans le lit conjugal depuis des lustres. Gab semble ressentir mon regard insistant sur lui ; il lève les yeux vers moi. Ses lèvres s'étirent dans un sourire et il m'adresse un petit signe de la main.

Je suis vraiment persuadée que cette semaine de congés va nous permettre de repartir dans de bonnes conditions car depuis quelques mois je trouve que l'on s'éloigne l'un de l'autre, que les bons moments ensemble se font de plus en plus rares.

Chapitre 1
Une famille formidable

Six heures dix. Je m'étire comme un chat. La sonnerie du réveil annonce que les vacances sont bel et bien terminées. Déjà réveillée depuis un moment, je traîne un peu, la reprise du boulot est toujours un peu stressante au retour de vacances. Assise sur le bord du lit, je passe la main dans mes cheveux emmêlés par une nuit agitée. Terminées les grasses matinées ! Je soupire, bâille, et me décide enfin à me lever.

Les premiers rayons de soleil tentent déjà de s'immiscer à travers les volets. Une belle journée d'été, limite caniculaire, s'annonce. Arrivée dans la cuisine j'ouvre la fenêtre, souris en entendant gazouiller les petits oiseaux dans le jardin. Un magnifique ciel d'un bleu azur sans nuages s'offre à moi. L'air frais matinal pénètre dans la pièce. J'allume la radio, prépare mon petit-déjeuner que j'avale rapidement avant de me glisser sous une douche tiède qui termine de me réveiller complètement. Le reflet du miroir me renvoie l'image d'une presque quarantenaire à la peau joliment dorée par les journées à lézarder au soleil. Le teint hâlé fait ressortir mes yeux verts. Je coiffe et noue mes longs cheveux châtains en une queue-de-cheval haute, afin que le peu d'air frais glisse sur mon cou. Une légère touche de maquillage, un peu de rose sur les lèvres et je suis prête. L'image rendue par la glace me satisfait.

C'est fou comme le bronzage peut donner bonne mine sans avoir à forcer sur la magie des poudres et autres crèmes.

Dans la cuisine, le silence règne en maître, toute la famille dort encore. Gabriel a encore une semaine de congés. Je grimace en songeant que je suis la seule à aller bosser ce matin. Comme je les envie de pouvoir flemmarder ! Dans une quinzaine de jours, les enfants reprendront le chemin de l'école.

Du haut de ses neuf ans, Sacha, notre garçon, ne peut pas rester seul, tout au moins c'est notre point de vue. De ce fait, son père et moi aménageons notre planning de vacances afin d'assurer au mieux sa garde. Il est hors de questions de solliciter ses deux sœurs pour s'occuper de lui. À douze et quinze ans, Léna et Clara n'ont pas assez de temps avec leur planning d'ados bien trop chargés.

Le repas des vacanciers est prêt dans le réfrigérateur, mon encas de midi bien rangé dans mon sac isotherme. Je ferme délicatement la porte d'entrée pour ne pas réveiller ma petite famille.

J'inspire profondément, tandis que je m'installe dans ma voiture. Cette fois-ci, les congés sont réellement terminés. Je suis en avance, mais ce n'est pas grave. En ce jour de reprise, je préfère pouvoir prendre mon temps sans me stresser.

À Lyon, la circulation est fluide en août. J'arrive donc très tôt au cabinet. L'odeur de renfermé m'agresse les narines dès que j'ouvre la porte. Tout est encore éteint. Les bureaux sont restés fermés quinze jours. Étant arrivée la première, j'en subis les conséquences olfactives. Aération, ventilation, voilà mes premières occupations. Je suis secrétaire médicale pour plusieurs médecins spécialistes, au nombre de quatre : trois hommes et une femme. Cette dernière n'étant pas la plus sympathique du groupe, bien que d'une grande compétence, elle est assez froide et exigeante. Elle s'appelle Madame Shek, mais mon cerveau l'appelle « Shreck », car elle se montre très souvent tyrannique envers ma collègue et moi-même. Ce matin, seuls deux médecins, elle et le Docteur Becker, seront présents. Cet homme est tout son contraire : jeune, souriant, empathique. C'est un véritable plaisir de travailler pour lui. Trentenaire d'allure très actuelle – ce qui surprend souvent les patients quand ils le voient pour la première fois. Petit bonus : son physique agréable. Cela lui vaut un grand succès auprès de la clientèle féminine, qui papillonne des yeux à sa vue. Il en est conscient et nous en rions souvent ensemble.

Il est huit heures lorsque la porte du cabinet s'ouvre.

— Bonjour, Marylin, comment allez-vous ? Alors, ces vacances ?

Le teint bronzé, la mine reposée et paré de son éternel sourire, Adrien Becker est le premier médecin présent ce matin.

— Bonjour, Adrien, je suis heureuse de vous voir. C'était parfait, je vous remercie. Et les vôtres ?

Nous échangeons quelques minutes sur nos vacances. Nos rapports sont souvent très cordiaux, et il nous a demandé de l'appeler par son prénom lorsque nous discutons hors présence de patients.

Au secrétariat, Mandy me seconde depuis quelques années. À notre première rencontre, j'ai été légèrement effrayée par son look. À l'inverse de moi, elle est petite avec des cheveux noirs, une allure presque gothique. Mais au-delà de l'apparence se cache une jeune femme adorable et dynamique. Ensemble, nous abattons une quantité de travail impressionnante dans la bonne humeur. Nos horaires de travail sont décalés. C'est moi qui ouvre le plus souvent le cabinet tandis que Mandy, elle, commence plus tard et gère régulièrement la fermeture. Vingt-six ans, célibataire, elle sort souvent le soir, de ce fait elle adore profiter un peu plus de son lit le matin. Pour ma part, je préfère terminer plus tôt, ce qui me permet de m'occuper de ma famille en fin d'après-midi. Être maman de trois enfants demande un grand sens de l'organisation, du temps à leur consacrer afin de leur permettre d'aller et venir à leurs diverses occupations.

Mes enfants pratiquent tous des activités différentes. Sacha est un grand sportif, tout comme son père. Le rugby est leur passion commune. Comme si celle-ci ne suffisait pas, mon fils pratique également la natation et le vélo. C'est un insatiable du sport, jamais fatigué, toujours en mouvement. Léna, elle, plus intello que sportive, passe son temps le nez plongé dans un bouquin et s'avère être amoureuse des animaux. Je suis contrainte de modérer cette passion faute de quoi notre maison deviendrait une véritable arche de Noé. Les penchants de ma Clara sont pour la musique. Elle pratique le piano depuis de longues années et possède l'esprit baroudeur. Elle adorerait parcourir le monde. Par chance, nous gardons des relations encore bien fusionnelles pour l'instant malgré l'entrée dans l'adolescence. Pourvu que les années à venir ne nous volent pas cette complicité. Mon entourage me traite de « maman poule » mais moi je me considère plutôt comme une maman aimante et attentionnée. Enfin, je suis surtout une maman épuisée par ce tournis et ce mouvement incessant qui se répète à longueur de semaine. Mais en aucun cas je céderais ma place, je les aime tellement. Les voir heureux et insouciants suffit à mon bonheur.

La première journée de travail se déroule sans trop de problèmes. Cinq minutes avant que je parte, mon téléphone personnel sonne. N'ayant plus de patients dans mon bureau, je décroche.

— Maman, il faut que je sois à dix-huit heures chez Laurie ! Ne sois pas en retard, car papa m'a dit qu'il ne pourra pas m'emmener ce soir, il va rentrer tard de la salle de sport !

Ma fille et son égocentrisme adolescent ! Tout de suite dans le cœur du sujet sans même un bonjour.

— Bonjour, ma chérie, tu vas bien ?

— Oh, pardon m'man, bonjour. Tu vas être à l'heure, dis steupléééé ? minaude-t-elle en feignant l'urgence vitale.

— Mais oui, ne t'inquiètes pas, lui répliqué-je tout en éteignant mon ordinateur et en basculant la ligne téléphonique du bureau sur le répondeur, je pars dans cinq minutes !

La vie trépidante d'une adolescente nécessite des parents chauffeurs de taxi disponibles au doigt et à l'œil.

Je suis officiellement une maman au top, parvenant à déposer ma fille chérie cinq minutes avant l'heure de rendez-vous chez sa BFF, enfin sa *best friend* comme elles se nomment toutes les deux. Clara a réussi à négocier une nuit chez son amie. Je ne me fais pas trop de souci. Malgré son comportement souvent très impétueux, c'est une jeune fille sérieuse.

Une fois à la maison, ma mission taxi assurée, je m'active dans la cuisine dans l'élaboration du repas du soir. Le cliquetis d'un trousseau de clés derrière la porte m'annonce le retour de Gab.

— Salut ma chérie, me lance mon mari couvert de sueur en me déposant un baiser du bout des lèvres. Tu as passé une bonne journée ?

Sans attendre la réponse, le voilà déjà reparti en direction de la salle de bain. L'éplucheur à légumes en main, je hausse les épaules. Je réponds dans ma barbe en grommelant « oui merci, je vais bien et j'ai passé une bonne journée », car je sais que sa question n'était que pure politesse et qu'il n'en attendait aucune suite.

J'ai pris l'habitude de ne pas être le centre d'intérêt. Je m'en accommode car ma priorité est le bien-être de tous.

Parfois, j'aimerais quand même un peu plus de considération. Ou tout au moins qu'il fasse mine de s'intéresser à moi. Au début de notre relation, Gabriel se montrait attentif à mes désirs, sensible à mes envies. J'étais sa princesse. Puis les années passant, les enfants arrivés, la routine et la fatigue ont eu raison de la passion. Les petites attentions se font de plus en plus rares, voire inexistantes. Je n'ose exprimer mon ressenti, de peur de passer pour une exigeante. Pourtant, j'aurais tellement besoin d'être cajolée de temps en temps. Nous ne prenons pas assez d'instants rien que pour nous, je le regrette. Mais j'aime ma petite famille unie, je suis contente de savoir chacun d'eux serein.

Je suis la pièce maîtresse autour de laquelle notre vie s'articule : l'épouse, la mère, le maître d'hôtel, la servante, la cuisinière, la femme de ménage, le taxi, l'infirmière quand il faut soigner les petits bobos, la psychologue pour répondre aux soucis divers, la comptable qui gère la bourse des grands et des petits.

Bref, je suis « super maman » ! Poste en CDI 24h/24 ! Même Gab, parfois, m'appelle Maman, ce qui m'horripile !

Mon homme, cet ado attardé de quarante-et-un ans, qui se passionne pour le sport plus que de raison. Il gère un garage de réparations automobiles avec un associé. Dès que la journée se termine, il enfile son jogging. Entraîneur dans son club de rugby, il accumule les heures de bénévolat, pour son plus grand plaisir. Il passe plus de temps avec ses coéquipiers qu'avec sa famille. Souvent ces derniers temps, j'essaye de repousser ce sentiment insidieux et désagréable de solitude bien qu'en réalité je ne sois pas souvent seule. Tout ce petit monde gravite autour de moi, inconscient de l'énergie que je déploie pour pallier les éventuelles défaillances dans cette frénésie familiale.

Je me suis fait une raison et, ma foi, je m'en accoutume.

La semaine se passe, mon bronzage se ternit trop rapidement et les vacances semblent déjà loin. Pourtant, nous ne sommes que vendredi.

Lecture, transat, farniente. C'est le programme du week-end et j'adore ! Effectivement, je profite de ces deux jours de repos pour souffler un peu de cette semaine de reprise.

∞∞∞∞∞

Je n'aurais pas dû lire si tard encore une fois...
Voilà ma première pensée lorsque mon téléphone, au son d'une chanson du moment, m'extirpe d'un songe magnifique. J'adore la musique. Mais ma véritable passion est la lecture. Les romans d'amour de préférence. Grâce à eux, je m'évade, je m'envole vers des histoires tellement éloignées de ma vie. J'en rêve la nuit parfois, me retrouvant au bras du personnage principal de mon dernier livre,

à vivre une histoire d'amour hors norme. Je rougis en pensant aux rêveries érotiques qui en découlent. Cependant mes seules infidélités à mon mari se passent avec certains personnages masculins qui me font fantasmer.

J'avoue, ma vie manque un peu de piment. Mais je suis tellement éreintée par mes journées que je ne me donne pas forcément les moyens de privilégier mon couple. Tout n'est pas la faute de Gab.

« — Chérie, fais tes bagages, nous partons ce soir pour un séjour en amoureux ! »

Une phrase que je rêve d'entendre… mais qui reste au stade de fantasme. Jamais de week-ends coquins ni de petites attentions inhabituelles. Il faut admettre que, le pauvre, il travaille beaucoup, et le garage est une source de soucis importants. Depuis quelque temps, je le trouve très préoccupé par tout le côté administratif. Lui, habituellement d'une nature calme, posée, devient plutôt taciturne, agacé, voire même colérique parfois. Quand il rentre à la maison, il a besoin de se défouler. Et le sport reste sa plus grande maîtresse. Je ne vais pas m'en plaindre, au moins ce n'est pas une femme ! Je gère le quotidien. Mon cerveau épuisé n'a pas à fournir plus d'efforts que ce qu'on lui demande habituellement.

La dernière semaine avant la reprise scolaire arrive. L'effervescence se fait sentir au cabinet médical, on voit bien que les gens sont rentrés de vacances.

Je souffle, je transpire. La chaleur de ce mois d'août est lourde et étouffante. La climatisation nous sauve la vie dans le bureau, heureusement. Ce matin, j'ai enfilé ma jolie robe d'été. Cette petite merveille m'avait sauté aux yeux dans la boutique pendant les soldes de juillet. Sous le charme de ses fines bretelles, de son décolleté plongeant et son style bohème, j'ai craqué. Elle me hurlait « prends-moi ! » et je n'avais donc pas pu résister à son appel déchirant. Son prix dépassait bien évidemment le budget que je m'étais fixé ce jour-là. Mais c'est le seul plaisir que je me suis octroyé pendant ces soldes. Gabriel m'avait regardée d'un air étonné tant je n'ai pas pour habitude de m'acheter des vêtements hors de prix. Mais il a abdiqué tandis que je paradais devant lui avec l'objet du délit. Cette tenue épousait parfaitement mes formes qu'elle mettait largement en valeur. Je me souviens même de la petite danse sexy que j'avais offerte à mon homme, en jouant avec ma robe. Mes joues rosissent en repensant à la soirée crapuleuse qui s'ensuivit, canaille et agréable.

Ce lundi, la salle d'attente ne désemplit pas. Le téléphone sonne non-stop, pas évident de répondre aux appels tout en gérant les personnes présentes sur place. La porte d'Adrien s'ouvre soudain ; il me demande de venir dans son bureau.

— Pouvez-vous joindre notre cabinet d'avocats, Marylin, j'ai un souci à régler rapidement.

Son visage est tendu, des ridules sur le front trahissent son anxiété. Je m'inquiète, n'ayant pas l'habitude de le voir ainsi.

— Que se passe-t-il ? m'alarmé-je.

— Monsieur Pavier me cause des ennuis, j'ai besoin des services de l'avocat car il veut déposer une plainte contre moi.

Je blêmis. Monsieur Pavier ? Mais oui, c'est vrai, je me souviens que, vendredi, il s'est présenté en consultation, et la discussion m'avait semblé un peu houleuse. Le ton était monté dans le bureau d'Adrien, mais je n'ai pas pensé demander plus de renseignements ensuite.

— Il n'accepte pas que je refuse « ses cadeaux » afin que je le fasse passer en priorité sur la liste des attentes de greffes. Cet homme s'imagine que son argent lui octroie tous les droits ! reprend Adrien, furieux.

En effet, c'est un homme riche, très riche ! Mais si l'argent permet beaucoup de choses, il n'empêche pas de tomber malade. Malheureusement pour lui, ses reins lui causent beaucoup de soucis. L'idée de bientôt devoir être dialysé ne le réjouit pas du tout.

Je comprends, la dialyse est une très grosse contrainte. Voyageant régulièrement dans le monde entier, cette éventualité le perturbe. Chaque consultation, il apporte avec lui des présents, comme d'excellentes bouteilles de vin, et de menus objets de valeur tels qu'une montre de marque. Adrien m'a même avoué qu'il lui a proposé de voyager sur l'un de ses bateaux de luxe.

Notre adorable et honnête médecin s'est toujours empressé de tout refuser. Mettre très discrètement son cas en priorité absolue pour recevoir une greffe rénale est tout simplement impossible et bien évidemment illégal. Jusqu'à maintenant, nous considérions ces tentatives de soudoyer les autorités médicales comme des actes un peu rigolos. Mais l'histoire paraît prendre une nouvelle tournure beaucoup moins amusante.

— Il ne semble pas apprécier que je refuse systématiquement ses suggestions. Et il n'accepte surtout pas que son cas ne passe pas prioritaire. Il a décidé de nous faire un coup tordu en déposant une plainte contre moi pour des raisons qu'il a gardées un peu floues. Mais connaissant l'homme, ses grandes capacités financières et ses nombreuses relations, je me méfie. Vous vous rappelez, il a ressorti l'histoire du scanner que je lui avais prescrit, en me disant que cet examen avait précipité son altération rénale. Bref, même si je sais que je n'ai rien à me reprocher, je préfère prendre les devants en discutant de la situation avec un professionnel. Je sais que l'avocat qui travaille pour le cabinet vient de partir en retraite. Mais j'ai entendu parler de son remplaçant qui s'avère être très compétent, me dit Adrien, la mine renfrognée.

Sous le choc de l'annonce, je m'empresse de retourner à mon bureau. J'explique le souci à ma collègue. Avec sa spontanéité habituelle, elle gratifie ce cher monsieur de noms d'oiseaux tirés de son vocabulaire assez fleuri.

Je contacte aussitôt le cabinet d'avocats. La secrétaire me promet que Maître Leclerc viendra prendre connaissance du dossier ce vendredi dans l'après-midi. Parfait ! Le vendredi, les consultations ne se terminent pas tard.

Chapitre 2
La rencontre

C'est vendredi, il ne reste plus qu'un quart d'heure et à moi le week-end ! Les courriers, mails et comptes rendus sont à jour. Le dernier patient vient de sortir. Cela veut dire que dans quelques minutes, je peux rentrer chez moi !

Je l'ai mérité ce repos, après cette semaine chargée. Je me regarde dans mon miroir de poche. Il va falloir que je prenne plus soin de moi. Le soleil de cet été a bien desséché ma peau et un masque hydratant me ferait du bien. Je grimace en découvrant mes sourcils mal épilés ; c'est moche. Je déteste ne pas être impeccable niveau poils. Discrètement, je sors ma pince à épiler afin de rectifier le tir, cachée derrière mon ordi. Mandy glousse bêtement en me voyant faire tout en terminant de préparer les dossiers de la semaine prochaine. Comme d'ordinaire, elle finit un peu plus tard et s'occupe de la fermeture du cabinet. Nous avons nos tâches bien définies, mais nous n'hésitons pas à nous aider mutuellement en cas de besoin.

Je sursaute quand le tintement de l'ouverture de la porte du cabinet retentit. La pince m'échappe des mains pour aller se glisser sous le bureau.

C'est bien ma veine !

Je n'ai plus qu'à me mettre à quatre pattes pour tenter de la récupérer. Essoufflée, je ressors de dessous le bureau en pestant, les cheveux emmêlés et la pince dans les mains. Surprise, je me retrouve face à une personne qui me fixe d'un regard amusé. Tant bien que mal, je me redresse, essayant de mettre un peu de grâce dans mon mouvement. Mais c'est peine perdue. Mon teint doit être aussi pourpre que le rouge à lèvres de Mandy.

Je tente de reprendre contenance en voulant faire un trait d'humour pour expliquer la situation. Au moment où j'ouvre la bouche, mes yeux captent le regard de l'homme qui se tient devant moi et je reste sans voix, sidérée.

— Euh… Désolée monsieur, je… euh, excusez-moi, que puis-je faire pour vous ?

Réussir à sortir ces quelques mots me donne l'impression d'avoir terminé un long discours. Ma bouche est sèche, mon cœur fait un raté.

C'est incroyable, ce type est magnifique !

Je ne crois pas avoir déjà vu un homme aussi beau ailleurs que dans les magazines. Je ne peux décrocher mon regard de son visage et de ses yeux qui me fascinent. Ses iris sont de la couleur de l'or, aussi brillantes que des pépites. Des minuscules ridules ornent l'extrémité de l'œil. Son sourire, à la fois malicieux et taquin, étire sa bouche et lui donne un air juvénile alors qu'il paraît plutôt flirter avec la quarantaine.

— Bonjour, Adam Leclerc, avocat. Il semblerait qu'un des médecins du cabinet ait demandé à me rencontrer.

Oui, mince, j'ai zappé le rendez-vous avec l'avocat. Eh bien, nous n'avons pas perdu au change. Maître Berger était une personne adorable, mais il avait dépassé la soixantaine. Sa chemise tiraillait si dangereusement sur son ventre proéminent que les boutons risquaient de sauter à chaque respiration.

J'essaie de retrouver mes esprits, et surtout de ne pas laisser paraître mon trouble.

— Effectivement, Monsieur… euh Leclerc. Le docteur Becker vous attend, je vais vous annoncer. Je vous laisse patienter quelques secondes.

Mes mains semblent également échapper à mon contrôle, je n'arrive pas à composer la ligne directe avec Adrien du premier coup.

Allez, souffle Marylin, zen…

Je tente d'appliquer en urgence ma méthode de relaxation en cas de stress extrême.

Tout juste « Le Dieu de la beauté » disparu avec le médecin, je me laisse tomber sur ma chaise en poussant un très long soupir. Mandy explose de rire.

— Eh bien, chère collègue, tu me sembles toute chose devant ce… Comment le baptiser ? Ce dieu du sex-appeal ? ironise-t-elle en se ventilant comme si elle frôlait le malaise.

Et la voilà repartie de plus belle dans un fou rire sans retenue. Légèrement vexée, mais surtout amusée de la situation, mon rire l'accompagne soudain, relâchant d'un coup tout mon corps tendu telle la ficelle d'un string pendant ces quelques minutes.

— Non, mais tu as vu ça ? Ce mec a plus de testostérone à lui seul qu'une armée entière ! soufflé-je, encore sous le charme.

Je ferme les yeux. Grand, taillé dans le roc apparemment vu la largeur de ses épaules, mais une taille mince sous sa jolie veste de costume qui semble coûter aussi cher que mon thermomix.

Un visage légèrement anguleux qui s'harmonise avec un menton bien dessiné. Un rasage parfait qui fait ressortir sa peau claire. Canon, il n'y a pas d'autre mot !

Je m'imagine passer mon bras sur ses muscles afin d'en évaluer la fermeté. Mais je reste stupéfaite en repensant à son regard si hypnotique. Le scintillement de ses prunelles est venu frapper en plein mon cerveau et semble l'avoir fait complètement disjoncter.

Je secoue la tête pour me rafraîchir très vite la mémoire : je suis mariée et fidèle. C'est vrai, en seize ans de mariage, jamais une incartade ! Je n'en ai jamais ressenti le besoin ni l'envie. Je vis ma vie simplement, avec ces petits bonheurs qui suffisent à la rendre belle et attrayante. À aucun moment je n'ai jamais ambitionné de vivre une autre vie. Rencontrer un homme plein aux as et partir à la découverte du monde n'est pas mon fantasme. Non, j'ai des goûts simples et des besoins relativement à la portée de tous, sans grandes exigences.

Le temps d'un instant, mes bientôt trente-neuf ans ont disparu. Ils laissent place à la midinette de dix-huit ans qui tombait amoureuse de chaque prétendant qui m'approchait. J'ai oublié la sensation de papillons dans le ventre, le cœur qui bat de manière anarchique afin de montrer qu'il est le maître de la situation.

Qu'est-ce qui m'arrive, bon sang ?

Je continue de souffler en secouant la tête alors que Mandy pouffe encore me voyant batailler pour redevenir la Marylin mariée et repousser la Marylin nympho.

Seize heures quinze ! Zut, je devais partir tôt, car mon planning du soir est ultra serré. J'attrape mon sac dans mon vestiaire en n'oubliant pas mon téléphone qui ne me quitte jamais. J'embrasse ma collègue.

— Bon week-end, Mandy ! Sois sage, mais pas trop ! lui dis-je en ricanant, car je sais qu'elle a prévu de sortir samedi soir.

Alors que j'attends l'arrivée de l'ascenseur à notre étage, j'entends des pas qui résonnent derrière moi. Un raclement de gorge me confirme la présence imminente d'un futur coéquipier de voyage dans la petite cabine.

— Je suis terriblement désolé de vous avoir un peu effrayé tout à l'heure. Je vous prie de m'excuser. J'espère que vous ne m'en voulez pas. Et je tiens à vous dire que le Docteur Becker a une assistante vraiment charmante.

Mon corps frémit à ces mots.

Mon Dieu, cette voix... Punaise Marylin ressaisis-toi...

Je lutte pour ne pas faire une syncope. Mes mains tremblent, j'essaye de les canaliser en replaçant des mèches de cheveux derrière mes oreilles.

— Merci, Monsieur Leclerc, c'est un compliment qui me va droit au cœur.

Cette fois j'ai quand même réussi à ne pas bégayer ni mettre des « euh » dans ma phrase.

— Avez-vous pu recueillir toutes les informations nécessaires afin de défendre le Docteur Becker dans cette sale histoire ? osé-je lui demander afin de changer de sujet.

— Bien entendu. Je ne crois pas que votre médecin soit vraiment embêté et je vais rapidement mettre hors course ce monsieur Pavier. Il est malheureusement bien connu pour être procédurier. Mais je ne pense pas qu'il ait quoi que ce soit entre les mains pour porter préjudice au Docteur Becker.

Adam Leclerc ne me quitte pas du regard en me disant cela, attendant que je lui réponde.

— Merci, je l'espère sincèrement, car le Docteur Becker est quelqu'un de bien, de compétent. Cela serait catastrophique qu'il se retrouve avec des soucis à cause d'un homme qui pense que son argent peut tout acheter.

— Ne soyez pas inquiète, mademoiselle… Je n'ai pas eu connaissance de votre nom ?

L'avocat s'avance de quelques pas, son bras frôle involontairement ma peau. Je me tends tel un ressort. Maître Leclerc s'en rend sûrement compte, car ses sourcils forment un arc d'étonnement. Un sourire se dessine sur son visage.

Je me sens tellement stupide de réagir comme cela. Pourquoi mon corps me joue-t-il ces maudits tours aujourd'hui ? Moi qui suis la reine du « je gère » et bien là, je ne gère plus rien du tout.

— Marylin, je me prénomme Marylin.

— Enchanté Marylin, c'est un très joli prénom qui vous va à merveille, ajoute-t-il, simulant une révérence.

— Désolée, mais je ne suis plus une demoiselle, je suis mariée depuis de nombreuses années.

Je réponds en lui montrant mon alliance avec un air contrit. Immédiatement je m'en veux de lui avoir répondu cela.

Mais qu'est-ce que ça peut lui faire que je sois mariée ?

Une petite sonnerie indique l'arrivée de l'ascenseur.

À l'intérieur, une puissance électrique m'entoure. Son corps si proche du mien me perturbe. Je sens son parfum très masculin et léger à la fois. Je ferme les yeux afin de me délecter de l'odeur qu'il dégage, je hume le mâle qu'il représente. Cet effluve me rend complètement folle. Je ne comprends pas trop ce qui m'arrive et pourquoi cela m'arrive. Je tente un regard discret vers lui. Ses yeux sont posés sur moi, teintés d'une lueur étrange. Je me mets à fantasmer qu'ils brillent de désir pour moi. Nos prunelles se retrouvent pour un face-à-face. Ne sachant pas comment réagir, je baisse immédiatement la tête pour les diriger sur la pointe de mes chaussures, beaucoup moins difficile à observer. Je souffle doucement afin de faire redescendre la pression à l'intérieur de mon corps. J'imagine son air amusé et la satisfaction qu'il doit retirer en me voyant perdre mes moyens. Il y a longtemps que je n'avais pas perdu le contrôle de cette manière. Des picotements envahissent mon corps, du haut de la tête jusqu'à la pointe des orteils.

Un tintement indique que nous sommes arrivés au rez-de-chaussée. Il va falloir quitter ce lieu, à mon grand regret. J'ordonne à mes jambes d'avancer, mais elles sont figées sur place...

Adam Leclerc émet un petit bruit de gorge discret afin de m'inciter à sortir de l'ascenseur.

— Bien, Marylin, cela a été un plaisir de vous rencontrer, j'enverrai un mail au cabinet pour vous avertir de l'avancement de la situation, me déclare-t-il de sa voix grave et tellement sexy.

De quoi parle-t-il ? Quelle situation ?

Ah, mais oui suis-je bête, l'affaire pour laquelle Adrien l'a convoqué !

Le temps de quelques secondes, j'ai pensé qu'il parlait de moi, de lui, de nous quoi, de ces sensations quasi douloureuses tellement elles sont intenses.

Marylin, ma belle, arrête de te faire des films !

J'implore le peu de conscience qui me reste.

— D'accord, je reste à votre disposition si vous avez besoin de moi, enfin, pas de moi personnellement, mais de renseignements pour le dossier.

C'est reparti, je passe encore pour une simple d'esprit qui ne sait pas aligner trois mots sans hésiter dans sa phrase ou bégayer. Je me désole. Avant que je ne sorte une autre bêtise, je décide enfin de le saluer et mettre fin à cette discussion qui vire à l'humiliation. Il m'offre une poignée de main ferme et douce à la fois, me retient un instant et garde ses yeux dans les miens, comme ça, sans rien dire, juste avec un merveilleux sourire accroché à son visage.

Un peu gênée, je me dégage, esquisse deux trois pas en arrière. Je lui souris une dernière fois et me presse de m'éloigner de lui afin de reprendre enfin ma respiration. Au bout d'une vingtaine de mètres, je me retourne et vois sa silhouette entrer dans une luxueuse berline foncée.

Eh oui, il n'a pas le salaire d'une pauvre secrétaire médicale qui roule en Twingo lui...

Maintenant que je me trouve hors de son champ de vision, je peux me permettre de pousser un immense soupir. Complètement déstabilisée, je secoue la tête en me demandant si tout ce que j'ai ressenti est bien réel. Moi, Marylin, mariée depuis seize ans, vient de me comporter comme une midinette en chaleur devant une superbe créature masculine. Mon cerveau ayant décidé de fonctionner à nouveau, je repars en sens inverse, ma voiture étant en fait garée de l'autre côté.

Assise derrière mon volant, j'essaie de restructurer mes idées. Il faut que je reprenne le pouvoir sur mon corps et la capacité à me mouvoir correctement et intelligemment.

La réalité du quotidien me revient. Je ferais bien de m'activer, étant déjà très en retard sur le planning que j'avais prévu ! Et moi, le retard, je déteste cela !

Je cours dans les rayons du supermarché sous le regard médusé des clients poussant avec léthargie leur caddy. J'ordonne à mon cerveau d'oublier ce qui s'est passé depuis seize heures ce vendredi.

Chapitre 3
Trouble

— Maman, tu es en retard ! Mon cours de piano commence dans dix minutes ! rugit Clara à peine ai-je franchi la porte de la maison.

Ma fille me regarde étonnée et agacée à la fois, car je suis rarement en retard.

— Désolée ma chérie, j'ai eu un contretemps au boulot ! Allez, viens vite, on file à toute allure, je te promets que tu seras à l'heure !

Deux minutes plus tard, ma petite voiture sillonne déjà la route à une vitesse qui dépasse un peu le chiffre indiqué sur le panneau que l'on vient de croiser. Je dois faire le maximum afin que ma pianiste ne loupe pas le début du cours.

—17 h 29 ! Tu vois, nous ne sommes même pas en retard, annoncé-je d'une œillade, fière de moi.

Clara me lance un regard suspicieux en claquant la porte, se demandant quelle guêpe a piqué sa mère aujourd'hui. Je file aussitôt récupérer Lena chez une amie.

La soirée se passe pour moi dans un drôle de brouillard. Nous nous tenons tous les cinq à table à vingt heures. Mon corps est bel et bien au milieu des miens, mais les discussions animées comme à leurs habitudes ne parviennent pas à atteindre mon cerveau. Je les regarde, je leur souris, mais mes pensées sont tenues en captivité ailleurs.

— Maman, tu en penses quoi alors ? Maman ? m'interpelle Clara.

Cette petite phrase, énoncée sur le ton de l'interrogation agacée, me rappelle que je me trouve bien chez moi et que je n'ai pas du tout entendu ni écouté la question de ma fille.

— Désolée, ma puce, je n'ai pas entendu, tu peux répéter s'il te plaît ?

Je me sens penaude et essaie de regrouper mes neurones encore en état de fonctionnement.

— Mais maman, qu'est-ce que tu as aujourd'hui ? Tu es malade ? Je te trouve bizarre ! reprend Clara.

Mon visage s'empourpre.

— Je suis un peu fatiguée, j'ai eu une grosse semaine, désolée.

Ma réponse paraît lui convenir, même si je vois bien qu'elle passe le reste du repas à me jeter des petits regards discrets et soucieux. Je lutte pour que mon esprit ne s'envole pas à nouveau vers cet homme quasi inconnu.

Gabriel ne semble pas avoir ressenti mon détachement. Il ne relève pas la réflexion de notre fille, continuant à scruter du coin de l'œil la télévision, côté salon, qui diffuse un programme de sport. Je suis soulagée, même si au fond de moi cette indifférence me provoque un pincement au cœur.

Pourquoi cet avocat a-t-il déclenché un tel tsunami d'émotions en moi ? Que je le trouve beau et sexy est un fait, mais qu'il prenne possession de mes pensées me perturbe. Tout un tas d'émotions bizarres m'envahit depuis cette rencontre. Comme s'il avait réveillé quelque chose d'endormi depuis des années.

Allongée dans mon lit, je tourne le dos à Gab et garde les yeux fermés afin de lui faire penser que je dors.

Le déroulement de cette fin de journée me revient en images et en sensations. Je revois son visage, son corps, je retrouve son parfum, je ressens ce petit crépitement dans le ventre à la fois lancinant et délicieux. Je repense à mon comportement qui ne me ressemble pas. Il a vraiment dû me trouver gourde et empotée. Je soupire.

— Lynette, ça va ? me demande soudain mon mari.

Gab, qui est en train de regarder des infos sportives sur son téléphone, se penche sur moi. Lynette est le petit surnom qu'il me donne souvent lorsque nous sommes seuls. J'émets un son inintelligible, essayant de lui faire croire que je suis dans un rêve. Je me fige, silencieuse. Après quelques secondes, il retourne à son occupation sans me poser plus de questions.

Mon mari est un homme bon et gentil. Je l'aime comme il est, avec ses défauts et ses qualités. Nous avons une relation solide et sereine. La passion a animé nos premiers mois d'amour puis notre vie a pris un rythme plus tranquille. Nous nous faisons confiance et nous nous connaissons presque par cœur, enfin je crois. Nous vivons simplement, sans grandes ambitions, juste en essayant de rendre heureux les moments que nous passons tous ensemble. Nous avons eu trois enfants aux moments où nous les avons désirés. Depuis nous sommes des parents comblés. Quant à notre couple…

Sur le plan amoureux, on ne va pas dire que c'est le feu d'artifice à chaque fois que l'on fait l'amour. Mais ça reste très souvent des moments tendres et agréables. Il est un bon amant. Enfin, là encore, je crois. Je n'ai pas la possibilité de faire de grosses comparaisons ! Je n'ai eu qu'une seule expérience sexuelle avant lui : un petit ami un peu plus entreprenant que les autres qui avait fini par me convaincre de coucher avec lui. Avec beaucoup d'insistance et de demandes répétées, il me couvrait de mots doux, de poèmes, de petits cadeaux. Je me croyais unique, mais j'avais vite mis un terme à cette histoire : je m'étais rendu compte que plusieurs de mes amies vivaient la même expérience avec lui en même temps ! Ce garçon devait sans doute afficher un tableau de chasse bien rempli. L'honnêteté ne faisait pas partie de ses plus grandes qualités.

Lorsque j'ai rencontré Gabriel, j'allais sur mes vingt ans. J'ai tout de suite compris que nous étions faits pour vivre ensemble. Il était drôle et romantique, sportif avec un corps bien sculpté. Sa gentillesse et son calme me rassuraient.

Depuis, notre vie de couple coule comme une source tranquille. Nous nous disputons rarement, il ne me contrarie que très peu souvent, il faut dire. Je gère beaucoup de choses au quotidien et cela lui convient. Il apprécie particulièrement que je lui laisse le loisir de continuer à pratiquer du sport de manière intensive. Lorsqu'il est à la maison, il ne rechigne pas à apporter son aide pour les tâches ménagères. Mais surtout c'est un bon papa qui adore passer du temps avec nos enfants. Le point noir que je pourrais pointer du doigt est sans doute son manque d'intérêt pour les petites attentions. Je suppose que mon côté romantique me fait espérer parfois plus que ce que mon homme est capable de donner.

Depuis quelques mois, son caractère semble un peu plus emporté par moment, certainement à cause de son travail souvent stressant. Mais généralement, il redevient vite l'homme agréable que j'apprécie lorsque nous sommes en famille. Nous ne sommes pas riches, mais avec deux salaires à la maison nous ne sommes pas malheureux. Il ne faut quand même pas trop s'égarer dans de grosses dépenses au risque de mettre en péril l'équilibre de notre budget.

Et tout à coup, il y a cet homme qui est apparu. Un homme qui a déclenché en moi une myriade de sensations nouvelles ou oubliées. Ma conscience féminine vient de se réveiller d'un long somme et les questions se bousculent.

Suis-je comblée sentimentalement et sexuellement parlant ? Tout s'entrechoque dans ma tête. La seule chose dont j'ai vraiment envie à cette heure, allongée dans le lit conjugal, c'est de me retrouver à nouveau près de lui et ressentir cette électricité qui a titillé mon corps. J'ai envie de sentir sa main se poser sur mon bras. J'imagine qu'elle découvre mon corps et effleure plus que mon bras… Je me pencherais sur son cou afin de humer la fragrance qui l'enveloppe. Je me laisserais envahir par son odeur, par ces crépitements irrésistibles qui bouleverseraient mes sens. Il se serrerait alors plus fort, m'entourerait de ses bras musclés en laissant glisser ses mains sur ma nuque puis dans mon dos…

Je m'endors avec ces pensées, m'accordant un rêve complètement fou, où passion et sexe se mêlent. Mon réveil, le lendemain, me ramène dans ma réalité. Les souvenirs de la nuit, aussi honteux que magiques, s'effacent doucement en me narguant. Une fois bien réveillée, je décide que cet intrus ne perturbera pas mon week-end en famille. J'occupe le mieux que je peux mon esprit afin de ne laisser aucune place à un indécent vagabondage cérébral.

Chapitre 4
Drôle de sensations

Lundi, huit heures, je m'installe à mon bureau, encore désert à cette heure matinale. Même si j'ai réussi à zapper les idées d'adultère qui me traversaient ces deux derniers jours, je repense immédiatement à lui. Lui devant moi à mon poste, avec son regard si pénétrant.

Ah non, ça ne va pas recommencer !

Je m'invective toute seule. J'ordonne à ma matière grise de se raisonner et de me rendre mes pensées habituelles. Mais peine perdue : dans la matinée, un mail attire mon attention, une adresse mail plus précisément.

aleclerc@cabinet-leclerc.fr

Mon regard est attiré par ce nom qui me brûle les yeux. Je le fixe, statufiée. Mandy m'observe et me demande ce que j'ai vu sur mon écran pour que je reste tétanisée de cette manière. D'un signe de la main, je lui montre que ce n'est rien, puis fébrilement, je clique sur le lien tentateur.

Mon estomac fait un salto à la vue de l'adresse du bel avocat. Bêtement, j'ai cru qu'il s'agissait d'un mail écrit de sa part qui me serait directement adressé. Mais non, c'est un message strictement professionnel, envoyé par sa secrétaire qui me réclame quelques documents manquants afin d'instruire le dossier au plus vite.

Qu'est-ce que tu imagines ma pauvre fille. Tu lis trop de romances. Bien sûr que c'est professionnel, que veux-tu qu'il te dise... ?

Je suis soulagée, mais frustrée. Ce que j'ai ressenti vendredi n'existe certainement que dans ma petite tête. Il faut que j'arrête de me faire des films et de fantasmer sur lui, cela ne va m'apporter que des soucis.

J'envoie une réponse à la secrétaire.

« *Bonjour,*

Bien entendu, il n'y a pas de souci, je me charge de réunir les documents au plus vite, et de vous les transmettre rapidement.

Cordialement,

Marylin, secrétaire du Dr Becker »

Je ne sais pas pourquoi j'ai ce désir de renvoyer si vite cet accusé de réception. Habituellement, je me serais contentée de me procurer les documents et de les transmettre tranquillement par mail.

Le revoir devient une véritable lubie, et entendre sa voix si sensuelle… Rien que cet échange de mail me perturbe. Pourtant, c'est juste sa secrétaire qui me contacte.

Encore perdue dans des pensées loin d'être professionnelles, je décroche machinalement le téléphone qui vient de sonner.

— Cabinet Médical, bonjour.

— Bonjour, Adam Leclerc, pourrais-je parler à Marylin, s'il vous plaît ?

Je reste figée, l'écouteur collé contre mon oreille, les yeux écarquillés. Juste avant de décrocher, je rêvassais de cet homme, et tout à coup, mon désir devient réalité.

J'entends un raclement de gorge à l'autre bout de la ligne.

— Allô… Allô ? Marylin, c'est vous ? demande mon interlocuteur.

— Euh… Oui, bonjour, Maître Leclerc, c'est bien moi. Que puis-je faire pour vous ?

— Je sais que ma secrétaire vous a réclamé des documents mais je souhaiterais m'entretenir avec vous, si vous avez un peu de temps à me consacrer, bien évidemment.

Mon cœur bat la chamade, j'ai du mal à saisir le sens de sa demande. Au bout de quelques secondes de silence, je lui réponds.

— Je vous écoute. Je ne sais pas si je peux vous être d'une grande aide, mais je vais faire de mon mieux.

— Je vous remercie. Pouvez-vous me dire comment se comporte Monsieur Pavier avec vous lorsqu'il arrive au cabinet ? Est-il agressif, vindicatif ? Vous a-t-il déjà soudoyée directement ?

Je m'efforce de lui apporter des réponses précises, même si, personnellement, je n'ai jamais eu à subir de problèmes avec cette personne. Le simple fait d'entendre la voix de l'avocat me transporte et me ravit. J'aimerais qu'il me pose encore et encore des questions afin que cette conversation ne s'arrête pas. Lorsqu'il semble posséder les renseignements qu'il souhaitait, il me remercie.

— Je vous suis vraiment reconnaissant. Je suis très heureux d'avoir pu échanger avec vous. Votre aide me sera précieuse. J'espère pouvoir vous saluer lors de mon prochain rendez-vous avec le Docteur Becker.

— C'était avec plaisir Maître, je vous remercie. À très bientôt alors, lui dis-je d'une voix à peine audible.

— À très vite, ajoute-t-il avant de raccrocher.

Un mail arrive quelques instants après.

« *Chère Marylin,*

Merci d'avoir répondu à mes questions avec sérieux et professionnalisme.

Le Docteur Becker a beaucoup de chance de vous avoir comme assistante.

À bientôt, j'espère.

Adam Leclerc. »

Je glousse en constatant l'effet incroyable qu'un appel et un simple mail me procurent.

— Qu'est-ce qui te met dans cet état, Marylin ? Tu as gagné au Loto ? N'oublie pas, dans ce cas-là, que nous sommes collègues ET amies ! scande Mandy en riant.

— Eh bien, en quelque sorte, on peut dire ça ! rétorqué-je en essayant de prendre un air détaché, malgré mon regard encore fixé sur les mots de l'avocat.

Ma réponse la surprend, et elle réclame plus de détails.

— J'ai reçu un appel et un message inattendus, et cela m'a étonnée et amusée. Rien de grave ne t'inquiète pas.

Je relativise les sensations qui me perturbent. J'ai l'impression de faire un retour en arrière, à l'époque de mon adolescence. Ce délicieux trouble me replonge dans mes années lycée, quand je recevais un petit mot d'un éventuel amoureux. Un flot d'adrénaline inonde mon corps, et celui-ci réagit immédiatement. Mon rythme cardiaque s'accélère, ma respiration devient plus rapide. De petites perles de sueurs apparaissent sur mon front. Je flotte dans un état à la fois désagréable et merveilleux. L'impression de voler au-dessus de ma chaise, tel Aladin sur son tapis. Embarrassée, je baisse la tête, feignant chercher des papiers dans mon tiroir de façon que Mandy ne se rende pas compte de mon émoi. Il me semble que le soleil cogne encore plus fort dans le secrétariat, que la clim est en panne. Une sensation d'oppression me déstabilise.

Comment un mail, pourtant innocent, peut-il me mettre dans cet état ? Je ne me reconnais plus, je ne sais pas ce qui m'arrive. Comme une ado en proie à ses premiers émois amoureux, j'ai envie de poursuivre ces échanges.

Est-ce bien professionnel ?

Bien sûr, objectivement, la réponse est non. Le petit ange assis sur mon épaule gauche fait non avec le doigt au petit diable rouge qui trône fièrement sur l'épaule droite, agrippant sa fourche de manière arrogante.

Un duel s'installe entre le bien et le mal. Un gyrophare clignote en hurlant danger au-dessus de ma tête. Pourtant j'ai cette envie irrépressible de répondre.

« Maître Leclerc,

Je vous remercie, vos compliments me vont droit au cœur.

J'ai été heureuse de découvrir que nous n'avons pas perdu au change depuis le départ de notre ancien avocat.

C'est avec grand plaisir que je vous accueillerai lors de votre prochaine venue au cabinet.

Marylin »

Mon doigt reste en suspens sur la touche envoi. J'appuie, je n'appuie pas ? Je tremble, car je sais très bien que ce mail est le mail de trop. Ma main me semble tellement lourde et incontrôlable. Le petit diable me susurre à l'oreille :

— Allez, Marylin, je suis sûr que tu ne vas pas oser ! Tu es trop trouillarde pour faire ça !

Mais qui est-il, lui, pour me défier comme cela ? Je fronce les sourcils, puis ferme les yeux en essayant de me concentrer. La sonnerie du téléphone retentit, provoquant en moi un tel sursaut que la touche « entrée » s'enfonce sous la pression de mon doigt.

Oups, tout à coup, je me sens complètement paniquée. Vite, comment faire pour éviter que ce mail parte vraiment ? Malheureusement l'icône « mail envoyé » clignote en gros devant mes yeux.

Ce n'est pas possible, je n'ai pas pu envoyer ce message ?!

Voilà qu'à l'affolement se mêle l'excitation, sentiment que je n'avais pas ressenti depuis très longtemps. Comment continuer à travailler maintenant, alors que mon pouls doit frôler les deux cents battements/minute et que ma tension ferait exploser un tensiomètre ?

Le Docteur Shek, alias Shrek, pose dans un fracas retentissant un tas de comptes rendus à taper en urgence sur le comptoir d'accueil. Pour une fois, elle tombe bien, cela occupera ma tête à autre chose.

— Tout va bien, Marylin ? Vous me semblez soucieuse ?

Alerte rouge, si même Shreck se rend compte de mon état pitoyable, c'est que je dois vraiment avoir une drôle d'expression. Je me racle la gorge en me redressant et bafouille une excuse.

— Je me sens un peu fiévreuse, je dois couver quelque chose. Mais ne vous inquiétez pas, je vais m'en occuper tout de suite, argué-je en m'emparant du dictaphone qu'elle me tend.

Cette réponse semble la satisfaire, elle n'est pas du style à s'apitoyer sur mon sort. L'important pour elle, c'est que j'exécute ses demandes.

Dès que le docteur referme la porte de son bureau, Mandy se précipite sur moi, le regard inquiet.

— Tu es malade ?

Mandy semble vraiment surprise et me scrute d'un air suspicieux. Je la rassure en essayant de paraître le plus calme possible.

— Non ne t'inquiète pas, juste un peu mal à la gorge, ça doit être la clim. On ne sait jamais, des fois que Shreck prenne pitié de moi et me donne des congés supplémentaires, j'ai tenté le coup ! ajouté-je en riant.

Ma collègue retourne à son poste en souriant, certifiant que le jour où Shreck nous donnerait un congé gratuit n'était pas près d'arriver !

Malgré l'excitation, je me concentre pour me remettre au travail. Mais c'est peine perdue. Je n'ai qu'une obsession, c'est de jeter un œil sur la messagerie pour repérer l'arrivée d'un éventuel nouveau message. Rien. Pas de nouveau mail du bel Adam de toute la journée. Je m'en veux tellement d'avoir répondu à ce mail. J'imagine sa tête en lisant ma réponse. Déjà qu'il avait dû me classer dans la catégorie des cruches vendredi avec mes réactions d'adolescente, maintenant il va me prendre pour une chaudasse, une nympho, une allumeuse… Comme je me sens mal. Moi qui ai pour qualités la discrétion, la retenue et surtout la fidélité, je viens de sacrément égratigner ma propre image.

Chapitre 5
Dans la tête...

Sur le chemin de la maison, mille questions tournent dans ma tête, mais une en particulier me perturbe. Est-ce que le fait de ressentir ces émotions et surtout d'envoyer ce genre de mail à un homme fait de moi une mauvaise épouse ? Où débute l'infidélité ? Comment réagirais-je si j'apprenais que Gab se comportait de la même manière avec une autre femme ?

Un sentiment de colère envers moi-même me secoue. Je vis une vie de famille tranquille et heureuse. Il est hors de question que je compromette ce bonheur rassurant. Je n'ai jamais envisagé de tromper Gabriel depuis notre mariage, je n'y ai même jamais songé. À aucun moment durant toutes ces années, je n'ai ressenti le besoin de me tourner vers un autre homme. Aucune personne ne m'avait en tout cas mis dans un état tel qu'aujourd'hui, au point de me questionner sur mes propres aspirations. Est-ce que le démon de midi aurait frappé à ma porte ?

Puis je me rassure en me disant que ma transgression n'a rien de si terrible. J'ai uniquement répondu à un homme qui me faisait un compliment en lui retournant également une gentillesse.

Adam.

Cet homme a un prénom que je trouve tellement sexy. Ces quatre lettres résonnent comme une merveilleuse confiserie qui danse devant mes yeux gourmands. Comme une litanie, je répète son prénom dans ma tête en modifiant les intonations ou la manière de le prononcer. Il est grand temps que je pense à autre chose que lui, car ça commence à ne plus tourner rond chez moi.

La soirée se déroule normalement ; les enfants se couchent assez tôt avec la reprise des cours. Il n'y a que Clara qui a l'autorisation de veiller un peu plus tard, mais pas plus que vingt-deux heures. Je passe sous la douche avant de me mettre au lit. L'eau, délicieusement chaude, coule sur mes épaules. Mes yeux se ferment et les gouttes se transforment tout à coup en mains expertes qui viennent caresser mon corps. J'imagine Adam se glissant derrière moi, et dans un soupir lascif je le laisse découvrir mon grain de peau de ses doigts agiles. D'un geste terriblement érotique, il étale la mousse senteur de vanille sur mes bras, mon dos. Ses mains hésitent un instant, réclament l'autorisation silencieuse de se poser sur mes seins. Cette multitude de sensations extraordinaires me force à basculer la tête en arrière pour capter au mieux ce moment quasi extatique. Mon esprit annihile le virtuel et je me retrouve haletante, sous le joug des douces caresses.

Le désir est en moi. J'ouvre les yeux. Le miroir, embué par la vapeur d'eau, me renvoie le reflet de mes pupilles dilatées de plaisir. À regret, je referme le robinet. Une grande serviette moelleuse enveloppe mon corps encore fébrile de ce moment impudique. D'une main tremblante, j'ôte la buée afin de m'observer. La serviette glisse sur le sol, dévoilant mon corps sans artifice. Je ne me trouve pas si mal pour une « vieille » de bientôt trente-neuf ans. Mes seins, encore fermes et ronds, constituent ma plus grande fierté. Les mains sur les hanches, je tâte ma taille : assez fine, je serais malgré tout enchantée de perdre deux ou trois kilos.

Je tressaille, un besoin charnel m'envahit, je me sens d'humeur canaille et câline. Je vaporise un peu de parfum dans le creux de mon cou. Avant de reposer le flacon de mon parfum préféré *La vie est belle*, je souris et en dépose également une goutte au niveau de mon pubis fraîchement épilé. Il ne me faut que quelques millisecondes pour comprendre mon erreur… Ne jamais renouveler ce geste sur une zone sensible tout juste épilée. Quelques grimaces et sautillements plus tard, je retrouve mon enthousiasme. J'espère que Gab est en forme ce soir ; mon corps a besoin que l'on s'occupe de lui.

Uniquement vêtue de mon peignoir en soie, je rejoins mon homme, qui m'accueille avec un sourire qui en dit long. Il devine à mon regard de braise que la soirée s'annonce frivole. Je m'allonge près de lui et me retrouve nue très rapidement. Mon mari se montre vite entreprenant et, malgré mes tentatives discrètes pour le ralentir, il passe à l'essentiel sans tarder.

J'aurais souhaité de longs préliminaires romantiques, mais en un instant, son corps domine le mien de manière virile. Sa main descend le long de mon ventre jusqu'à atteindre mon intimité. Son regard s'assombrit de désir lorsqu'il réalise que je suis plus que prête à l'accueillir. Quelques secondes plus tard, son sexe emplit le mien sans ménagement, excité par mon corps qui réclame sa sentence. Désespérée de sentir ses lèvres partir à la découverte de mon désir, je prie égoïstement qu'il me fasse jouir comme jamais. Mais je n'ose pas l'arrêter, et reste avec ma frustration. Mon mari s'agite de plus en plus rapidement, et je fais le triste constat de voir s'envoler toutes mes envies.

Un sentiment désagréable contracte tout mon corps, muet face à mes attentes inassouvies. Gabriel poursuit ses assauts débridés sans percevoir qu'il me perd. Je ferme les yeux, et le visage de mon mari devient flou. Lorsqu'il apparaît à nouveau net, les traits d'Adam dansent devant moi. Mes yeux restent clos, accrochés à cette délicieuse vision ; mes muscles se détendent. Les sensations vertigineuses de la douche ressurgissent intensément. Les mains qui me touchent deviennent plus sensuelles, elles se promènent sur mon corps qui s'enfièvre. Un regard aux éclats d'or me brûle la peau et mon bas-ventre hurle d'impatience. Je suis en feu, je le veux. Mon souffle s'accélère de manière anarchique jusqu'à ce qu'un orgasme fulgurant s'empare de moi et m'emmène loin, très loin pendant d'interminables et délicieuses secondes.

Lorsque je soulève mes paupières encore lourdes, Gabriel me regarde en souriant, fier de lui et de sa performance.

— Ça va, Lynette, c'était bon ? J'ai l'impression que tu as pris un pied du tonnerre ce soir, tu étais en feu !

Je lui souris, mais à l'intérieur j'ai mal. Oui, c'est sûr j'ai vraiment eu un orgasme génial ce soir. Mais c'est la première fois que je n'étais pas en communion avec mon homme. J'ai fait l'amour avec Gabriel, mais j'ai joui avec Adam. L'effet post-coïtal retombe vite, laissant juste en moi un immense vide. Je me sens tellement lâche, moche… et infidèle.

Est-ce que penser à un autre lorsque l'on fait l'amour signifie tromper ?

Cette question me hante pendant de longues minutes sans que je trouve de réponse.

Je me colle contre mon mari, camouflant mon visage contrarié. Ses bras m'étreignent et il m'embrasse sur le haut de la tête.

— Je suis vraiment heureux qu'on puisse avoir des moments aussi intenses, tu es vraiment une femme merveilleuse.

Serrée contre lui, ces mots me font tressaillir. Il n'en fallait pas plus pour déchirer la dernière barrière qui endiguait mes émotions. Les larmes se mettent à couler, sans que rien ne puisse plus les arrêter. Le corps de Gab se raidit, perplexe.

— Que se passe-t-il, ma chérie ?

Il caresse mes cheveux, essayant de lever mon visage face au sien, sa main soutenant mon menton. Je hoche la tête, touchée par son inquiétude.

— Ce n'est rien, juste un excès d'émotions et de fatigue mêlées, ne t'inquiète pas.

Son étreinte se resserre, me susurre des petits mots doux. Une sensation douloureuse et angoissante m'oppresse ; cet homme est tellement gentil. Comment mon amour pour lui a-t-il pu s'envoler ? Où est passée la femme qui lui donnait tout sans rien attendre en retour ? Une terrible honte me fait redouter son regard. Mes sanglots se calment petit à petit. La fatigue m'accable et je me laisse entraîner dans un sommeil perturbé de cauchemars où je suis accusée de délits dont je ne suis pas responsable, mais où tout prouve le contraire.

À mon réveil, j'entends Gab grommeler, à la recherche de ses clés, puis un claquement de porte. Soulagée, j'évite sans doute la multitude de questions qui pourraient survenir et auxquelles je n'aurais pas forcément de réponses concernant ma crise de larmes. Une douleur sourde enveloppe la moitié de mon crâne, ma vue se brouille… l'aura d'une crise migraineuse se profile. La journée va être longue. Je prends la résolution de ne pas penser à Adam de toute la journée.

Quand j'arrive au cabinet médical, les premiers clients sont déjà là, à patienter, attendant l'ouverture et l'heure de leurs rendez-vous. Adrien arrive dans la foulée, me salue, commence à se rendre dans sa salle de consultation, puis fait quelques pas pour revenir à mon bureau.

— Marylin, pourriez-vous joindre le cabinet de l'avocat que j'ai vu l'autre jour, Maître Leclerc. J'aurais besoin de le rencontrer une nouvelle fois, j'ai quelques éléments nouveaux à lui transmettre !

Puis il s'éclipse dans sa pièce ; il va falloir que je me fasse une raison. Ne pas penser à Adam aujourd'hui va s'avérer perdu d'avance.

Un mail à sa secrétaire fera l'affaire, afin d'éviter tout contact direct avec lui. La matinée se déroule dans une effervescence permanente avec un flot de clients ininterrompu.

Peu avant midi, un message du cabinet d'avocats arrive. Mais celui-ci ne provient pas de l'adresse de la secrétaire, mais de celle d'Adam Leclerc.

« Bonjour, Marylin,

Ma secrétaire m'a informé de votre mail. Je me tiens à disposition du Dr Becker pour convenir d'un rendez-vous.

J'ai une possibilité vendredi 15 h 30. Pouvez-vous me confirmer si cela convient ?

En espérant également que vous soyez là pour m'accueillir, que cela soit face à face ou identique à l'accueil assez original, mais tout à fait charmant, que vous m'avez réservé la dernière fois !

À bientôt
Cordialement,
Adam Leclerc »

Je reste immobile, les yeux fixés sur mon écran. Si j'ai lu correctement son message, au demeurant très personnel, cet homme est d'un culot… diabolique !

Rouge, pivoine probablement, mon visage me brûle. Est-ce dû à la honte, à la colère ou à l'émotion ? Je n'arrive plus à identifier mes sentiments. Que faire ? Lui répondre ? Faire preuve d'humour ? Lui faire remarquer que ses paroles sont déplacées ? Lui dire que mon cœur ne cesse de tressauter chaque fois que je pense à lui ?

Me voilà dans un beau pétrin, prise à mon propre piège. Fini de faire ma maline, j'ai voulu jouer et je suis allée trop loin avec mon dernier mail ; maintenant la situation commence à prendre une tournure trop ambiguë à mon goût. Cet homme doit être un tombeur, un croqueur de femmes, un collectionneur de jolies filles. Il doit jeter son dévolu sur une conquête quand ça l'arrange et la larguer dès qu'il n'en a plus l'utilité. Son charme et sa gueule d'ange doivent faire beaucoup de victimes, j'en suis sûre. Je rage contre ma naïveté.

Après confirmation de l'heure du rendez-vous auprès d'Adrien, je me lance dans une réponse sur son adresse mail perso.

« *Cher Maître,*

Je vois que ma maladresse vous a beaucoup amusé. Je suis confuse de vous avoir reçu dans cette posture. Je vous rassure, habituellement, je sais me tenir assise sur une chaise d'une manière plutôt élégante.

Je vous confirme votre rendez-vous avec le Dr Becker vendredi 13 à 15 h 30 au cabinet médical.

Je vous promets de faire un effort sur la qualité de mon accueil ce jour-là, en évitant toute position acrobatique.

Cordialement,

Marylin, secrétaire du Dr A. BECKER »

Satisfaite de ce mail, et convaincue que l'humour permette de faire passer beaucoup de messages, je souris en l'imaginant découvrir ma réponse.

Une réponse fuse, à peine quelques minutes plus tard.

« Marylin,

Sachez que vos cabrioles acrobatiques ont ravi mes yeux et que je ne suis pas contre le fait que vous récidiviez, sans toutefois vous blesser, bien entendu.

J'ai hâte de pouvoir discuter avec vous vendredi à 15 h 30.

Très cordialement (et impatiemment)

Adam »

Je passe ma main sur mon visage et relis une nouvelle fois ces mots qui défilent devant mes yeux ébahis. Non mais je rêve ! Adam Leclerc ne serait-il pas ouvertement en train de me draguer ? Ou alors me nargue-t-il tout simplement ? Il a sans conteste beaucoup d'humour et peut-être se laisse-t-il aller à la plaisanterie avec moi ? Sonnée par ce que je viens de lire, et d'autant plus par la signature… Adam…

Il faut cesser impérativement ces échanges avant que l'on se dise des choses un peu trop intenses et surtout pas professionnelles du tout.

Mandy, qui me connaît bien, remarque ma nervosité et mon état un peu fébrile.

— Que se passe-t-il ?

Je ne vais pas pouvoir lui mentir trop longtemps et je sais que je peux lui faire confiance. Le bureau s'étant vidé de clients, je lui explique la situation.

— Tu te rappelles l'avocat, Adam Leclerc ?

Mandy hoche la tête d'un air entendu.

— Le super mec sexy au regard torride ? me questionne-t-elle en minaudant.

Elle sourit ; d'évidence, elle comprend que mon état a un rapport avec des échanges de mails entre lui et moi.

— Je l'ai accueilli d'une manière un peu originale, à quatre pattes sous le bureau si tu te souviens bien. Et là, il vient de me le rappeler et me dit qu'il est impatient d'échanger avec moi !

Mandy éclate de rire.

— Eh bien, tu lui as tapé dans l'œil, on dirait ! Chanceuse va, ce mec est une bombe !

— Mandy ! Tu oublies que je suis mariée, m'écrié-je offusquée.

Quand je vois la tête de Mandy, celle qui veut dire « on ne me la fait pas à moi ! », je ne peux m'empêcher de sourire.

— Je ne comprends pas ce qui m'arrive ! Depuis que je l'ai vu, impossible de me l'enlever de la tête ! En plus, maintenant, il se met à me dire des choses… bizarres ! Qu'est-ce que je dois faire ? Comment je dois me comporter quand il va venir vendredi ? Aide-moi Mandy, s'il te plaît ! la supplié-je en mimant des mains jointes une prière fervente.

Mais sous mes airs amusés et détachés, mes réactions me déconcertent. J'essaie malgré tout de ne pas trop montrer mon trouble à ma collègue.

Mandy réfléchit en me regardant fixement, et vient s'asseoir sur le bord de mon bureau.

— Dis-moi, tu ne serais pas amoureuse ?

Cette fois, furieuse, je lui fais face, les bras croisés sur ma poitrine, la toisant d'un regard dépité.

Quelle idée complètement folle ! Moi amoureuse ? D'un type que je ne connais même pas !

Mandy me déçoit beaucoup.

— Comment oses-tu imaginer un truc pareil ? Je suis mariée depuis seize ans et je n'ai jamais trompé Gabriel ! Comment pourrais-je tomber amoureuse d'une autre personne sans la connaître en plus !

Ma réaction virulente la surprend, son regard s'agrandit de surprise. Intriguée, Mandy hausse les épaules.

— OK, OK, excuse-moi ! Je ne voulais pas te blesser ! Bon alors, disons que tu as un coup de cœur pour ce charmant avocat et que tu n'es pas insensible à ses paroles, ce qui est normal ! Tu es une très belle femme, tu te fais draguer, c'est plutôt flatteur non ?

Attendant ma réponse, Mandy me fixe avec attention ; je ne sais pas quoi répondre. Non pas que je ne connaisse pas les réponses que je voudrais lui apporter, mais je ne comprends pas du tout mon attitude face à cet homme, face à ses mots et aux allusions de Mandy. La Marylin qui a pris possession de mon corps m'est complètement inconnue. N'avoir aucun contrôle sur mes paroles ou mes émotions me déstabilise. Alors « amoureuse »… Non, là, c'est trop pour moi !

Les mains en l'air en signe de reddition, je capitule et mets un terme à cette discussion. Sans un mot de plus, je retourne à mon ordinateur et à mon téléphone du bureau qui ne cesse de sonner.

Mais dans ma tête, un calcul est en cours : combien de jours avant de le revoir ?

Chapitre 6
Le revoir

La semaine se passe, et ma nervosité augmente au fil des jours. Le vendredi matin, je prends un soin particulier à mon apparence. D'humeur coquine, je choisis des sous-vêtements coordonnés en dentelle bleu pâle ; le soutien-gorge me fait une poitrine de rêve. Puis je me glisse dans une petite robe assez moulante agrémentée d'un léger décolleté. J'opte pour une paire d'escarpins assez hauts. J'accentue un peu plus que d'habitude mon maquillage. Le reflet du miroir me renvoie l'image d'une femme à l'élégance indéniable : j'en suis agréablement surprise. Habituellement, je ne me considère pas particulièrement attirante. Mais aujourd'hui, je me trouverais presque canon. Une touche de parfum plus tard, je suis prête à affronter cette journée et surtout le face-à-face avec l'homme qui me perturbe tant.

Les heures s'égrainent un peu trop lentement à mon goût malgré une activité plutôt intense. À la pause déjeuner, un stress indicible m'empêche d'avaler quoi que ce soit.

Inspirer, expirer… inspirer, expirer.

Toutes les techniques respiratoires que j'ai apprises pour apaiser les tensions n'arrivent pas à me calmer. Encore trois heures avant son arrivée dans le bureau, et je suis déjà dans un état pitoyable. Je ne donne pas cher de ma peau lorsqu'il sera devant moi.

La dernière fois que j'ai regardé ma montre, il était quinze heures vingt-trois. Mandy est partie exceptionnellement plus tôt.

Petit à petit, je me décompose. J'aimerais tellement être forte et me sentir capable de le recevoir sans avoir à lutter contre tous ces petits troubles qui me dévorent. Mes mains sont moites, mon cœur bat de plus en plus vite et ma concentration sur le travail s'est envolée bien loin.

Quinze heures trente précises, il est là, devant moi, les yeux pétillants de malice. Il me fixe avec un sourire qui étire ses lèvres charnues.

— Bonjour, Marylin, je suis heureux de vous revoir. Vous êtes… (son regard scanne ma tenue et remonte vers mon visage) superbe.

Sa voix… Un timbre si chaud et viril. Je mets quelques secondes à réagir lorsque je vois sa main tendue vers moi. Nos paumes entrent en contact. Elle est douce et chaude. Je regarde ses doigts longs et fins, avec des ongles impeccables. Confuse, je la relâche, me rendant compte que je l'ai gardée dans la mienne plus que le temps nécessaire.

Cet homme rayonnant me subjugue. Tout mon corps semble être hors de contrôle. Sa tenue est sobre, plutôt chic. Sa veste foncée est bien coupée, il porte une chemise cintrée qui laisse facilement imaginer facilement une taille fine. Une petite barbe de trois jours lui donne un côté bad boy. Il ne l'arborait pas la dernière fois, j'adore. Je m'imagine sans peine caresser sa joue légèrement piquante.

— Merci beaucoup, je suis ravie de vous revoir également, affirmé-je d'une voix mal assurée en m'emparant maladroitement du téléphone pour éviter son regard.

Je joins Adrien et le préviens de la présence de l'avocat. Puis j'invite Maître Leclerc à patienter quelques minutes en salle d'attente, mais il me prend au dépourvu.

— Je préfère patienter ici, si ça ne vous dérange pas, me décline-t-il avec un sourire en coin.

Non, bien sûr que cela ne me dérange pas...

Posté derrière mon bureau, la main gauche dans la poche, son regard ne me lâche pas d'une seconde. J'ai ainsi tout le loisir de l'admirer et le respirer.

Je suis certainement aussi rouge qu'une écrevisse et il va le remarquer à me fixer comme cela. Quelle guigne !

Dans le silence qui emplit le bureau, nos yeux se scrutent, moment étrangement intime brisé quelques secondes plus tard quand il reprend la parole.

— J'ai presque été déçu en arrivant. Vous ne m'avez pas reçu de la même manière que la dernière fois. Je trouvais sympathique de vous découvrir un peu décoiffée et les joues rosies suite à votre escapade sous le bureau. Aujourd'hui, vous avez donc décidé de vous tenir sagement sur votre siège…

S'ensuivent un clin d'œil et une moue taquine sur son visage.

Alors ça y est, les choses sérieuses commencent. Je m'éclaircis la gorge, essaye de calmer les palpitations de mon cœur et tente une réponse sur le ton de l'humour.

— Je suis désolée, mais j'ai demandé une formation express à mes patrons afin de ne plus risquer de me donner en spectacle.

Mon œillade en retour le fait sourire et il secoue la tête.

— Le Docteur Becker est chanceux d'avoir une secrétaire aussi belle que drôle. Et j'imagine que vous êtes quelqu'un de très sérieux dans votre travail. Il a vraiment trouvé la perle des assistantes.

La porte du bureau d'Adrien s'ouvre, coupant court à notre conversation. Adam se dirige vers le médecin puis se retourne vers moi.

— À tout à l'heure, Marylin.

Adrien me jette un regard étonné que je feins de ne pas remarquer. Lorsqu'ils disparaissent tous deux dans le bureau, je m'affale sur ma chaise avec l'impression d'avoir manqué d'air pendant toutes ces minutes où il se tenait face à moi.

Que dois-je faire, maintenant ? L'attendre ? Boucler le peu de travail qu'il me reste et partir à toute vitesse afin de l'éviter ? Néanmoins, officiellement, je termine à seize heures donc il n'est pas convenable de m'éclipser avant l'heure. Assurément une belle excuse pour attendre ! En secret, je prie que leur entrevue ne s'éternise pas.

Quinze heures cinquante-huit : la porte du bureau d'Adrien s'ouvre enfin. Les deux hommes se saluent. Ordinateur éteint, téléphone basculé sur le répondeur ; je suis prête à partir.

Adam se rapproche de mon bureau.

— Je vous souhaite un très beau week-end, Marylin. Je vous enverrai un mail en début de semaine afin de vous transmettre les documents à remplir par le Dr Becker. Je suis heureux de vous avoir revue.

Il me tend à nouveau sa main que je touche délicatement. Il enserre la mienne, puis la laisse glisser doucement jusqu'au bout de mes doigts, comme une caresse. D'un regard insistant, il me fixe en attente d'une réponse qui tarde à venir.

— Oui, bien sûr, entendu. Je vous souhaite également un bon week-end, et j'attends votre mail.

J'essaie de soutenir son regard, mes joues sont en feu, des sensations étranges me déstabilisent. Cet homme joue de son charme, et il sait très bien que je n'y suis pas du tout insensible. Nos mains se séparent ; il se détourne et sort du bureau, à mon grand regret.

Lorsqu'Adrien franchit la porte, il m'annonce que je peux m'en aller et qu'il s'occupera de la fermeture du cabinet. Après l'avoir remercié, je me dépêche de récupérer ma veste et mon sac, espérant secrètement qu'Adam attende encore l'ascenseur. Le couloir est vide, je hausse les épaules en soupirant. Dommage, j'aurais bien aimé profiter à nouveau de quelques secondes de promiscuité dans cette petite cage d'ascenseur.

Le regard plongé dans mon sac à main bondé à la recherche de mes clés de voiture, je sors du bâtiment en grommelant. De plein fouet, je heurte une personne sur le trottoir, ce qui me fait reculer de quelques pas. Surprise par ce contact impromptu un peu rude, je m'apprête à m'excuser ; stupéfaite, mes yeux s'écarquillent quand je me réalise que je viens de bousculer Adam. Il est là, sur le trottoir, une cigarette allumée à la main.

— Eh bien, Marylin, j'ai l'impression que vous et moi sommes destinés à des rencontres étonnantes et fracassantes, dit-il en éclatant de rire.

— Désolée, je suis vraiment désolée… je cherchais désespérément mes clés et je ne vous ai pas vu !

— Il est dangereux de ne pas regarder devant soi, Dieu sait quelle embûche se placera sur votre chemin !

Et je le vois rire de plus belle. Ne sachant que répondre, je me mets à rire avec lui de cette situation cocasse.

— Je profitais de cinq petites minutes de liberté pour savourer discrètement mon poison. Je vous proposerais bien une cigarette, mais j'imagine et j'espère que vous n'avez pas ce défaut ?

Le temps de quelques secondes, je regrette de ne pas être fumeuse. Cela m'aurait donné une raison de passer quelques minutes de plus en sa compagnie.

— Non, je ne fume pas. D'ailleurs, je n'ai jamais fumé de ma vie, avoué-je presque confuse.

— Cela ne m'étonne pas, vous devez être parfaite. Une femme avec zéro défaut, apparemment.

Un fou rire m'emporte, ce qui l'amuse beaucoup.

— Oh, vous changeriez d'avis si vous me connaissiez vraiment. Je n'ai pas celui-là certes, mais j'en ai beaucoup d'autres !

— Comme je serais curieux et heureux de les connaître, alors, me confie-t-il en me fixant.

Ses yeux rieurs brillent comme des diamants. Je reste là, figée, à le regarder bêtement.

Je rêve ou il me drague encore ?

Gênée, je mets fin à ce petit tête à tête en lui lançant un « bon week-end Maître, au plaisir de vous revoir ! », sourire surjoué à l'appui, et je pars à grandes enjambées sans me retourner. J'essaye de garder une prestance, et surtout de ne pas me tordre les chevilles avec mes talons hauts. De dos, il ne voit pas mon visage écarlate et ce sourire béat qui trahissent mon plaisir d'avoir encore une fois ressenti des sensations extraordinaires dans une situation plutôt ordinaire. Arrivée à ma voiture, je pouffe bêtement en repensant que je l'ai appelé « Maître ». Cela pourrait porter à confusion dans un contexte tout autre si on a l'esprit un peu tordu.

Chapitre 7
Carine

Cette histoire est terriblement déstabilisante et stressante pour moi. Il faut que je fasse le point, que je me pose et que je réfléchisse vraiment à ce que je ressens. Le front appuyé sur le volant, les yeux fermés, je me creuse la tête, consciente que j'ai besoin d'aide. Il me vient une idée.

Je sors mon portable, branche le Bluetooth de la voiture et appuie sur un numéro préenregistré. À la deuxième sonnerie, la voix de ma meilleure amie me répond.

— Marylin, coucou, ça fait longtemps dis donc ! Comment vas-tu ? s'enthousiaste-t-elle avant même que je dise quoi que ce soit.

Je suis heureuse d'entendre l'énergique et pétillante Carine, mon amie de longue date, ma confidente, ma sœur de cœur.

— Salut, ma chérie, comment vas-tu toi ? C'est sûr, il s'est passé trop de temps depuis la dernière fois !

En général avec Carine, nous passons des après-midis ou des soirées entières ensemble, entre filles. Nous refaisons le monde, discutons de tout et de rien. Nous n'avons pas de secret l'une pour l'autre. Mon amie vient de vivre une période difficile dans son couple, mais le soleil semble briller à nouveau. Bastien, son compagnon, et elle semblent plus amoureux que jamais. Alors, depuis quelques mois, je n'ose pas trop la déranger. Je la laisse profiter de sa nouvelle « lune de miel ».

Mais là, il y a urgence et je dois la rencontrer rapidement afin de discuter avec elle de cet homme qui me perturbe. Elle sera sans aucun doute à l'écoute et sûrement de bon conseil, sans porter de jugement.

Je lui demande si elle est disponible un moment durant le week-end. Carine est intriguée, tente de me glaner plus de détails. Elle s'inquiète de savoir s'il s'agit de quelque chose de grave. Je ris, la rassure, mais lui confirme néanmoins que j'ai vraiment besoin de la voir et de lui parler. Nous convenons donc de nous retrouver samedi en fin de journée, dans notre cocon fétiche. C'est un petit café qui ne paye pas de mine. Nous y avons nos habitudes et nous nous sentons à l'aise pour papoter loin de toute oreille indiscrète.

Le vendredi soir se déroule sans encombre à la maison, entre les rotations pour emmener et aller récupérer les enfants à leurs activités. Je profite du dîner pour prévenir Gabriel.

— Gab, demain soir, je vais passer un moment avec Carine, ça fait longtemps qu'on ne s'est pas vues !

— Bien sûr, tu la salueras de ma part, me répond-il.

Il connaît bien mon amie, il l'apprécie et sait que nous sommes très proches. Jamais il ne remet en question nos petites rencontres, qui souvent me redonnent la pêche.

∞∞∞∞∞∞

Il est près de dix-sept heures trente ce samedi, je me tiens déjà devant le café des amis, notre lieu de retrouvailles avec Carine. À peine cinq minutes à patienter et je la vois arriver tout sourire. Cela fait au moins trois voire quatre mois que nous ne nous sommes pas retrouvées. Les sujets de conversation sont nombreux, et s'enchaînent sans temps mort. Lorsque Carine me demande finalement de quoi je voulais lui parler au téléphone, mon visage s'empourpre. Mon amie, d'ordinaire si enjouée, fronce les sourcils.

— Que se passe-t-il, ma puce ? Tu as un souci ? Tu as l'air perturbé.

— Écoute, il faut que je te parle d'une chose. Mais c'est un peu délicat.

Je me concentre en silence pour regrouper mes idées, notant dans son regard que Carine attend la suite avec impatience. Dans un élan de courage, je me jette à l'eau et lui narre toute l'histoire avec Adam, les sensations qui m'assaillent lorsque je le vois ou que je pense à lui. Je lui explique que je me sens mal de ressentir des sentiments de ce genre pour un autre homme que Gabriel, que c'est la première fois que cela m'arrive. Elle opine en silence : jamais auparavant elle ne m'a entendu parler d'un autre homme qui aurait fait battre mon cœur plus que ce que prône le guide de l'épouse parfaite.

Carine ne m'a pas interrompue une seule fois dans mon récit ; je lui en suis reconnaissante. Ma confession était loin d'être facile mais je suis allée au bout. Mi-interloquée, mi-amusée, elle me regarde et pose une main bienveillante sur mon avant-bras.

— Eh bien, ma jolie, il semblerait que tu aies eu un sacré coup de foudre ! en déduit-elle avec un sourire.

Je grimace ; je ne peux nier la vérité. Cet homme est entré dans ma vie et dans ma tête telle une tornade, provoquant des ravages monstres. Il balaie toute la stabilité qui me caractérisait jusqu'à il y a quelques semaines. Il remet en cause toutes mes convictions et ébranle ma sérénité.

Mon regard lui implore de trouver une réponse à tous mes questionnements.

Sans un mot elle me scrute, semblant chercher au fond d'elle ce qui pourrait m'apaiser.

— C'est la première fois que tu me parles d'attachement envers un autre homme que Gabriel. J'avoue que je ne m'attendais pas à cela. Est-ce que tu as déjà envisagé de rencontrer ton Adam dans le but de le connaître mieux ? Cela te permettrait éventuellement de comprendre ce qui t'attire vraiment vers lui ? Peut-être que lorsque tu apprendras à mieux le cerner, ton attirance vis-à-vis de cet homme va retomber et il redeviendra Monsieur tout le monde à tes yeux ? me propose Carine avec un air contrit devant ma mine défaite.

Ma réponse, elle, ne demande pas de temps de réflexion.

— Non, bien sûr que je ne n'aie pas cherché à mieux le connaître, je ne suis pas une femme infidèle ! Pourquoi cet homme a-t-il ce pouvoir d'attraction sur moi ? Pourquoi je n'arrive pas à me le sortir de la tête ? Pourquoi lui plus qu'un autre ? Pourquoi maintenant ? Est-ce que je dois écouter mon ressenti et mes émotions ? Ou faut-il plutôt les barricader et continuer comme si de rien était ?

C'est cette foule de questions et bien d'autres encore qui ne cessent de hanter mon cerveau et qui me rendent folle !

Carine me prend les mains et me force à la regarder. Les larmes ne sont pas loin de jaillir. Toutes ces émotions gardées au fond de moi depuis l'apparition d'Adam sont sur le point de se déverser sur cette petite table du Café des Amis.

— Oh, cela me paraît très sérieux ! Je ne me rappelle pas t'avoir jamais vue dans cet état. Que sais-tu réellement sur lui ? Penses-tu qu'il a également une attirance vraie pour toi ? Est-il célibataire ? reprend Carine d'une voix douce.

Je secoue la tête, je n'ai aucune réponse à lui fournir. Il m'est presque quasiment inconnu, mis à part qu'il est avocat, qu'il est sur la région depuis peu, qu'il est terriblement sexy et que mon corps et mon esprit sont irrésistiblement attirés par lui.

Nous discutons un long moment du désir qu'il a fait naître en moi. Le temps passe et il va bientôt être l'heure de nous séparer : le café va fermer ses portes. Carine semble un peu décontenancée par mon désespoir. Il est vrai qu'elle n'a jamais douté de mon amour pour Gabriel. Lorsque son couple s'est trouvé en difficulté, elle nous prenait très souvent en exemple. Elle me répétait qu'elle aurait aimé vivre le même amour que nous, tellement fort et solide.

Nos mains liées, mon amie me serre fort.

— Écoute, il faut vraiment que tu essaies de savoir ce que représente cet homme. Est-ce juste une passion passagère parce que tu es dans un moment de ta vie où tu as besoin d'autre chose ? Ou penses-tu que ce que tu ressens pour lui est plus sérieux ? Et pour cela, pose-toi les bonnes questions. Vaut-il le coup de risquer de semer le trouble dans ton couple ?

J'attendais que Carine me dise que tout cela n'était pas important, que je devrais préserver mon couple sans me soucier du reste. Je fronce les sourcils, interpellée par son discours. Ai-je réellement envie de bouleverser ma vie et celle de ma famille ? Puis surgit une autre question, bien plus honteuse à mes yeux : Adam ressent-il aussi une attirance pour moi ?

Nous nous quittons après une dernière embrassade et la promesse de la tenir informée de l'évolution de cette histoire.

Je rentre chez moi, pas forcément plus avancée sur mes tourments. Mais grâce à mon amie, j'ai le cœur allégé d'avoir partagé mes inquiétudes et mes doutes.

Je passe un agréable dimanche en famille. Avec joie je découvre la table du petit-déj' toute prête lorsque je me lève, Gabriel nous ayant ramené les croissants après son jogging matinal. Puis nous prenons le temps d'une balade familiale en forêt, moment vraiment agréable avec l'arrivée des couleurs de l'automne. C'est une valeur inestimable et pour rien au monde je voudrais perdre cela. Dans un coin de mon cœur, une petite réponse à mes questions s'impose.

Personne ne me fera prendre le risque de briser ce bonheur pur et simple.

∞∞∞∞∞

Lundi matin, dans la cohue des patients, des courriers, des appels téléphoniques, je vois apparaître un mail au nom du bel avocat. Mon cœur a un sursaut mais résiste malgré tout, je me contrains à ne pas l'ouvrir tout de suite. Une danse fusionnant le twist et le rock secoue mon esprit. Malgré mon empressement, j'attends une accalmie pour le découvrir.

« *Très chère Marylin,*

Voilà les documents en PJ que vous pourrez transmettre au Dr Becker. Il serait souhaitable que je les récupère dûment remplis assez rapidement afin d'avancer au plus vite sur le dossier.

Je vous remercie.

Adam Leclerc »

Mon excitation retombe instantanément ; aucun petit signe autre que des termes très professionnels dans ce message.

Puis un deuxième mail que je n'avais pas remarqué suit le premier.

« *Petit message à votre attention, Marylin,*

Je vous souhaite une magnifique journée, jolie secrétaire (acrobate à vos heures perdues).

À très bientôt,

Amicalement

Adam Leclerc (avocat et non-initié à la pratique des acrobaties, mais ne demandant qu'à être formé) »

Je ne peux retenir de pouffer. Cet homme est non seulement terriblement beau, mais possède un sens de l'autodérision très rafraîchissant.

Non, non, non, je ne me laisserai pas prendre à son jeu. C'est décidé, je reste professionnelle et je ne glisserai pas sur cette pente dangereuse. En dépit de mon envie, je m'interdis de répondre à son mail et transmets les documents à Adrien qui rapidement me les restituent remplis.

Dans l'après-midi, j'écris un mail à Adam, essayant de rester très détachée.

« *Cher Maître,*

Ci-joints les documents remplis par le Dr Becker. J'espère avoir été aussi rapide que vous le souhaitiez.

Je vous souhaite une bonne semaine.

Marylin »

Fière de moi et de mon choix de ne pas basculer dans le flirt via mail interposé, je m'autocongratule, mais perçois au fond de moi une grosse frustration.

Toute la journée, je flique la messagerie mais en vain ; aucune réponse d'Adam.

∞∞∞∞∞∞

Les jours passent et je n'ai plus aucune nouvelle de lui. Je me surprends à ne plus trop penser à Adam, enfin de moins en moins. Toute mon énergie est déployée dans ma vie de famille, organisant des week-ends bien remplis. Avoir l'esprit occupé permet de ne pas laisser libre cours à une invasion d'idées maritalement incorrectes.

Déjà six semaines que l'école a repris et l'heure des vacances scolaires approchent. Les filles partent ensemble une semaine en camps de vacances. Elles seront sur le même site, mais dans deux groupes différents correspondant à leurs âges respectifs. Elles adorent ça, et le fait d'y aller à deux enlève un peu le stress de s'éloigner de papa et maman. Sacha séjournera chez ma mère où il retrouvera son cousin d'un an son aîné.

Dimanche, c'est mon anniversaire, je vais fêter mes trente-neuf ans. Trente-neuf ans ! Cela me démoralise et j'imagine la tête que je ferai l'an prochain pour mon passage chez les quadras.

Le mercredi soir, pendant le repas, Gabriel reçoit un message qui paraît le tourmenter. Il ne semble vraiment pas à l'aise, se tortille sur sa chaise. Étonnée de son agitation, je l'interroge sur le SMS et sa nervosité : un membre encadrant du club vient de se blesser et on lui propose de le remplacer pour le tournoi de rugby prévu ce week-end. Il m'avoue qu'il souhaiterait y participer car c'est un événement important pour le club. La compétition doit se dérouler à Toulon, et il doit disposer de tout son week-end, conclut-il, penaud.

Il paraît vraiment embêté de me demander d'annuler les festivités prévues : on devait fêter mon anniversaire chez ma mère dimanche. Mon ego prend un petit coup au moral. La déception m'envahit. Je suis peinée qu'il privilégie le sport plutôt que sa femme. Mais bon, qui suis-je pour lui refuser d'aller à son activité favorite ? Après avoir fait la tête deux minutes, je lui propose qu'on le reporte lorsque les filles seront là. J'irai déjeuner seule chez ma mère, ce repas n'est pas spécialement important. Le soulagement se lit sur son visage quand je lui donne mon aval pour son week-end sportif.

Tout bien réfléchi, je vais en profiter pour me reposer. Pourquoi ne pas organiser une petite sortie entre filles avec Carine, si elle n'a rien prévu d'autre ? Sacha pourrait aller chez ma mère samedi soir au lieu de dimanche soir. Tout compte fait, le choix de mon homme m'apparaît plutôt une bonne idée. Une soirée entre nanas, voilà une super idée ! J'envoie un SMS à Carine.

* *Coucou ma chérie, dispo samedi pour une soirée entre filles ?*
La réponse ne tarde pas.
* *Oh, mais trop ! Allez super, on va prendre du bon temps ! Resto et boite ?*

Son enthousiasme et sa disponibilité me réjouissent. Tout compte fait le vrai cadeau d'anniversaire de Gabriel est là, dans ces deux journées disponibles !

Nous réglons les détails de la soirée par messages interposés. Je souris en me disant que j'ai la meilleure amie du monde, toujours là quand j'ai besoin d'elle.

Chapitre 8
Samedi soir

Je chantonne dans ma voiture. C'est samedi soir ; les filles sont parties et Sacha a été déposé chez sa grand-mère. Excitée comme une adolescente qui se prépare pour une soirée, je réfléchis à la tenue que je vais porter, heureuse de ce moment qui se profile. La météo est toujours aussi clémente en ce mois d'octobre et je décide de porter la plus jolie robe de mon dressing, complétée d'une fine étole pour couvrir mes épaules. Ma pochette argentée en main, je me perche sur des talons aiguilles. Le reflet que me renvoie le miroir me plaît. Comme lorsque j'avais huit ans, je tournoie sur moi-même afin de faire virevolter ma robe, assorti d'une grimace en me rapprochant du miroir. La touche de maquillage est peut-être un peu trop prononcée à mon goût. J'hésite à le refaire, mais la sonnerie de la porte d'entrée me signale l'arrivée de Carine.

Quand j'ouvre la porte, mon amie reste figée en me scrutant, partagée entre surprise et admiration.

— Mon dieu Marylin, tu es superbe !

Sa réaction me surprend et me fait rire. Avec une joie non dissimulée, je l'embrasse et la serre fort dans mes bras. Carine aussi a sorti ses plus beaux atours : une robe satinée qui lui arrive au-dessus des genoux, d'un bleu azur qui met ses yeux en valeur. Cette tenue, cintrée à la taille, sculpte sa silhouette à la perfection.

Nous voilà installées dans un petit restaurant, à siroter un apéritif, nous languissant de notre commande. La présence de deux femmes seules attire le regard des hommes. Les sourires insistants de nos voisins de table nous amusent, les œillades de deux autres mâles en quête de rencontres éphémères installés au bar nous font nous esclaffer de rire. Nous sommes redevenues les deux ados que nous étions lorsque nous nous sommes liées d'amitié. Notre demi-bouteille de vin est terminée à la fin du repas et je me sens vraiment détendue.

Il n'y a jamais de blanc dans la conversation. Nous parlons de tout, de rien, de la vie, de nos envies…

Nous avons prévu de nous déplacer en taxi afin de pouvoir boire de l'alcool sans nous soucier de devoir conduire ensuite. Un petit air frais nous fait frissonner lorsque nous sortons du restaurant. Je tangue un peu sur mes talons et pouffe en me disant que j'ai sûrement déjà trop bu. Mais je m'en fiche, cela me fait du bien de me lâcher un peu, d'oublier les soucis quotidiens et de prendre du bon temps. Bras dessus bras dessous, nous zigzaguons entre les passants en direction d'un pub où nous avons prévu de nous rendre après le restaurant. Malgré le brouhaha de la rue, une voix m'interpelle.

— Marylin ?

Cette voix…

Je connais cette voix. Je pivote et me retrouve face à Adam.

— Ah, il me semblait bien que c'était vous ! Je viens de vous apercevoir à la sortie du restaurant, m'explique-t-il, les mains enfoncées dans les poches.

Adam me dévisage, un sourire ravageur accroché à son visage. Je me rapproche de Carine, comme si son contact me donnait de l'assurance. Il n'est pas seul ; un homme qui paraît un peu plus jeune que lui, l'accompagne.

— Je vous présente mon frère, Jason. Il est venu me donner un coup de main ce week-end pour terminer quelques travaux dans mon appartement. Nous avons mangé dans le restaurant juste à côté du vôtre, quel hasard ! Jason, je te présente Marylin, la plus surprenante et la plus belle des assistantes que je connaisse.

Je rougis en entendant les mots qu'il emploie pour me décrire et Adam semble s'en amuser. Fort heureusement, mon attention est détournée lorsque Jason me tend la main pour me saluer.

— Bonsoir, quelle surprise de vous rencontrer ici, Adam ! Effectivement, nous venons de finir de dîner. Je vous présente Carine, ma meilleure amie.

Carine sourit, un amusement se lit dans son regard. Elle dévisage Adam et je comprends qu'elle le trouve tout à fait charmant. Après quelques trop longues secondes de silence, je me décide à reprendre la parole.

— Nous profitons d'une soirée entre filles. Nous nous rendons dans un pub à l'angle de la rue. Et quelle est la suite de votre programme de cette soirée ? lancé-je d'une traite pour masquer ma nervosité grandissante.

Adam continue de me fixer, son regard parcourt mon corps. J'ai l'impression que des rayons laser ont remplacé ses yeux. Et vu sa mine concentrée et son insistance, je suis presque sûre qu'il apprécie ce qu'il observe.

— Eh bien, nous nous posions justement la question. Peut-être pouvez-vous nous aider à trouver un bon plan pour la poursuivre de manière agréable ?

Adam me dévore du regard. Il est vraiment magnifique. Ses yeux me paraissent encore plus hypnotiques dans la pénombre. Leur éclat me transperce et provoque en moi un frisson incontrôlable.

Me voyant sans réaction, Carine décide de prendre les rênes de la conversation.

— Voudriez-vous vous joindre à nous ? propose-t-elle contre toute attente.

Je reste bouche bée devant sa suggestion, surtout quand elle l'agrémente discrètement un clin d'œil à mon attention.

Adam se tourne vers son frère en quête de son approbation. Apparemment, Jason n'est pas contre le fait que nous passions un moment ensemble.

— Alors si vous êtes d'accord, nous serons ravis de vous tenir compagnie un petit moment ! s'exclame Adam qui paraît enthousiaste à cette proposition.

Surprise, ravie et terrorisée à l'idée de poursuivre cette soirée avec Adam à mes côtés, je hoche la tête en signe d'acquiescement, incapable de prononcer un mot.

Nous nous installons tous les quatre à l'intérieur du pub. La lumière y est tamisée, de la musique irlandaise berce doucement les clients déjà attablés. Nous avons choisi un canapé confortable en cuir bordeaux, de forme arrondie afin de discuter sans avoir à se tordre le cou pour se voir. Adam s'assied à ma gauche, Carine à ma droite et Jason à l'autre bout du canapé, juste à côté de mon amie. Mal à l'aise, je sais que je ne fais rien de mal mais malgré tout, je me sens coupable de quelque chose de répréhensible envers mon mari.

Ce sentiment de mal-être se dissipe peu à peu, à mesure que les boissons s'enchaînent sur la table. L'effet de l'alcool aidant, nous discutons de plus en plus librement. Les langues se délient et la succession de confidences les uns sur les autres nous fait sourire et commence à lever le voile sur la personnalité de chacun. Carine leur explique que j'ai été lâchement abandonnée par mon mari ce week-end. Nous en avons donc profité pour nous organiser une petite sortie entre filles.

Adam nous apprend qu'il est séparé de sa compagne depuis quelques mois, qu'il a donc changé de région récemment pour se rapprocher de son frère et qu'il est avocat depuis quinze ans. Il a une fille de quatorze ans, Camille, qui est restée vivre avec sa mère pour ne pas perturber sa scolarité. Elle ne souhaitait pas changer ses habitudes ni quitter ses amies. Une ombre passe sur son visage et une lueur de tristesse crispe ses traits quand il parle d'elle. J'imagine que la séparation n'a pas dû être simple. Pour d'évidence changer de sujet, il nous explique que Jason, venu l'aider à quelques travaux d'aménagement, possède des talents de bricoleur incomparables aux siens. Jason éclate de rire et nous confirme qu'il ne vaut mieux pas que son frère s'approche d'un marteau ou d'une perceuse au risque de le retrouver blessé très rapidement.

Le ton est jovial, nous discutons et rions comme des amis de longue date. Par moments, je sens que la jambe d'Adam frôle la mienne. Au moindre contact physique, mon corps se tend, ma gorge se noue. Lui semble tout à fait à l'aise, se comportant comme si de rien n'était.

À notre troisième commande, Adam me tend un verre et nos mains se frôlent. Nos regards se croisent, ses yeux plongent dans les miens. Le temps se suspend, ma respiration s'est arrêtée. Ma main reste posée sur la sienne et une sensation merveilleuse parcourt mon corps. Mes doigts se resserrent légèrement, je vois ses sourcils se lever et un sourire tendre se dessiner sur ses lèvres. Son pouce passe par-dessus le mien. Il effleure doucement ma peau dans une imperceptible caresse.

Mon corps s'embrase. La chaleur que provoque ce petit geste discret se propage dans tout mon être. Je baisse mes yeux sur mon verre afin de retrouver une respiration normale. Il faut que j'arrive à canaliser toute la pression que j'emprisonne. Je détourne la tête ; Carine est en pleine conversation avec Jason, ils rient tous les deux, comme des ados. Je souris en les regardant, même si je ne connais pas du tout la raison de leur bonne humeur.

Lorsque je me retourne, Adam me fixe toujours. Il se penche doucement vers mon oreille.

— Marylin, vous avez un adorable sourire. Lorsque vous souriez, votre visage s'illumine et votre beauté en est décuplée. Je ne vous l'ai pas encore dit ce soir, mais je vous trouve superbe. Je crois même reconnaître cette magnifique robe que vous portiez la première fois que je vous ai vue, me susurre-t-il.

Sans voix, je le fixe, comme transportée dans un de ces romans que j'aime dévorer le soir, ceux où la fille tombe amoureuse au premier regard d'un beau mâle hyper sexy. Je lui offre un sourire en retour, ne sachant que répondre, puis bois une gorgée de mon cocktail de fruits afin de me donner une contenance. Mon cerveau mouline à mille à l'heure pour trouver le courage de soutenir une conversation si intime.

Maintenant il est clair que je me fais draguer par ce superbe Apollon.

Mais ai-je le droit de le laisser me parler ainsi, de le laisser me dévorer des yeux sans le réprimander, de le laisser me complimenter sur mon physique ?

Je ne sais pas, je ne sais plus. Ce que je sais en revanche, c'est que je ne me suis pas sentie aussi femme et aussi belle depuis longtemps. Mon ego est flatté. Mon moi intérieur fait un pas de danse. Cet homme a un pouvoir magnétique indéniable. Je laisserais volontiers glisser ma tête sur son épaule afin de humer son cou, de sentir ses cheveux, de goûter sa peau d'un baiser. Ces fantasmes inavouables engloutissent mes pensées jusqu'à ce que me revienne en mémoire que je suis une femme mariée.

Je me ressaisis, regarde l'heure sur mon portable. Il est déjà une heure trente, je n'ai pas vu le temps passer. À vingt-trois heures, j'ai reçu un message de Gabriel qui espère que l'on passe une agréable soirée et me souhaite bonne nuit. Discrètement, je m'éloigne d'Adam : une limite de sécurité s'impose afin de calmer mes hormones surexcitées. Je suggère à Carine qu'il serait temps de rentrer. Adam soupire légèrement puis hoche la tête en confirmant qu'effectivement il commence à se faire tard.

Lorsque nous nous retrouvons sur le trottoir, je vois Adam parler à mon amie, il pianote sur son téléphone, mais je n'arrive pas à entendre leur échange. Nous nous souhaitons une bonne nuit. Carine embrasse Jason puis Adam.

Fichue spontanéité de Carine ! Je comptais m'en tirer avec un petit signe de la main, mais je vais devoir également leur faire la bise. Jason s'approche pour me dire au revoir puis c'est au tour d'Adam. Il se penche, je sens ses lèvres poser un délicat baiser sur ma joue.

— Cette soirée a été délicieuse, il y a longtemps que je n'avais pas passé un aussi bon moment, ajoute-t-il au creux de mon oreille.

Je lui souris.

— J'ai beaucoup apprécié ce moment en votre compagnie, moi aussi. Je suis heureuse que nos chemins se soient croisés ce soir, murmuré-je timidement.

Nous nous séparons ; Carine commande notre taxi. Sa maison se situe un peu avant la mienne donc nous pouvons covoiturer quelques kilomètres.

— Quelle soirée sympathique ! Ces deux hommes sont charmants. Jason est tellement drôle ! s'exclame-t-elle en massant ses pieds endoloris par ses escarpins.

Puis elle me fixe en attendant que je renchérisse.

— Oui, admis-je volontiers, c'est vrai, ils sont vraiment sympathiques, nous avons passé un bon moment.

— J'ai vu comme vous vous regardiez. J'ai senti qu'il se passait quelque chose entre vous, une espèce d'attirance incontrôlable, reprend Carine en me forçant à soutenir son regard.

Mais je baisse la tête. Je me sens tellement honteuse que cela se soit remarqué de la sorte. Carine pose sa main sur mon épaule.

— Marylin, il y a parfois des choses qui arrivent sans qu'on ne les ait prévues ni vues venir. Tu sais, il faut parfois savoir écouter son cœur et se poser les bonnes questions. La vie est courte et il faut aussi accepter de l'égayer un peu. Si cet homme te plaît, et ça, j'en suis certaine, pense que tu n'auras pas toute ta vie trente-neuf ans. Il faut savoir profiter des petits bonheurs que celle-ci nous offre.

Elle me fait un clin d'œil. Donc mon amie me dit à demi-mot que je peux m'autoriser à prendre un peu de bon temps avec un autre homme que mon mari ?

Dubitative, je hoche la tête.

— Je suis complètement séduite par cet homme, il m'attire comme un aimant. Mais je ne peux pas faire ça à Gabriel, il ne le mérite pas, soupiré-je.

La main de mon amie resserre sa pression, son regard se fait tendre.

— Ne te prends pas la tête, ma chérie, écoute juste ton cœur. La vie est déjà tellement compliquée, essaie de faire simple, mais surtout, pense à toi. On n'a qu'une vie et jamais je ne jugerai ta décision, ajoute-t-elle en confidence.

Le taxi s'arrête. Carine m'embrasse, sort du véhicule et me fait signe de la main avant de rentrer chez elle. Je finis le trajet seule, en état de choc suite à ses mots.

Chapitre 9
Jour d'anniversaire

Il est plus de deux heures lorsque j'insère la clé dans la serrure. D'un coup de pied, j'expédie dans un coin les escarpins qui me torturent les orteils et m'écroule sur le canapé en soufflant. Quelle soirée ! Jamais je n'aurais imaginé que nous allions la passer en bonne partie en compagnie de l'homme qui fait s'emballer mon cœur depuis quelques semaines.

Mon téléphone vibre, m'annonçant l'arrivée d'un message.

J'imagine que Carine peine à s'endormir après un moment pareil et qu'elle m'envoie un petit SMS de bonne nuit.

Je fronce les sourcils en constatant que c'est un numéro inconnu.

* Merci, Marylin, pour cette délicieuse soirée. Vous étiez splendide dans votre robe, je l'affectionne particulièrement. J'ai adoré passer ce moment proche de vous. J'espère que notre présence n'a pas trop perturbé vos plans. Adam.

Mon Dieu, comment a-t-il eu mon numéro ?

Mes mains tremblent, je relis le message plusieurs fois. Adam sait que je suis seule à la maison ce soir, est-ce pour cela qu'il ose m'envoyer ce petit mot ? J'hésite. Que faire ? Feindre de ne pas l'avoir lu ou répondre ? Et si oui, quoi lui écrire ?

Complètement dégrisée, j'ai une furieuse envie de parler à Carine, de lui demander son avis, mais il est tard. Elle doit déjà être couchée en compagnie de son homme donc je ne me vois pas la déranger.

Je regarde mon téléphone en rougissant, comme si mon interlocuteur pouvait me voir et finalement je me lance.

Votre message me touche, Adam. Mais comment avez-vous eu mon numéro ?

Tout en lui posant la question, une image me revient en mémoire : l'aparté entre Carine et lui. C'est certain, c'est à ce moment-là qu'il l'a récupéré !

La réponse vient instantanément.

Il y a des bonnes fées, parfois.

Son message est ponctué d'un smiley qui cligne de l'œil. Eh bien, je crois connaître l'identité de cette fée !

Je pense que cette soi-disant bonne fée vous a divulgué une information confidentielle. Elle mériterait qu'on lui coupe les ailes !

Je souris en envoyant la réponse.

Pitié, ne soyez pas trop sévère, elle a subi la pression d'un être qui sait se montrer très persuasif ! Elle ne mérite pas votre sentence !

J'éclate de rire en lisant son message. Je pense que l'alcool lui a fait perdre la raison. Mais j'adore les hommes qui ont de l'humour.

Très bien, elle vient de m'offrir un merveilleux moyen de pression. Pour la peine elle sera à ma merci, telle une dévouée, pendant un mois.

Nous voilà partis dans un discours complètement délirant. Nous blaguons ainsi un long moment. Jusqu'à ce que la conversation devienne un peu plus intime.

* Vous savez, vous êtes une femme en or, je ne sais pas si votre mari se rend compte qu'il a une femme merveilleuse à ses côtés ?

Sa question me laisse perplexe et incapable de trouver une répartie immédiate. Mon mari est-il chanceux de m'avoir pour épouse ? À mon avis, si Gabriel savait que je discute à plus de deux heures du matin avec un autre homme, il ne me trouverait pas si géniale que cela, j'en suis persuadée.

* Oh, vous savez j'ai pas mal de défauts, je ne suis pas sûre qu'il soit aussi chanceux que vous le pensez.

* Ne vous dévalorisez pas. Vous êtes magnifique, pétillante, vous savez manier habilement l'humour. Vous êtes un vrai rayon de soleil.

Cette avalanche de compliments me laisse pantoise. L'entendre prononcer mon prénom ce soir, avec sa voix terriblement sexy, a électrisé ma peau. Je ne sais pas ce qui me prend, mais je bous de poursuivre ce moment.

* Adam, vous aussi vous êtes un très bel homme, je suis certaine que vous avez un succès fou auprès de la gent féminine. N'avez-vous pas de petite amie actuellement ?

Immédiatement je regrette ma question, mais trop tard le message est envoyé. La réponse tarde à venir. J'aurais vraiment dû m'abstenir ! Mais qu'est-ce qui m'est passé par la tête pour oser lui demander cela ?

Les yeux rivés sur l'écran, le ding m'annonçant l'arrivée d'un nouveau message me fait néanmoins sursauter.

* Je ne suis pas spécialement en recherche de la femme idéale. J'espère juste trouver une femme qui fera battre mon cœur, celle qui me donnera envie de remuer ciel et terre pour la rendre heureuse. Je ne veux pas m'arrêter à un joli physique, je m'ennuierais vite. J'aime les femmes qui ont aussi de la

conversation, qui aiment rire, qui sont à la fois simples et magiques.

* Eh bien, vous cherchez la perle rare. Beauté, l'esprit, l'humour, vous mettez la barre haut.

* Vous savez, je crois qu'une telle femme existe. J'en suis même convaincu.

Cette discussion risque de prendre une tournure un peu trop intime. Défiant le petit diable sur mon épaule, je décide qu'il est temps d'abréger.

* Adam, je vais devoir vous laisser. Demain, je dois aller manger chez ma mère avec mon fils, elle a prévu un repas un peu festif, même si mon mari sera absent.

* Bien sûr ! Vous avez quelque chose à fêter, demain, sans être indiscret ?

* Oui, c'est mon anniversaire.

* Marylin, il est presque trois heures du matin, donc c'est déjà votre anniversaire ! Je vous souhaite un très bon anniversaire ! Je regrette que vous ne nous en ayez pas parlé ce soir, nous aurions fêté cela plus dignement !

* Merci beaucoup, mais vous savez, à trente-neuf ans, on commence à ne plus trop avoir envie de dévoiler son âge !

* Trente-neuf ans ? Mais vous êtes une gamine ! (émoticône qui éclate de rire). Je suis un tout petit peu plus âgé que vous, je vais sur mes quarante-deux ans bientôt.

* On va dire une vieille gamine ! Je vous souhaite une bonne nuit, merci pour ce petit moment sympathique, j'ai beaucoup apprécié.

* À bientôt alors, chère Marylin, je vous souhaite une très belle nuit, remplie de doux rêves.

Je souris, songeuse. Je sais que mes rêves seront beaux, cette nuit. Je me force à ne pas envoyer un autre message, car cela pourrait ne jamais se terminer. À ma grande déception, il arrête également d'envoyer des SMS. Juste un petit cœur avec une rose arrive sur mon écran quelques minutes après. Ces échanges sont dignes d'adolescents, mais je m'en délecte.

Il est temps de filer à la douche. Mon corps est encore tout tremblant de ce bavardage avec un homme si exceptionnel. Il a tout pour lui : beau, athlétique, intelligent, plein d'humour, appartenant à une classe sociale élevée.

Je soupire en me disant que c'est beaucoup trop pour un seul homme, et qu'il n'est surtout pas pour moi. Mais cette soirée avec cette rencontre imprévue s'est révélée magique. Ce petit moment a réveillé en moi tant de choses en sommeil. Je suis encore sous le charme de son regard, de sa douceur, de son sourire, de son parfum, mais aussi de son petit côté taquin et de son humour. Comment se fait-il qu'un homme comme lui ne soit pas en couple ? Il faudra quand même que je perce ce mystère tôt ou tard.

La douche est divinement relaxante ; je reste un long moment à m'observer dans le miroir de la salle de bain. À l'aube de mes trente-neuf ans, je conserve un physique dont je ne suis pas peu fière. Mes cheveux châtains, épais et longs cascadent jusqu'en dessous de mes épaules en ondulant ; mes premiers cheveux blancs sont cachés sous quelques mèches cuivrées. Mes mains se posent sur mon cou puis cheminent jusqu'aux seins. Mes doigts d'abord hésitants osent se lancer dans de douces caresses : ils frôlent mes courbes, s'attardent sur mes mamelons durcis, les faisant rouler entre le pouce et l'index par des pressions contenues ; mes yeux sont clos. Mon esprit fantasme et les mains d'Adam parcourent mon corps ; un gémissement à peine soufflé m'échappe. Une soudaine chaleur envahit mon entrejambe. Mon dieu, un désir si ardent, et personne pour assouvir ce besoin qui me consume !

J'ouvre les yeux : le reflet me renvoie l'image terriblement sexy d'une femme nue qui se caresse. Ma main descend lentement le long de mon ventre. Cela fait des mois que je ne me suis pas adonnée au plaisir solitaire. Bien décidée à soulager cette tension intense qui assaille mon corps, je me rapproche du miroir.

Le bip de ma messagerie me stoppe dans mes « activités ».

J'hésite un instant et attrape finalement mon téléphone posé sur le rebord du lavabo.

Je ne conçois pas un anniversaire sans bulle.

Le message émane d'Adam. L'idée est tentante, oui, je veux bien trinquer virtuellement avec lui, mais bon, les bulles n'auront pas la même saveur.

Un autre arrive quelques secondes plus tard.

Marylin, seriez-vous d'accord pour boire une coupe de champagne avec moi ? Si oui, ouvrez votre porte, votre verre vous attend. Si vous ne le souhaitez pas, ne vous inquiétez pas, je comprendrais.

De surprise, je laisse tomber mon téléphone au sol, sur le tapis de bain. Je cours à la petite fenêtre pour voir ce qui se passe dehors. Une voiture sombre est garée proche de mon entrée.

Mes jambes se mettent à trembler.

Est-ce que je rêve ou bien Adam est devant chez moi, comme il me le dit ?

À tâtons je récupère mon téléphone qui a glissé sous le lavabo et essaie d'arrêter les tremblements pour réussir à lui répondre.

Il est plus de trois heures, et vous êtes devant chez moi ?

* Disons que je serai le premier à vous souhaiter votre anniversaire comme il se doit et j'aime l'idée que cet événement soit arrosé de champagne.

* J'imagine que c'est Carine qui vous a également dévoilé mon adresse ?

* Votre amie est une personne intelligente et elle a compris que c'était une information importante pour moi, je crois...

Donc c'est bien réel, il est là, derrière ma porte. Que faire ? J'ai des vertiges tout à coup, je ne sais pas quoi décider.

Le petit ange sur mon épaule gauche bougonne, me dit de refuser tout bonnement et d'aller me mettre au lit. Mais il est bien vite sermonné par le petit diable à droite qui me susurre qu'il serait dommage de louper l'occasion de boire un verre en charmante compagnie à l'occasion de mon anniversaire. Allez, boire un verre n'est pas un délit en soi, non ? Et je sais me tenir.

Il n'a pas fallu longtemps au diable pour me convaincre, alors que le petit ange fronce les sourcils en pestant.

À toute hâte j'enfile mon peignoir en satin noir en le serrant bien à la taille, jette un œil sur le miroir. Mes joues sont rosies par l'excitation. J'essaye de dompter mes cheveux en bataille, encore humides. Le décolleté qu'offre ma tenue me perturbe un peu, et pas le temps de plonger dans mon dressing pour choisir une tenue plus adéquate ; ma robe portée ce soir est déjà dans la panière à linge sale. Je réajuste le tissu afin qu'il recouvre un peu plus ma peau, grimaçant face à la folie que je m'apprête à commettre.

Complètement secouée, je souffle et me décide à descendre ouvrir la porte, le cœur prêt à exploser. Il se tient là, tout sourire, une bouteille de champagne rosé dans une main, deux flûtes dans l'autre. Face à lui, agrippée au chambranle et lui barrant le passage, je le regarde, muette. Il hausse un sourcil interrogatif, en attendant une réaction de ma part. J'éclate de rire.

— Quelle idée avez-vous là ! Cinq minutes de plus et vous me tiriez du lit !

— Eh bien, c'est avec plaisir que je découvre votre tenue de nuit, répond-il en me faisant un clin d'œil.

J'ai du mal à déglutir et prie pour que la pénombre masque mes joues complètement rougies par le trouble que sa réponse provoque en moi. Il n'est pas convenable de faire entrer un homme au domicile familial en pleine nuit. Surtout dans une tenue si peu appropriée.

— C'est votre voiture qui est devant le portail ?

Il acquiesce de la tête.

— J'aurai aimé vous proposer de m'accompagner dans un lieu digne de l'événement, mais vu l'heure tardive, je doute que l'on nous reçoive quelque part dans le coin. Alors, vous contenteriez-vous de tester la douceur de mes sièges en cuir pour partager une coupe de champagne sous les étoiles ? me propose-t-il avec un air faussement contrarié.

Je le dévisage, silencieuse. Cet homme m'envoûte, mais je le connais à peine. La magie du moment me ferait-elle perdre tout discernement ? Je ne reconnais pas la femme qui est sur le point d'accepter cette proposition étrange. Incertitude et déraison se bousculent dans ma tête.

Mon tentateur semble lire dans mes pensées.

— N'ayez crainte Marylin, je souhaite juste boire une dernière coupe de champagne avec vous afin de vous remercier de cette magnifique soirée et surtout pour corriger le fait que nous n'avons pas trinqué à vos trente-neuf ans ! Je ne suis pas un homme dangereux, je suis juste heureux de passer un moment avec vous. Je sais que vous êtes seule ce soir et cette opportunité ne se représentera peut-être pas. J'ai attrapé une bouteille qui était chez moi et je suis venu.

Son sourire, un peu gêné, me rassure. Cet homme semble sincère et surtout ne ressemble pas à un détraqué en chasse d'une proie.

— OK pour la voiture !

Je me surprends à accepter alors qu'il y a quelques secondes, je ne savais pas encore ce que je devais faire. J'attrape un châle accroché à l'entrée et le place sur mes épaules.

Il tend le bras en direction de son véhicule. Je referme la porte de la maison et le précède vers notre bar improvisé. Il m'ouvre galamment la portière arrière, tout en veillant à ne pas trop secouer le champagne ni briser les verres ; je souris intérieurement de sa délicatesse. Puis il contourne la voiture pour prendre place à son tour de l'autre côté de la banquette. L'intérieur de l'habitacle sent le propre et le cuir neuf. C'est bien une voiture d'homme célibataire ! Aucun papier ni objet qui traîne, contrairement à ma Twingo qui nécessiterait un bon nettoyage.

Adam me tend une des deux coupes que j'attrape en frôlant ses doigts. Nos regards se croisent ; malgré l'obscurité, je décèle une lueur qui brille dans ses yeux rieurs. Discrètement je vérifie que ma tenue couvre au mieux ma poitrine et mes jambes.

— Je n'en reviens pas de cette surprise ! Jamais je n'aurai pensé finir la soirée assise à l'arrière de votre voiture à déguster un verre de champagne !

Je le regarde droit dans les yeux, son sourire ne le quitte pas. Son visage s'approche du mien. Trop près, bien trop près, mais je ne bouge pas.

— Moi, je n'envisageais pas de finir cette soirée avec ce sentiment d'inachevé, me chuchote-t-il à l'oreille.

L'instant suivant, Adam s'est écarté et débouche la bouteille avec tact pour verser le breuvage délicat dans les verres. Sa coupe de champagne levée devant lui, il attend que mon verre vienne frôler le sien dans un tintement cristallin. Il hoche la tête en souriant et je baisse pour la première fois les yeux, perturbée par l'intensité de notre connexion.

— À vous Marylin, je vous souhaite un bon anniversaire.

Je trempe mes lèvres dans le liquide rosé et pétillant, surprise par la fraîcheur et la saveur acidulée de cette divine boisson. Cela doit être un champagne d'excellente qualité, son goût est une merveille. Adam porte également son verre à la bouche.

— Ce champagne est comme vous. À la fois doux et puissant, une robe merveilleuse, bien que vous ayez troqué la vôtre pour une tenue plus confortable, mais tout aussi superbe. Vous êtes une femme extraordinaire et ça, vous ne devez jamais en douter. Je ne comprends pas qu'un homme puisse laisser sa femme seule le jour de son anniversaire. Depuis que je vous ai aperçue au cabinet médical, je sais que vous n'êtes pas une femme comme les autres. Chacune de nos rencontres a permis de conforter mon idée. Je suis heureux que nous ayons pu faire plus ample connaissance ce soir.

Me voilà à nouveau avec les joues cramoisies, repensant à cet après-midi où il s'est présenté au cabinet alors que j'étais vautrée sous le bureau à chercher cette maudite pince à épiler. Je me remémore les sensations étranges lorsque nous avons pris l'ascenseur ensemble. Et je me rends compte que depuis ce jour, je n'ai cessé de penser à lui et d'espérer le revoir. Mais cela n'empêche pas ma moralité de s'insurger : mon statut de femme mariée m'interdit ces pensées adultères.

Je vide rapidement mon verre. Adam me remplit à nouveau ma flûte, arguant qu'il ne faut jamais rester sur un nombre impair de coupe de champagne.

Je l'observe verser la boisson. Il est la grâce et le charme personnifiés. Tous ses gestes sont à la fois sûrs et tendres. Sa voix est douce et chaude, il s'exprime calmement. Ses mots sont comme des caresses sur ma peau. Les vapeurs d'alcool de ces deux verres ajoutées à celles de la soirée dissipent ma timidité et me confèrent une assurance que je ne me connais pas.

— Merci énormément, Adam, pour ce doux moment en votre compagnie. J'ai vraiment été touchée par votre attention à mon égard. Maintenant, il commence à se faire tard, je crois que je vais rentrer et me mettre au lit, si ça ne vous dérange pas.

— Bien sûr, effectivement, il est tard. J'espère que ce petit moment volé ne vous a pas contrariée. Pour ma part, ce fut un plaisir d'avoir une si jolie femme pour moi tout seul, ne serait-ce que l'espace d'un instant. Il faut savoir apprécier les moments magiques que la vie nous offre parfois.

Il tend la main pour me débarrasser de mon verre. Ses doigts glissent sur les miens. Immobiles, ces quelques secondes me paraissent des minutes. Une sensation indescriptible sillonne ma peau lors de cet effleurement, et il semble lui aussi en proie à un trouble certain.

Je retire ma main et la pose sur la poignée ; il me faut sortir au plus vite de ce lieu exigu où notre proximité m'empêche de raisonner correctement. Je fais quelques pas en direction de la maison. Subitement, Adam retient mon bras. Son contact m'électrise, je me retourne pour lui faire face.

— Je vous dis au revoir, Marylin, et encore merci pour cette merveilleuse soirée.

Il se penche pour déposer un baiser sur ma joue. Dieu que ses lèvres sont douces. Maladroitement, je tends l'autre joue, mais nos lèvres dérivent dangereusement. Mon corps se tend et se rapproche instinctivement de lui. J'ai l'impression de ne plus exercer aucun contrôle. Adam glisse son bras derrière mon dos et m'attire à lui. Nos regards sont inexorablement liés, le temps se suspend. Seuls le silence de la nuit et la brise légère sont les témoins de notre attirance charnelle. J'aime la pression de sa main qui enserre ma taille de manière si possessive, j'aime son regard qui me supplie d'accepter un baiser. Mon cœur bat à tout rompre. Ma peau est électrisée de ce bien-être que m'apporte cet homme. Mon corps jusque-là contracté se relâche et je me penche délicatement vers lui, lui offrant ce qu'il me réclame sans un mot. Nos bouches s'effleurent, se goûtent. Puis le baiser se fait plus puissant. Nos lèvres, aromatisées au champagne, s'accordent à merveille. Nos langues se trouvent, se mêlent, se désirent. Nos corps ne font plus qu'un. Ma main effleure ses cheveux. Ses longs doigts fins caressent ma taille à travers le satin. Nos bouches gourmandes ne se séparent à regret que lorsqu'il devient nécessaire de respirer. Son front se pose contre le mien.

— Marylin…

Son regard a changé. J'y lis de l'inquiétude, presque de la peur. Je me recule un peu pour mieux l'observer. Il attend ma réaction avec appréhension. Alors je lui souris timidement, comme un enfant pris en flagrant délit de bêtise.

— Adam…

— Je suis vraiment désolé, je n'avais pas prévu que ça se passe comme ça. Je ne veux pas te forcer à quoi que ce soit.

Je note immédiatement le tutoiement.

— Ne sois pas désolé, tu ne m'as forcée à rien. J'ai vraiment beaucoup aimé ce baiser. Mais…

— Mais ?

Le visage d'Adam se fige entre tristesse et doute.

— Mais je ne peux pas te donner plus Adam, même si j'en ai vraiment envie. Je ne peux pas.

Je m'éloigne d'un pas, accentuant l'espace entre nos deux corps dans le vain espoir que l'alchimie qui nous lie s'estompe.

— Je dois rentrer Adam, je suis désolée.

Je fais volte-face et me dirige à grandes enjambées vers la maison. Je m'interdis de me retourner, de prendre le risque de courir à nouveau me jeter dans ses bras.

Je referme la porte et m'y adosse avant de lentement me laisser glisser jusqu'au sol.

Immobile, j'écoute ce qu'il se passe dehors. Le claquement d'une portière puis le moteur d'une voiture qui démarre et s'éloigne…

Il est parti.

L'envie d'envoyer un message pour lui dire de revenir me traverse l'esprit. Je me relève, attrape mon téléphone, regarde son nom qui s'affiche lorsque j'ouvre notre conversation.

Adam. Ce désir si fort qu'il a éveillé en moi me surprend. Mes sens sont encore en émoi, ma soif de son corps s'est décuplée. J'en ai le souffle coupé.

Je relève la tête et mon regard se pose sur une photo de famille accrochée au mur. Gabriel et moi entourés de nos trois enfants. Ce cliché date d'il y a trois ans. Nous affichons tous les cinq un sourire sans retenue, le bonheur du moment transperce l'image. Perdue dans des émotions contraires, je repose mon téléphone, me dirige vers le cadre que j'effleure des doigts.

Mais que suis-je en train de faire ? La honte remplace rapidement le désir. Je détourne la tête des visages heureux de la photo, comme s'ils pouvaient m'observer et me juger.

Comment en suis-je arrivée là ? Et pourquoi ?

Ces questions trottent dans mon esprit. Il est vrai que ma vie n'a rien de palpitant parfois, que la routine a pris le dessus depuis des années. Mais avec trois enfants, un travail, une maison à entretenir, comment faire autrement ?

Et puis il est vrai aussi que souvent le soir, je suis soulagée lorsque Gabriel se couche sans venir quémander plus qu'un baiser. J'avoue même parfois faire semblant de dormir lorsqu'il s'allonge auprès de moi afin de ne pas le tenter. Non pas que je n'aime pas faire l'amour, bien au contraire. Toutefois ma libido depuis quelque temps semblait avoir mis ses drapeaux en berne.

Pourtant, ce soir, cette même libido paraît s'être éveillée d'un long sommeil, et d'une manière tout à fait explosive. Je ne me rappelle pas avoir ressenti des émotions d'une telle intensité, même au début de ma relation avec Gabriel.

Consciente que je suis incapable de raisonner correctement, que je suis encore sous l'emprise de ce moment interdit, mais divin, je m'allonge.

Mon téléphone à nouveau en main, à contrecœur, je m'apprête à supprimer toute la conversation que nous avons eue, par sécurité, pour que personne ne tombe dessus.

Un message arrive au même moment.

* Marylin, je suis désolé si je suis allé trop loin ce soir. Mais je n'ai pas pu résister, tu m'as ensorcelé. Je voudrais que tu saches que je ne ferais rien pour mettre en péril ton couple, ne t'inquiète pas. Mais je ne regrette en aucun cas ce moment passé ensemble. Ta bouche est douce comme de la soie et j'ai encore le goût de tes lèvres sur les miennes. J'espère que tu ne m'en veux pas. Je t'embrasse. Dors bien, jolie ensorceleuse.

Je gémis en lisant ce message qui réactive l'étincelle qui brûle en moi.

Mes doigts tremblotants tapent un nouveau message.

* Je ne t'accuse de rien. À part d'avoir enfiévré mon corps. Je ne regrette absolument rien non plus, ce moment était tout simplement parfait. Tu es un homme adorable et depuis que je t'ai vu face à moi dans le bureau il y a quelques semaines, je rêvais de tes lèvres. Voilà, maintenant que je les ai goûtées, je suis encore plus désemparée, car elles se révèlent plus exquises que ce que j'imaginais. Je sais que cela ne doit pas se reproduire, même si actuellement mon désir le plus cher serait que tu sois près de moi. Donc, gardons ce souvenir dans un coin de nos têtes, et essayons de reprendre nos vies comme si rien ne s'était passé. Je t'embrasse également, et je pense que la plus grande qualité de sorcellerie, c'est toi qui la détiens !

J'attends qu'il me réponde… Plusieurs minutes passent. Puis le ding tant attendu arrive.

* Je sais que tu ne m'accuses pas, mais je ne veux pas que tu te sentes mal par rapport à ce qui s'est passé ce soir. Il y a des choses qui se passent parfois, qu'on ne peut pas éviter, qui sont comme

une évidence. Et ce baiser est le résultat de cette alchimie étrange qui se passe entre nous. Je ne suis pas un coureur de jupons, je suis juste un homme qui est tombé sous le charme d'une femme sublime qui semble elle aussi ressentir une attirance pour moi. Mais je ne veux pas te causer de tort, ni à toi ni à ta famille. Je te laisse décider de la suite à donner à tout cela. Sache juste qu'au moindre claquement de doigts de ta part, je serai là, auprès de toi. Maintenant, je vais cesser de t'envoyer des textos, je ne vais pas te déranger plus longtemps. Je t'embrasse tendrement.

Je comprends maintenant pourquoi la réponse n'a pas été instantanée. Je souffle et soupire en relisant ce message poignant. Une larme roule sur ma joue. Je ne sais pas si c'est une larme de tristesse, de bonheur, rage, de désespoir… C'est une larme qui renferme toute une panoplie de sentiments à la fois.

Tel un robot, j'écris ces quelques mots et j'appuie sur la touche « envoi » sans relire mon message afin de ne pas regretter mon geste.

* Je suis touchée par tes mots. Je te remercie de ta discrétion. Effectivement, le mieux sera de faire comme si ce soir avait été une parenthèse enchantée qui s'est déjà refermée. Je t'embrasse aussi en espérant malgré tout t'emmener avec moi au pays des songes.

Cette fois, ce n'est plus une larme, mais un torrent qui parchemine mes joues. Ces mots ne sont absolument pas ceux que j'avais envie de lui écrire, pas du tout. Je n'aspirais qu'à lui hurler de revenir, de me toucher, me caresser, me faire l'amour jusqu'à l'épuisement. J'aurais tellement aimé sentir son corps contre le mien, caresser son torse, son dos, blottir ma tête dans son cou afin de humer sa peau.

Je m'endors sur ces pensées, ces désirs inavouables pour la femme mariée que je suis. Mon rêve est agité, mélange d'érotisme, de peur et de tentatives de fuite.

Chapitre 10
En tout bien tout honneur

Un rayon de soleil me nargue en jouant sur mon visage et me réveille. Je n'ai pas pris le temps de fermer les volets hier soir, enfin tôt ce matin, et j'en paye les conséquences. Il est huit heures trente. La nuit a été courte. Il ne devait pas être loin de cinq heures lorsque j'ai enfin réussi à m'endormir. Je m'assois dans le lit, mais un monstrueux mal de tête m'impose de me remettre immédiatement en position allongée. J'empoigne mon coussin et le dépose sur mon visage afin d'éloigner cette lumière de mes yeux endoloris.

Le déroulement de la soirée me revient subitement en mémoire. Ma main tâtonne le matelas à la recherche de mon téléphone.

Et si j'avais reçu un nouveau message d'Adam ? Mais non…

Déçue mais rassurée, je relis nos échanges de la nuit. Je souris, je soupire, je souffle. Mon Dieu que cette soirée a été dingue. Maintenant, il faut vraiment que je supprime cette conversation, ce que je fais sur-le-champ. Il faudrait que j'efface également le numéro d'Adam, mais c'est trop difficile. Je décide de modifier son nom et le transforme en « Carine », avec une majuscule alors que la vraie Carine est inscrite sans dans mon répertoire. Je sais qu'il serait préférable de l'éliminer définitivement de mon téléphone, mais je n'arrive pas à m'y résoudre.

Mes pensées s'envolent vers lui.

Que fait-il ?

À quoi pense-t-il ?

Je meurs d'envie de lui envoyer un petit mot, de savoir s'il a bien dormi, à l'inverse de moi, assaillie par mes rêves enflammés. Et si je m'y autorisais en me promettant qu'après ce week-end, je ne me permettrais plus d'avoir ce comportement ? C'est mon anniversaire et j'ai le droit de me faire plaisir non ? Revoilà le petit ange et le vilain diable qui rivalisent sur mes épaules. Et comme la veille, le petit tyran rouge auréolé de flammes gagne son duel.

* Bonjour, Adam, j'espère que tu as bien dormi. Pour ma part, mes rêves ont été chaotiques. Je pense que tu en faisais partie, mais ça reste flou. Je sais que ce message est celui de trop, mais tu as été dans mes premières pensées au réveil et je veux que tu le saches. Ce qui s'est passé cette nuit ne doit pas se reproduire, mais ce n'est pas pour autant que cela n'a pas eu d'importance pour moi. Je pense à toi et mes lèvres réclament la douceur des tiennes. Je sais que je ne dois pas, et c'est difficile à accepter.

Sa réponse arrive à une vitesse étonnante.

* Marylin, je suis tellement heureux de te lire, c'est une merveilleuse surprise matinale. Je crois que tu t'es également invitée dans mes rêves, même si ma nuit a été très brève. À quelle heure dois-tu partir ?

Sa réponse me fait sourire, ouf, il n'a pas l'air de m'en vouloir pour mon dernier message cette nuit.

À quelle heure je dois partir ? Je réfléchis. Ma mère m'attend vers midi, mais il me faut trente minutes de trajet et un peu de temps pour me préparer. Disons que ça me laisse deux bonnes heures de libre avant de me tenir prête.

* Il faut que je parte vers onze heures trente, mais j'ai du travail pour redonner à ma tête un air convenable !

Viens avec moi prendre un petit-déjeuner en ville, s'il te plaît. Juste toi et moi, une dernière fois. En tout bien tout honneur !

Mon cœur rate un battement. Alors ça, je ne l'ai pas vu arriver.

Mais comme j'ai décidé qu'aujourd'hui, jour de fête pour moi, j'ai le droit de me faire plaisir, je ne prends pas la peine de réfléchir.

OK, en tout bien tout honneur... (je répète ses propres mots afin de souligner leur importance). *As-tu une idée du lieu ?*

Il me donne dans la seconde le nom d'un bar qu'il a repéré à mi-chemin entre nos domiciles respectifs. Nous devons nous y retrouver dans une demi-heure. Je mets volontairement mon cerveau sur pause. Ce n'est plus le moment de réfléchir au bien et au mal, à savoir si cette escapade paraît moralement répréhensible ou pas. Non, je vais le rejoindre, car j'en ai envie, point !

Non en fait, j'accepte tout simplement parce que j'en ai besoin. Mon corps réclame sa présence, comme une nécessité quasi viscérale.

Je saute hors du lit en faisant valser les coussins, attrape de quoi me vêtir, cours à la salle de bain. Mon visage est presque effrayant. J'ai beaucoup pleuré hier soir et mes yeux sont bouffis. L'eau fraîche sur mon visage me fait du bien. J'opte pour un maquillage naturel et rapide. Après quinze minutes et sans prendre le temps de mon sacro-saint thé, je suis prête.

Notre lieu de retrouvailles ne se situe effectivement pas très loin de chez moi, et il est un peu plus de neuf heures quand je me gare. Il y a peu de monde dans les rues en ce dimanche matin. Un joggeur me dépasse en soufflant en cadence. Fébrile, je m'approche du bar qui fait face au Rhône. Je le vois, il est là, debout devant l'entrée, il m'attend. Il m'aperçoit et me sourit. Ce sourire, mon dieu, que je l'aime. Un sourire vrai, un sourire qui ne ment pas.

— Bonjour, je suis tellement heureux que tu aies accepté de prendre un petit-déjeuner en ma compagnie !

Il s'approche et se penche pour m'embrasser sur la joue. Un baiser, un seul. Pas un bonjour normal avec une bise sur chaque joue, juste un seul et unique baiser. Tremblante, je le regarde, les mots coincés dans ma gorge nouée. Mes yeux s'embuent tellement l'émotion me submerge d'être à nouveau si proche de lui dans une sorte de rendez-vous clandestin. Un frisson incontrôlable se propage dans tout mon corps. Je frotte mes mains l'une contre l'autre dans mon dos, paniquée par leur moiteur.

Il m'ouvre la porte et nous nous dirigeons vers une petite table isolée, dans le fond du bar, à l'abri des regards indiscrets.

— Ça va ?

Sa question me déroute.

— Je ne sais pas, je pense que oui.

Je lui fais la réponse la plus franche possible. Son regard se rembrunit un peu, il penche sa tête un peu sur le côté tout en continuant de me regarder intensément.

— N'aie pas peur de moi. Tu veux que nous parlions de ce qui s'est passé hier soir ?

Sa main se pose sur la mienne. Incapable de soutenir son regard inquiet, mes yeux s'attardent sur nos mains. Lorsque je relève la tête, il me dévisage toujours avec tendresse.

Je me lance à poser la question qui me trotte brûle les lèvres.

— Pourquoi ?

Son visage se crispe et il fronce les sourcils d'un air interrogateur.

— Pourquoi quoi ?

— Pourquoi moi ? Pourquoi cela ? Pourquoi je ressens cette attirance envers toi ? Pourquoi je ne me reconnais plus depuis que je te connais, toi ?

Il lâche un petit rire et son expression se détend.

— Ça en fait des questions en même temps ! La seule à laquelle je peux commencer à répondre, c'est la première. Pourquoi toi. Depuis le premier jour où je t'ai vue à ton bureau, je ne pense qu'à toi. Tu as pris possession de mon cerveau et depuis, tout le reste passe au second plan. Je suis sous ton charme depuis des semaines. J'essaie malgré tout de garder la distance, car je sais très bien que tu n'es pas libre. Mais lorsque samedi on s'est croisés par hasard, je me suis dit que c'était le destin qui nous donnait un coup de pouce et que cette opportunité ne se représenterait peut-être pas. Donc…

— Donc, toi aussi tu as ressenti ce petit truc entre nous ?

Étonnée de sa réponse, je ne pensais pas qu'il pouvait lui aussi avoir succombé à un coup de foudre…

J'en suis à la fois émue, heureuse, mais effrayée.

— Ce petit truc ? Tu rigoles j'espère. Marylin, tu hantes mes jours et mes nuits. Je ne désire qu'une chose depuis que je t'ai vue, c'est de te serrer dans mes bras et de goûter à tes lèvres. J'ai envie de te connaître, de tout savoir de toi. Je sais que la situation n'est vraiment pas simple car tu es mariée. Mais je veux que tu saches que si tu me donnes quand même une chance de faire plus ample connaissance, je serais le plus heureux des hommes.

Ses aveux me laissent perplexe. Difficile d'imaginer que cet homme, tellement hors de portée pour moi, puisse ressentir de telles émotions à mon égard.

À aucun moment, je n'ai envisagé que mon coup de cœur était partagé avec la même intensité. Un nœud se forme au creux de mon ventre. Les picotements sur mon visage s'intensifient, signe que mon corps subit un stress important. Et je crois en connaître la raison. À cet instant, ma vie prend un tournant particulier. Plus rien ne sera comme avant. Les choses vont devenir très compliquées, car quand il faut lutter contre ses propres désirs, la tragédie n'est jamais loin.

— Adam, je suis perdue. Tout va si vite. Il y a encore quelques semaines, je vivais une vie sans turbulence. Je ne me posais pas de question. La vie se déroulait tranquillement, d'une manière assez routinière, je l'admets, mais sans que je m'interroge sur des problèmes d'ordre sentimental. Et puis il y a eu toi.

Il m'écoute avec un grand intérêt. Sa main serre la mienne. Son pouce dessine des petits cercles sur ma peau. Ce contact suffit à submerger mon bas-ventre d'une multitude d'étincelles.

— Je suis désolé d'être responsable de tourments pour toi.

Il a l'air sincèrement contrarié. Je pose mon autre main sur les nôtres déjà jointes.

— Ces tourments sont les choses les plus délicieusement douloureuses que j'ai connues depuis bien des années. Je n'ai pas souvenir d'avoir déjà ressenti cela avec autant d'intensité.

J'ai prononcé cette dernière phrase dans un murmure, comme si elle s'était échappée de mes pensées sans que je veuille la prononcer.

Adam rapproche sa chaise de la mienne, son corps touche maintenant le mien. Son odeur me rend dingue. Une senteur de gel douche masculin mêlé à un parfum léger mais enivrant.

Il replace une mèche de mes cheveux derrière mon oreille. Ma respiration devient difficile. Délicatement, son index soulève mon menton afin que nos regards s'unissent.

— Je ne te demande pas de bouleverser toute ta vie. Sans aucun doute, les choses seraient terriblement plus simples si tu étais célibataire. Mais si tu savais comme j'ai envie de t'embrasser malgré tout. Ce désir est plus fort que tout. Plus fort que la logique, que les convenances, que la raison. Quand tu m'as envoyé ce message, ce matin, j'étais comme un enfant à Noël. Je me voyais déjà passer un dimanche à déprimer et à râler auprès de mon frère. Mais ce petit moment que tu m'offres là est un présent précieux et je l'apprécie à sa juste valeur.

Il a vraiment l'air sincère. Nos visages sont proches. Très proches même. Il suffirait de quelques centimètres pour que…

Il incline légèrement la tête, me regarde et semble attendre mon accord. Mon sourire fait office d'approbation. Doucement, ses lèvres s'approchent des miennes. Elles les effleurent, d'abord timidement, comme s'il attendait ma réaction. Je ne le repousse pas. Elles se font plus aventureuses. Ma bouche est captive ; je suis sous le charme de cette prise d'otage. Mon cœur s'emballe à nouveau en sentant ressurgir les mêmes sensations épidermiques de cette nuit. Impossible de résister à cet homme. Mon corps n'est plus que braise. J'ai envie de l'attirer tout contre moi et de me blottir contre son torse.

Mais il rompt le baiser et colle son front contre le mien en fermant les yeux. Sa retenue me déstabilise, je ne sais pas comment réagir. Mon seul désir en ce moment même, est de lever le voile sur cet homme, de découvrir son corps et décrypter son cœur.

— J'aimerais tellement passer plus de temps avec toi, que tu me parles de toi, de tes envies, de tes désirs. Que tu me dévoiles tes passions, tes habitudes, tes manies. Est-ce que tu crois qu'on pourra se trouver un moment pour apaiser mon besoin de mieux te connaître ? me demande Adam.

— Oui.

C'est le seul mot que je réussis à lui répondre. Le temps passe tellement vite. Je regarde ma montre. Il est neuf heures quarante-cinq.

— Nous avons une heure devant nous, Adam, tu peux me poser toutes les questions que tu veux, je te répondrai. Mais à une condition, c'est que tu répondes également aux miennes. Pas de faux-semblants, des réponses vraies et franches.

— Ça me va, mais je doute fort qu'en une heure, je sois suffisamment rassasié d'informations sur toi ! ironise-t-il d'une mimique amusée en levant les yeux au ciel.

Il se recule un peu. Je regrette aussitôt ces quelques centimètres qui nous séparent. Je veux encore goûter ses lèvres. Je m'enhardis à mon tour et viens chercher un deuxième baiser. Il émet un petit son sous la surprise de mon assaut, et se rapproche immédiatement. Cette fois le baiser se fait plus passionné, plus audacieux.

Seule au monde près de lui, plus rien n'existe autour de nous. J'ai dix-huit ans et je suis amoureuse.

Lorsque nous relevons la tête, ses yeux se perdent dans les miens teintés d'une lueur étrange. Je n'arrive pas à déchiffrer son ressenti, alors j'attends.

Il soupire, tandis que ses bras m'enserrent. Médusée, je regarde son torse qui se soulève. Lorsque je relève enfin la tête, je vois que ses yeux sont fermés. Toujours plus audacieuse, je lui vole un nouveau baiser. Il rouvre les yeux et un sourire éclaire son visage qui était devenu étrangement triste.

— Que se passe-t-il ? m'inquiété-je.

— Rien… Je profite de ce moment. J'imagine que c'est un moment rare qui ne se reproduira peut-être plus, souffle-t-il.

Adam prend mon visage dans ses mains et me gratifie d'un baiser intense. Je lui souris tendrement.

— Pourquoi ce sourire ?

— Disons que si nous continuons à nous embrasser comme cela, je crois qu'effectivement, nous n'aurons pas vraiment le temps de discuter.

— Hum, pas faux, le langage corporel est souvent très parlant également !

Il ponctue sa phrase d'un petit rictus coquin. Cet homme est tout à fait ensorceleur. Je comprends que je sois tombée sous son charme. Ses mains ne cessent de me toucher, alternant entre mon visage, mes cheveux, mes bras, comme s'il essayait de profiter le plus possible d'une chose qui allait lui être ôtée bientôt.

Il me questionne beaucoup, sur qui je suis vraiment, mon caractère, mes envies. Nous parlons comme si nous essayons d'apprendre le plus possible de choses en un temps restreint. Ce qui est le cas d'ailleurs. Mes yeux se posent sur la pendule du bar. Il est bientôt dix-heures quarante. Je soupire et Adam se rend compte également que le temps a défilé à trop vite.

Il recule sur sa chaise et d'un air grave me pose une ultime question.

— Marylin, je veux que tu répondes sincèrement à cette question : es-tu heureuse dans ta vie actuelle ? Es-tu comblée ? Penses-tu que ta vie est à la hauteur de ce que tu attendais plus jeune ?

Je l'écoute attentivement, je ne veux pas lui mentir sur quoi que ce soit.

— Je crois que tu as une notion étonnante des chiffres ! Ce n'est pas une question que tu me poses, mais trois ! m'exclamé-je pourtant en tentant l'humour pour masquer mon désarroi.

Il fait une petite grimace, me regarde en attendant que je lui offre une vraie réponse. Cette question, ou plutôt cette salve de questions me prend au dépourvu. Je n'avais jamais réfléchi à cela de cette manière.

— Ces interrogations ne sont pas anodines et demandent que je réfléchisse avant de te dire quoi que ce soit. Si je te répondais spontanément, je dirais oui je suis heureuse, car je ne cherche pas de point de comparaison. Je vis ma vie sans grosses difficultés, je suis une route toute tracée avec quelques obstacles, mais rien d'insurmontable. Enfin jusqu'à il y a quelques semaines. Je sais que ma vie ne correspond pas parfaitement à mes attentes, mais elle est agréable. J'ai trois beaux enfants en bonne santé, un travail qui me plaît, un mari avec qui j'ai appris à faire des compromis afin de respecter les désirs de l'un et de l'autre. Cette vie-là n'est pas si mal, non ?

— Alors pourquoi as-tu accepté de venir me voir aujourd'hui, si tu es heureuse dans ta vie ? s'enquiert-il après un court instant de réflexion, le visage anxieux.

Je reste bouche bée. Je n'ai pas de réponse immédiate à lui fournir.

— Marylin, écoute-moi bien. Je ne veux pas que tu te sentes mal par rapport à ma question, j'ai juste besoin de savoir pourquoi tu as ressenti l'envie de venir. Mais je ne te force pas à me répondre tout de suite. Je suis vraiment chanceux que tu sois près de moi en cet instant. Tu ne peux pas savoir à quel point ta présence est importante. Je sais que la situation est compliquée, mais ce qui se passe entre nous paraît tellement fort que ça vaut le coup de se poser les bonnes questions. Promets-moi de réfléchir à tout cela.

Au fil de son discours, ses mains se sont accrochées aux miennes, les agrippant comme s'il avait peur que je lui échappe. Puis il vient caresser une mèche de mes cheveux et la repose délicatement. Ses lèvres effleurent tendrement les miennes.

— Je te laisse, réfléchis-y et vois ce que tu veux en faire. Je ne te force à rien. Mais si tu ne veux pas que nous allions plus loin, je comprendrais, l'entends-je ajouter tout bas, presque à regret.

Sans attendre de réponse, il porte mes mains à ses lèvres, me lâche, et s'éloigne sans se retourner. Il règle les consommations, franchit la porte et part en direction de sa voiture. Je reste là, confuse. Hier soir encore, je sortais avec mon amie, sans penser à mal. Et quelques heures plus tard, je me retrouve à me torturer l'esprit, car mon cœur vient de connaître un cataclysme émotionnel. Comment ne pas être bouleversée par les paroles de cet homme ? Moi qui pensais ressentir secrètement des sentiments interdits pour un inconnu, voilà que je découvre que ces émotions sont partagées avec une puissance étonnante, voire effrayante.

Penser à Adam et à ce que je ressens pour lui est pourtant d'une clarté évidente. Comme une pièce de puzzle qui aurait trouvé la bonne place où s'imbriquer. Une symbiose naturelle parfaite. Une attirance terriblement irrésistible.

Tout à coup, m'intéressant enfin à mon téléphone, je me rends compte que j'ai quatre appels en absence. Trois de Gabriel et un de ma mère. Mince ! C'est comme si j'avais été déconnectée de ma vie réelle pendant quelques heures et que tout à coup, elle me sautait au visage !

Je compose immédiatement le numéro de Gab qui répond presque instantanément.

— Allô Lynette ? Ça va ?

— Bonjour, Gab, oui ça va. Et toi, comment ça se passe ? bredouillé-je en essayant malgré tout de prendre une voix naturelle.

— Bien, bien, mais je me faisais du souci, je n'arrivais pas à te joindre ! Tu as un problème avec ton téléphone ? J'ai essayé aussi à la maison, mais tu ne décroches pas !

Heureusement qu'il ne peut voir mon visage qui vire aussitôt au pourpre.

— Désolée, je dormais. Nous sommes rentrées tard avec Carine et j'avoue qu'on a un peu abusé de cocktails. J'ai pourtant mis le réveil, mais j'ai dû me rendormir, bafouillé-je sans trop réfléchir.

Je me sens tellement honteuse de mentir sur ma soirée. Mais ce mensonge n'est qu'une broutille. Tout à coup, comme si la magie de ma rencontre avec Adam venait de s'envoler très loin, je réalise la gravité de la situation. Je ne maîtrise plus rien, la bulle dans laquelle je vis depuis tant d'années sans me poser de questions vient d'exploser.

Moi, l'épouse aimante et la mère dévouée, je craque pour un autre homme : mon équilibre vient d'être sérieusement mis à mal, tout comme mon estime de moi.

— D'accord, ma puce, alors je crois qu'il va falloir vite sauter dans la douche et évacuer les vapeurs d'alcool si tu ne veux pas être en retard pour le repas chez ta mère. Comment va Sacha ?

Je me force à rire en validant son conseil, confirme qu'il ne faut pas que je traîne, que ce n'est plus de mon âge de sortir et boire plus que de raison. Mais que lui répondre pour Sacha ? Je n'ai même pas pensé à prendre de ses nouvelles depuis hier fin en d'après-midi. Non seulement je trompe mon mari, mais en plus me voilà mise au rang des mères indignes.

— Sacha va bien. Bon, écoute je te laisse. Comme tu l'as dit, il faut que je me dépêche. On se voit ce soir ? Tu rentres tard ?

— OK, passez une belle journée, et encore désolé de ne pas être présent. Ah oui au fait, bon anniversaire Marylin ! Je pense rentrer aux alentours de dix-huit heures.

— Merci, Gab, à ce soir ! Bonne journée à toi aussi.

Je raccroche, secouée, mais soulagée que notre conversation s'achève.

C'est la première fois que je mens d'une telle façon à mon mari.

Chapitre 11
Contrecoup

— Ça va ma chérie ? Houlala tu as une tête affreuse, avoir un an de plus semble beaucoup te fatiguer !

Ma mère rit de sa boutade tout en me serrant dans les bras. Il est midi trente et ma vie doit reprendre son cours normal. Sacha arrive en courant et me saute dans les bras.

— Bon anniversaire ma petite maman !

Mon petit homme me tend un très joli dessin réalisé par ses soins. Il représente notre famille dans une pluie de cœurs. Avec tendresse, je souris à ce petit homme si cher à mon cœur et l'embrasse. Mon Sacha est adorable, d'une grande sensibilité. Une vague de tristesse me traverse, mes sentiments pour Adam ne sont pas compatibles avec une vie paisible en famille. Il va falloir faire un choix et vite. Il faut absolument que je chasse cet homme de mon esprit afin de poursuivre ma vie sans perturber l'ensemble de ma famille. Une larme coule sur ma joue. Je la cache discrètement en détournant mon visage. Mes états d'âme du moment doivent rester au fond de moi.

La journée se passe tranquillement. Je pense faire illusion, même si ma mère me jette des regards un peu inquiets en voyant ma mine fatiguée.

— Tout va bien ma puce ? s'inquiète-t-elle discrètement pendant que nous remplissons le lave-vaisselle, loin des oreilles de Sacha pour qu'il ne surprenne pas notre conversation.

— Oui, ça va, c'est juste que sortir le soir et boire un peu, c'est plus de mon âge ! essayé-je de plaisanter.

Un nouveau bip de mon téléphone me fait sursauter, je le surveille régulièrement. J'espère secrètement voir apparaître un message d'Adam. Plusieurs fois, j'ai bondi en entendant la petite sonnerie, mais il s'agissait que d'amis ou de connaissances qui me souhaitaient mon anniversaire sur ma messagerie.

En fin d'après-midi, je laisse mon fils chez ma mère qui fera office de nounou pendant la semaine de vacances scolaire. Une terrible migraine m'offre un prétexte pour rentrer chez moi. J'ai besoin de me retrouver un peu seule avant le retour de Gab. Lorsque j'embrasse ma mère pour lui dire au revoir, elle prend mon visage dans ses mains, me regarde avec autant d'amour que d'inquiétude.

— Tu es sûr que ça va, j'ai l'impression que tu es soucieuse ? me demande-t-elle les yeux dans les yeux.

Avec un air qui se veut détaché, je tente de la rassurer.

— Mais oui, ne t'inquiète pas, c'est juste que je suis fatiguée. Je vais aller me reposer tranquillement à la maison en attendant Gabriel. J'ai envie d'un bain moussant dans lequel me prélasser !

— Tu me le dirais si quelque chose n'allait pas, n'est-ce pas ?

Ma mère n'est pas aveugle, elle me connaît sur le bout des doigts et j'ai du mal à la duper.

Il ne faut pas qu'elle insiste trop ; je sens que les larmes ne sont pas loin. Je l'embrasse pour toute réponse et abrège mon départ.

∞∞∞∞∞

Assise en équilibre sur le rebord de la baignoire, je regarde, hypnotisée, le robinet cracher son eau bien chaude et fumante. J'espère noyer dans ce bain parfumé et moussant les pensées adultères et tous les démons qui m'ont envahie. La caresse de la mousse à la senteur jasmin est un délice. La lueur de deux bougies parfumées danse au bout de la baignoire. La tension accumulée ces dernières heures s'évacue : les larmes s'écoulent doucement. Ça fait un bien fou de ne pas les retenir.

J'essaie de faire le vide dans ma tête. Ne plus penser à lui, oublier son odeur, la douceur de son regard, ses mots terriblement délicieux et surtout l'immense trouble qu'il provoque à l'intérieur de mon cœur et de mon corps. Je me laisse glisser sous l'eau, immergeant mon visage et mes cheveux. Je n'entends plus que le clapotis de l'eau et un ronronnement ténu mais persistant. Les yeux clos, je me délecte de cet étrange bien-être, loin de tout, dans un monde de silence aqueux. Je me détends, mon esprit s'apaise durant quelques secondes, se laissant aller à absorber cette sensation de quiétude. Bien trop éphémère, hélas !

Un son effrayant sorti de nulle part me tire soudainement de ma torpeur et de mon état de relâchement. La seconde suivante, je sens qu'on me soulève avec force.

Mon cœur s'affole ; j'ouvre les yeux, paniquée. Là, au-dessus de moi, je vois Gabriel qui s'agite, affolé.

— Mais chérie, qu'est-ce que tu fous ? Tu m'as fichu une sacrée trouille quand je t'ai vue au fond de la baignoire !

Il me faut quelques secondes pour retrouver mes esprits.

— Mais toi aussi, tu m'as fait peur ! Qu'est-ce qui te prend de me tirer de cette manière ! crié-je, plus agressive que je ne le souhaite.

Je m'adoucis, penaude.

— Excuse-moi, tu m'as surprise, j'essayais de me détendre et de faire passer un mal de tête.

Je prends appui sur le rebord de la baignoire pour l'embrasser furtivement. Ça fait quand même plus de quarante-huit heures que je ne l'ai pas vu, et je me rends compte qu'il ne m'a pas manqué du tout. Je ne l'ai quasiment pas appelé. Pas d'envoi de message alors qu'habituellement, nous communiquons assez souvent dès que nous sommes éloignés.

— Non mais tu te rends compte comme j'ai eu peur quand je t'ai vue sous l'eau et que tu ne bougeais pas ? Marylin, j'ai cru que mon cœur allait s'arrêter !

Une inquiétude réelle se lit sur son visage. Une énorme culpabilité m'envahit. Je lui souris et essaie de le rassurer comme je peux.

Quelques instants après, je me retrouve dans la chambre, enroulée dans ma grande serviette moelleuse que j'affectionne. Mes cheveux non essorés dégoulinent sur mes épaules. Je fouille dans mon placard afin de dénicher une tenue confortable pour la fin de journée. Tout à coup, je tressaille en sentant une main qui se pose sur ma hanche. Dans le miroir, j'aperçois Gabriel qui se tient derrière. Son regard gourmand scrute mon corps juste paré du drap de bain. Un signal d'alerte retentit dans ma tête, je comprends immédiatement son intention.

Je me raidis, terrifiée à l'idée de devoir avoir une relation sexuelle avec lui. C'est au-dessus de mes forces. Mon mari fronce légèrement les yeux en voyant ma réaction.

— Et si nous profitions de l'absence des enfants pour rattraper un peu le temps passé loin l'un de l'autre ?

Ses yeux pétillent de désir. Son bassin se colle au mien, et la panique me saisit quand je sens son membre en érection. Comment me sortir de cette situation ? Faut-il que j'enferme mes vraies envies à double tour et que je laisse mon mari profiter de mon corps ? Je ne sais pas vraiment mentir et je n'ai jamais réellement eu l'occasion de me dérober à lui de cette manière. Enfin, c'est ce que je pensais jusqu'à ce moment-là.

J'inspire à fond, puis soupire.

— Je suis vraiment désolée, mais j'ai un mal de tête d'enfer. Rien n'arrive à me soulager et j'ai juste envie de me vautrer sur le canapé comme une larve, avec un thé bien chaud.

La déception remplace instantanément le feu qui brûlait dans ses yeux quelques secondes auparavant. Ceci n'est qu'un demi-mensonge, j'ai réellement une énorme migraine, les traits de mon visage complètement crispés. Je ne lui parle pas de ce nœud douloureux qui m'oppresse au niveau du sternum et de l'estomac. Une vilaine sensation nauséeuse ne me quitte plus. Je donnerais cher pour me retrouver seule, juste accompagnée des souvenirs encore ancrés en moi de ce week-end bouleversant. Je me force à oublier la désagréable impression de trahison qui me ronge.

Ma tête déconfite le persuade de mon état lamentable, et il n'insiste pas. Je ferme les yeux et souffle discrètement. J'arrive à esquiver pour cette fois, mais je ne pourrai pas me défiler à chaque tentative d'approche.

Assise dans le canapé, un mug rempli de thé vert à la main, je fais mine de me concentrer sur le programme TV pourtant insipide. Mon cerveau est en ébullition avec des dizaines de questions qui se bousculent.

Pourquoi tout cela se produit-il maintenant ?

Pourquoi je ne ressens plus l'envie de me blottir dans les bras de mon mari ?

Pourquoi ai-je l'impression d'être devenue une salope ?

Pourquoi cela m'arrive-t-il alors qu'il y a peu de temps encore, je ressentais du mépris pour les femmes qui cèdent à la tentation de l'adultère ?

Cherchant à me dédouaner, je me rassure : je n'ai pas franchi ce cap fatidique, en tout cas pas comme je me le représente. Mais peut-être que je me mens à moi-même, que mon comportement de ce week-end ressemble beaucoup à une infidélité envers mon mari. J'imagine la scène avec une inversion des rôles. Je n'apprécierais pas du tout apprendre que Gabriel se comporte avec tant d'ambiguïté avec une autre femme. Cette idée me répugne même, augmentant par la même occasion le dégoût de ma propre personne.

Lorsque Gabriel se glisse dans le lit, je feins de dormir profondément. Sa main se pose sur mon ventre et remonte doucement le long de ma hanche. Je ne bouge pas. Je m'impose une respiration calme afin de ne pas me faire démasquer. Il insiste en appuyant un peu ses caresses. Ses doigts descendent sur mes cuisses. J'émets un grognement et m'installe sur le côté opposé. Je l'entends soupirer. À mon grand soulagement, ses mains s'éloignent de mon corps et il me tourne le dos.

Des larmes silencieuses coulent le long de mes joues. Des larmes de tristesse, de frustration, mais aussi de honte. J'ai comme le sentiment d'avoir perdu quelque chose. La sensation que ma paix intérieure est morte. Je m'endors après de longues heures de lutte contre mes états d'âme.

Chapitre 12
Décision

Assise derrière mon ordinateur du secrétariat, je soupire. J'ai passé un long moment ce matin devant mon miroir, à essayer d'éliminer de mon visage les stigmates de ce week-end émotionnellement éprouvant. La cohue de patients, une constante de chaque lundi, me fait oublier mes tourments.

Mandy me demande plusieurs fois si je vais bien, me répétant à maintes reprises que j'ai mauvaise mine, les yeux bouffis. J'ai pourtant tenté de camoufler mes cernes et les traits tirés par une copieuse dose de crème « bonne mine ». Apparemment, cela ne semble pas suffisant vu mon état. C'était une crème « miracle » que j'aurais dû utiliser.

La matinée passe assez vite. La quantité de travail empêche mon esprit de se perdre dans des divagations.

La pause déjeuner se fait en compagnie de ma collègue comme très souvent. Le contenu de mon assiette reste quasiment intact, l'appétit n'est pas là.

— Que se passe-t-il ? Tu es toute pâle, tu parles peu, tu ne manges presque rien. Tu es malade ? me questionne Mandy avec inquiétude.

Depuis trois ans que nous travaillons ensemble, elle me connaît bien. Nous sommes aujourd'hui plus amies que collègues et n'hésitons pas à nous raconter notre quotidien. Mandy, extravertie et sans complexe, me raconte souvent ses relations avec les hommes qu'elle rencontre, assez nombreuses au demeurant. Nos échanges se transforment souvent en sacrés fous rires.

— J'ai eu un week-end intense, et j'ai du mal à m'en remettre.

Je ne lui mens pas, j'omets juste le temps passé avec le bel avocat. Rien sur notre baiser, sur mon comportement de gamine. Je ne souhaite pas partager cela avec elle. Je ne me sens pas prête, c'est trop intime. Je me trouve tellement nulle et honteuse. Mais très vite, je me perds à nouveau dans mes pensées.

L'odeur des sièges en cuir. Les flûtes de champagnes...

Mes lèvres s'entrouvrent, encore sous l'emprise de ce baiser fougueux à quelques pas de ma porte, puis de ces baisers d'adolescente énamourée dans ce bar.

Lorsque je reviens à la réalité, Mandy m'observe curieusement.

— Je ne sais pas ce qui s'est passé pour toi ces deux jours de repos, mais ça a eu l'air torride vu la tête que tu fais. La chaleur qui a coloré tes joues il y a quelques minutes me laisse penser que Monsieur Gabriel a dû assurer un max pour ton anniv'.

Elle ponctue sa phrase d'un clin d'œil suivi d'un fou rire. J'essaie de la suivre avec un petit rire, mais le cœur n'y est pas. Je change rapidement de sujet de conversation pour éviter de nouvelles questions ou pire, des détails croustillants comme elle les aime, je risquerais de me retrouver vite en difficulté : le mensonge n'est tellement pas naturel pour moi.

Je décide de reprendre mon poste quinze minutes avant l'heure officielle, afin d'écourter ce tête-à-tête et je profite de mon avance pour checker les mails. Comme le secrétariat est encore calme, j'entends le bip de mon téléphone signalant l'arrivée d'un nouveau message. Le nom de Carine s'affiche. Carine avec un grand C, celui que j'attends autant que j'appréhende. Mes joues s'enflamment et mes doigts tremblotants appuient sur le message.

* Impossible de me concentrer, tu es non-stop dans mes pensées. J'ai un terrible sentiment de manque. J'espère que tu vas bien.

Je le lis, le relis puis je me mets à paniquer en imaginant que ce message aurait pu arriver alors que je me trouvais chez moi en compagnie de mon mari. Mais il est vrai que c'est une heure où je suis au cabinet et il le sait. Le coup de stress disparaît aussi vite pour laisser place à un sentiment de plaisir intense : moi, Marylin, je hante le cerveau d'un dieu vivant. J'en suis encore toute chamboulée.

Mais maintenant que faire, que répondre ? Si j'écoute ma raison, je ne lui réponds pas, ou alors je reste très distante. J'ai décidé, malgré la torture que cela m'inflige, de donner priorité à ma famille.

Si j'écoute mon cœur, je lui dis que je ne pense qu'à lui et que je rêve de me retrouver à nouveau dans ses bras.

Le temps est suspendu.

Suspendu à une décision, à un choix qui peut être capital pour le futur. Je ferme les yeux et prie, moi qui ne crois en rien, pour que trouver la force de résister à cette incessante attirance. Lorsque j'ouvre les yeux, j'essuie rageusement une larme qui s'échappe, pestant contre moi-même.

Ma décision est prise, je ne laisserai pas la faiblesse m'envahir. Je suis une femme forte et droite, je ne manquerais pas de respect à mon mari en me comportant comme une épouse frivole. Ce que je ressens n'est sans doute qu'un élan du cœur qui passera aussi vite qu'il est venu. Un peu de volonté et de caractère suffiront pour ne pas succomber à l'appel de mes hormones. Je me redresse, respire un bon coup et me décide à répondre.

Bonjour, Adam, je vais bien, je te remercie. Malgré l'attirance que j'éprouve pour toi, il ne faut rien espérer de ma part. Je suis navrée de t'avoir laissé croire que quelque chose pouvait se passer... Désolée.

Et avant de me relire et de changer d'avis, j'appuie sur le bouton « envoi ».

À peine le message parti, je regrette déjà mon geste. J'aimerais ouvrir mon téléphone et rattraper mes mots afin de les effacer. Bien évidemment, ce ne sont pas ceux que je souhaitais lui dire. J'avais tant envie de lui crier de venir à nouveau m'embrasser, me serrer dans ses bras, de me laisser le toucher, le caresser...

Dépitée, je vois les premiers patients de l'après-midi arriver. Il ne faut plus penser à lui, et me concentrer sur mon travail. Je me surprends à être de mauvaise humeur, à râler après Mandy pour des broutilles qui d'ordinaire ne m'auraient pas agacée. Il m'arrive même de manquer de patience et d'empathie envers certains patients. J'ai hâte de terminer cette journée de travail et me laisser aller à ne plus réfléchir à rien. Ou du moins, à me concentrer uniquement sur mes propres problèmes. Plusieurs fois, j'ai surveillé l'arrivée d'un nouveau message d'Adam, mais rien, silence complet.

Le soir, à la maison, je m'efforce d'avoir l'air heureuse, je souris plus que nécessaire. L'absence des enfants me rend nerveuse, car je me trouve seule face à Gabriel, sans moyen de faire diversion. J'improvise des tas d'occupations capitales, de celles qui ne peuvent pas attendre, pour reculer le moment fatidique où je devrai rejoindre mon mari dans l'intimité de notre chambre. Je ne suis pas certaine de réussir à me comporter comme si tout était normal. Il va sans doute vouloir faire l'amour. Comment vais-je pouvoir me laisser aller alors que mon corps se révulse à cette idée ?

À vingt heures quinze, mon téléphone sonne.

Mon Dieu, non ce n'est pas possible, si c'était Adam ?

Je regarde l'écran et à mon soulagement le nom de ma mère s'affiche.

— Allô, maman, que se passe-t-il ?

— Ma puce, je suis un peu inquiète, car Sacha est fiévreux ce soir et pas en forme du tout. Il n'a rien voulu manger et reste prostré sur le canapé, m'informe-t-elle.

Oh mince, mon pauvre bonhomme ! Et moi, trop préoccupée par ma propre personne, je n'ai même pas vraiment fait attention à lui. C'est à peine si j'ai pensé à lui, comme aux filles d'ailleurs. En plus, j'ai oublié de laisser des médicaments au cas où.

Après un bref échange avec maman et mon Sacha, je décide de me rendre à nouveau chez ma mère pour y déposer un traitement contre la fièvre et faire un gros câlin à mon grand bébé de neuf ans. Et puis, sortir de chez moi un moment sera bénéfique pour modérer la pression entre Gabriel et moi.

Lorsque je réintègre le domicile conjugal tardivement, mon mari dort déjà à poings fermés et j'en suis soulagée.

Chapitre 13
Entorse

En fin d'après-midi ce mardi, le dernier client est enfin entré en consultation. Mes courriers sont à jour, mais la messagerie du secrétariat m'annonce des messages non lus. Le nom de l'expéditeur du premier message attire immédiatement mon regard.

Maître Adam Leclerc.

« Chère Marylin, je me permets ce mail afin de vous redemander le document manquant pour le dossier en cours. Dans l'intérêt de l'instruction, il serait souhaitable de me le faire parvenir au plus vite. Pouvez-vous me contacter sur mon numéro personnel afin que je vous donne les informations nécessaires ?

Merci, cordialement,

Maître Leclerc, avocat »

Je ne comprends rien à son mail. Quel document manquant ? Je ne sais pas de quel papier il peut parler. Pourquoi ce ton si froid et le vouvoiement ? Je repense au dernier message, quasi aussi glacial que je lui ai envoyé. La loi du Talion apparemment !

Étant seule au secrétariat à cette heure-ci, je décide de l'appeler. Suite à nos derniers échanges impersonnels, nos rapports ne peuvent que redevenir professionnels.

Je compose son numéro que je connais par cœur. Il décroche très rapidement. Je me persuade qu'il faut que j'emploie un ton qui ne lui laissera plus rien espérer de moi.

— Bonjour, Marylin à l'appareil, la secrétaire du Dr Becker. Je vous contacte suite à votre mail.

Pendant de longues secondes, il n'y a que le silence. J'entends néanmoins sa respiration.

— Allô ? Adam, tu es là ?

Mon inquiétude l'emporte : je passe instantanément du mode secrétaire en mode amoureuse tourmentée, annihilant du même coup mon choix de paraître distante.

— Marylin, comme je suis heureux d'entendre ta voix. Si tu savais comme cela m'a manqué.

Et voilà, quelques mots et toutes mes bonnes résolutions chancellent. Mon cœur bat la chamade, et je donnerais n'importe quoi pour me délecter à nouveau de la douceur de ses lèvres.

— Adam… Toi aussi, tu me manques. Ma décision est difficile, très difficile même à respecter.

Je suis en pleine confusion ; j'ai tellement envie de l'entendre me parler. Je sais que j'ai décidé de ne plus me comporter en femme légère, que je vais rester fidèle à mon mari. Mais cette voix-là, ses mots, sa respiration, tout cela m'envoûte et me fait perdre le bon sens.

— Je n'arrive pas à me dire que je ne vais plus pouvoir poser mes lèvres sur les tiennes. Je ne pense qu'à toi, jour et nuit. J'aimerais tellement qu'on puisse passer un petit moment ensemble. Juste pour que tu m'expliques de vive voix ton choix.

Dans un état de stress terrible, j'ouvre la bouche, mais aucun son ne sort. Après quelques secondes de mutisme, j'arrive à retrouver un peu de lucidité.

— Tu ne me facilites pas la tâche. Mais oui, si tu veux, on peut se retrouver afin d'en parler ensemble.

J'ai envie de me gifler d'être si facilement influencée par cet homme. Je sais très bien que je ne saurais pas résister à ses avances s'il lui prenait l'idée de m'embrasser à nouveau. Je dirais même que j'en meurs d'envie en cet instant.

Je me trouve pathétique.

— Je suis vraiment heureux ! Tu me diras où et quand, et je ferai mon possible pour me libérer !

Je reste un moment silencieuse, cherchant quelque chose de cohérent à ajouter, pour me rétracter peut-être ou pour calmer nos ardeurs éventuelles. J'essaye d'appeler au secours le petit angelot qui d'ordinaire trône fièrement sur une de mes épaules en veillant à ma bonne conduite. Malheureusement, j'ai bien peur que le diable l'ait mis KO aux premières paroles d'Adam. Occultant toute réflexion susceptible de me faire changer d'avis, j'enclenche donc seule le pilotage automatique, celui qui devrait me conduire à ma perte.

— OK, alors disons jeudi à la pause déjeuner, je termine à midi, lancé-je d'une traite, les yeux fermés, honteuse de mes digressions vis-à-vis de mes bonnes résolutions.

Sa voix prend aussitôt une intonation plus joyeuse.

— Génial, Marylin ! J'ai hâte de te retrouver. Tu ne t'inquiètes de rien, je passerai te chercher. Je t'attendrai à l'extérieur du bâtiment à midi tapant. J'ai déjà une idée de notre lieu de déjeuner.

Et comme s'il sentait que ses paroles enthousiastes pourraient éventuellement me faire peur, il rajoute :

— N'aie pas d'appréhension, ce sera en tout bien tout honneur.

Nous raccrochons après quelques politesses.

En tout bien tout honneur…

Cette phrase résonne dans ma tête. Il me semble l'avoir déjà entendue de sa part. Et s'en est suivi un léger dérapage !

Mais il a raison, je lui dois des explications bien plus franches et directes sur ma décision. Je me suis laissée aller le soir de notre rencontre fortuite, mais cela ne se reproduira pas. Ne me reste plus qu'à me persuader que c'est la meilleure, mais non la plus moralement correcte, attitude à adopter.

∞∞∞∞∞∞

Lorsque j'arrive à mon poste le jeudi matin, Mandy me regarde ébahie.

— Nom d'un chien, Marylin, t'es sacrément canon aujourd'hui, même carrément sexy !

C'est vrai que, ce matin, je me suis octroyé un bon moment pour me pomponner, me maquiller et opter pour une tenue que j'aime beaucoup : une petite robe à sequins qui arrive au-dessus du genou, manches ¾ un peu larges et décolleté arrondi. Des bas de soie noirs et des escarpins rose pâle. J'ai même ressorti pour l'occasion l'un de mes pendentifs préférés et relevé mes cheveux avec soin en un chignon coiffé décoiffé du plus bel effet.

L'image que me renvoyait mon miroir en pied, de l'entrée, me plaisait. Gabriel était déjà parti, je n'ai donc pas eu à soutenir son regard étonné quant à ma tenue plus sexy qu'habituellement.

Je rougis un peu sous le compliment dithyrambique de ma collègue. Même si je ne souhaite pas conquérir Adam, j'ai envie de me montrer sous mon meilleur jour. Au fond de moi, je serai heureuse de voir pétiller à nouveau son regard.

La matinée passe bien trop lentement à mon goût, même si les clients s'enchaînent, et que le Docteur « Shreck » nous honore de sa mauvaise humeur coutumière. Il est midi moins le quart lorsqu'elle sort brusquement de son bureau et se dirige vers moi.

— Marylin, il y a une urgence. J'ai ajouté un créneau supplémentaire : une personne devrait arriver d'ici dix minutes, il faudrait lui préparer un dossier. C'est un nouveau patient envoyé par un confrère qui ne peut pas le recevoir, je le dépanne.

Je blêmis. Cela veut dire que je vais sortir en retard. Je peste intérieurement contre elle. Comme je n'ai pas parlé à Mandy de mon rendez-vous et que je finis régulièrement plus tard sans rechigner, ma collègue ne se soucie pas plus que ça de la situation.

Dix minutes plus tard, le client arrive enfin, et je trépigne d'impatience d'en terminer avec lui afin de partir rejoindre Adam. À midi dix, j'éteins mon ordinateur et me précipite sur ma veste et mon sac. Je consulte mon téléphone et j'y trouve un message d'Adam.

* Je suis là, je t'attends à l'angle de la rue, nous prendrons ma voiture.

Des crampes au ventre m'assaillent comme pour un premier rendez-vous galant. Je me surprends à aimer cette excitation, et surtout à apprécier le fait que dans quelques instants, je serai face à lui.

Un dernier coup d'œil dans le miroir de poche de mon sac et je me lance à l'assaut de l'ascenseur. En talons de neuf centimètres, je ne peux pas courir, mais mon pas est pressé. Et ce qui doit arriver dans ces cas-là arrive : mon talon se bloque dans une fente d'ouverture de porte, ma cheville se tord brutalement. Une douleur intense me cloue sur place. Une pensée dérangeante m'envahit : le destin ne veut pas que j'aille retrouver mon amant. Pourtant c'est bien mal me connaître. Je dispose d'une vingtaine de secondes pour me reprendre, le temps du trajet en ascenseur, et je me refuse à capituler. J'ôte ma chaussure, masse quelques secondes ma cheville endolorie. La vue du talon abîmé me fait grimacer. Au tintement à l'ouverture des portes une douleur violente me fait contorsionner lorsque je rechausse ma chaussure malmenée, mais je tiens bon. C'est en boitillant que je file vers l'homme qui m'attend au coin de la rue. Moi qui voulais être sexy, c'est raté. Je me sens ridicule.

J'essaie de repérer Adam. Il me semble reconnaître sa voiture garée, juste à l'angle. Je respire profondément afin de me donner le courage pour avancer malgré la douleur lancinante. Je l'aperçois, adossé à sa berline, la tête penchée sur son portable. Au même moment, j'entends le bip signalant l'arrivée d'un message. Je stoppe net ma progression, et l'observe. Adam se soucie de mon retard et je fonds de le savoir inquiet. Il relève la tête et se fige lorsqu'il me voit. Je lui fais signe de la main et commence à claudiquer jusqu'à lui. Dès qu'il réalise que je peine pour me déplacer, il se hâte à ma rencontre et m'attrape le bras.

— Marylin, je m'inquiétais ! Mais que t'arrive-t-il, tu t'es fait mal ?

Je lui explique rapidement ma mésaventure. Il me propose son bras pour rejoindre sa voiture quelques mètres plus loin.

Je maudis ma maladresse, mais malgré tout, grâce à elle, je me cramponne au bras de l'homme qui me fait perdre la tête. Il m'aide à m'installer sur le siège passager puis contourne sa voiture et prend place derrière le volant.

Mais au lieu de démarrer la voiture, il se tourne face à moi.

— Bonjour, me susurre-t-il juste avant de déposer un baiser sur ma joue.

C'est vrai, nous ne nous sommes même pas salués.

— Tu es vraiment superbe, je suis heureux de te revoir.

Il a posé sa main sur mon avant-bras, ses doigts me prodiguent de discrètes caresses. Pétrifiée, je n'ai toujours pas bougé ni parlé. Il me fixe avec une intensité qui me submerge.

Mes yeux sont bloqués sur sa bouche ; je me demande comment pourrais-je refuser un baiser s'il venait à essayer de m'embrasser. Dans un silence quasi monacal, sa main remonte à la hauteur de mon visage et se pose délicatement sur ma joue. Ma respiration devient courte et saccadée, l'air du véhicule semble se raréfier et s'électriser. Ma peau me picote et une douce chaleur émoustille mon ventre.

— Adam…

C'est le seul mot que j'arrive à prononcer. Nos visages sont proches et avec délice je retrouve l'odeur de son parfum. Cet effluve si masculin et envoûtant me met dans un état proche de la fusion. Paupières fermées, je respire calmement la fragrance qui m'entoure afin d'en imprégner ma mémoire olfactive.

Lorsque je les ouvre à nouveau, son front se pose contre le mien. Lui aussi a ses yeux clos et semble savourer intensément cet instant troublant. Ma main se dirige à son tour vers son visage ; je veux moi aussi toucher cette peau qui m'attire. Sa barbe de trois jours râpe légèrement ma paume et déclenche un effet délicieux. Je suis complètement foutue. Irrémédiablement perdue.

S'il ne m'embrasse pas sur-le-champ, mon corps va devenir cendres dans les secondes qui vont suivre. Je ne sais pas s'il possède des dons de télépathie ou s'il lit en moi comme dans un livre ouvert, mais deux secondes plus tard nos lèvres sont scellées. Un baiser doux et léger ; on se goûte, se respire puis son corps se colle au mien et l'intensité monte d'un cran, voire deux ou même trois. Je ne suis plus qu'une boule d'hormones explosives.

Sa bouche s'éloigne à peine de la mienne qu'elle me manque déjà.

Il prend un air faussement contrit.

— Désolé, je n'avais pas prémédité ce baiser, je te le promets.

— Ne t'excuse pas, je n'ai pas l'impression d'avoir été forcée à quoi que ce soit.

Je sais que dorénavant je ne pourrais jamais rien lui refuser. Alors que je me recule un peu sur mon siège, ma cheville se rappelle à mon bon souvenir. La douleur me force à serrer les dents.

Adam se penche pour inspecter ma jambe et se relève en faisant la moue.

— Il me semble qu'elle est gonflée. Il faudrait mettre de la glace dessus. Allez viens, on va soigner cela.

Avant que j'aie le temps de répondre, il attache ma ceinture et démarre la voiture. Sa conduite est souple, mais rapide. Une quinzaine de minutes plus tard il ralentit et s'arrête devant la porte automatique d'un garage en sous-sol d'un immeuble récent.

Une fois la voiture garée, il m'intime de rester sagement à ma place. D'une démarche souple et assurée, il fait le tour du véhicule et ouvre ma portière. Lorsque j'esquisse un mouvement pour sortir, Adam prend les devants et se penche pour détacher la ceinture. J'en profite pour humer à nouveau son odeur que je chéris. Ses bras puissants me soulèvent, m'arrachant un petit cri de surprise. Les miens s'accrochent à son cou et je suis extirpée de la voiture comme si je ne pesais rien. Il claque la porte avec son pied et me voilà calée dans le creux de ses bras.

— Allez, madame la grande blessée, allons vous soigner dans ma clinique privée, me susurre-t-il à l'oreille avec cette pointe d'humour que j'aime tant.

Il rit. Sa force lui permet de me tenir sans trop d'efforts et je n'ose même pas le regarder ni résister. Nous entrons dans un ascenseur cossu, propre et assez grand. Il me demande d'appuyer sur le bouton du deuxième étage. Le voyage est court, mais laisse malgré tout s'installer un climat émotionnel intense entre nous, moi tout contre lui. Ma tête repose sur son épaule. Je préfère rester ainsi afin qu'il ne voie pas mon visage s'empourprer quand je comprends que nous nous rendons directement chez lui.

Arrivé devant la porte, il se tortille pour attraper les clés dans sa poche, sans céder à la facilité de me poser au sol. Quelques secondes plus tard, je me retrouve confortablement installée sur un canapé douillet. Il pose ma jambe endolorie sur une chaise, me demande de patienter quelques secondes puis disparaît subitement dans une autre pièce.

Seule dans cette grande et belle salle, mes yeux inspectent les lieux avec curiosité. Cet endroit est sans nul doute possible l'appartement d'un célibataire. Une décoration très épurée, voire inexistante. Mais tout est bien rangé, propre et baigné dans une belle luminosité facilitée par de grandes fenêtres.

Dans la pièce d'à côté, j'entends Adam qui s'agite.

— Adam ? Que fais-tu ?

Il réapparaît avec un sachet rempli de glaçons et une serviette-éponge. D'un geste un peu gauche, il entoure le petit sac gelé avec la serviette et dépose le tout sur la chaise puis soulève ma cheville afin qu'elle repose dessus. Le contact me pousse à grimacer, mais comme par magie le froid commence à endormir un peu la douleur.

Cet homme est tellement prévenant et délicat. Je me sens comme une princesse avec un chevalier servant qui veille à son bien-être. Il s'assoit tout près de moi.

— Ça va, tu es bien installée, tu n'as pas trop mal ? Peut-être devrais-je t'emmener aux urgences ? me questionne-t-il d'un air soucieux.

— Je ne peux pas me sentir mieux, tu es vraiment adorable. Mais non, hors de question d'aller aux urgences, c'est une simple petite entorse, ça passera rapidement !

Il me fixe intensément. Surprise par ce regard mystérieux, je n'arrive pas à interpréter ce qu'il attend de moi. Puis il rompt le silence.

— Tu m'as dit que tu voulais m'expliquer ta décision. Mais avant, j'aimerais te parler. S'il te plaît, écoute-moi, laisse-moi aller au bout sans m'interrompre.

Il guette mon approbation. Avec appréhension je déglutis, persuadée que ses paroles ne vont pas me laisser insensible. Anxieuse, je hoche la tête pour lui signifier mon accord.

Adam inspire profondément, passe la main dans ses cheveux, signe que la situation le stresse.

— Je ne sais pas ce qui se passe, je ne sais pas ce que tu m'as fait, mais il m'arrive quelque chose d'incroyable depuis que je te connais. Je ne pense qu'à toi jour et nuit, j'ai envie de te voir, de te toucher, de te sentir. Bien sûr, j'ai également très envie de t'embrasser, et plus encore. Je ne suis pas un gamin, j'ai vécu plusieurs histoires d'amour, mais jamais je n'ai réagi comme cela. C'est la première fois que je ressens quelque chose d'aussi puissant. Lorsque tu es près de moi, j'ai l'impression que j'ai trouvé la partie manquante de mon âme. C'est comme une évidence. Je sais que tu n'es pas seule dans ta vie et crois-moi, cela me désespère. Mais parfois, la vie nous joue de drôles de tours et nous confronte à des dilemmes. Alors je voudrais vraiment que tu me dises ce que tu ressens. Est-ce que l'attirance que j'ai pour toi est à sens unique ? Je fais fausse route ou toi aussi as-tu des doutes ? Si tu décides de ne donner aucune suite à notre histoire alors je disparaîtrai de ta vie sans t'importuner. Mais si au fond de toi, tu te dis que nos chemins se sont croisés parce que le destin en a voulu ainsi, alors laisse-nous une petite chance. Je sais que tout cela est rapide, mais je n'ai jamais été aussi convaincu de détenir la vérité et la laisser passer sans rien faire m'effraie. Alors s'il te plaît, ne prends pas de décision hâtive, écoute ton cœur, laisse parler la passion plus que la raison.

Il m'a dit tout cela d'une traite, sans me quitter des yeux. Ses mains ont attrapé les miennes et il les serre entre les siennes. Bouche bée, j'essaye de faire une synthèse rapide dans ma tête de tout ce qu'il vient de me déclarer. À la place des mots, ce sont des larmes qui jaillissent. Pourquoi est-ce que je me retrouve dans cette situation ? Moi qui pensais avoir une vie toute tracée, sans aucun doute quant à la poursuite de ma destinée, je suis confrontée au plus grand tourment que je n'ai jamais connu.

Chapitre 14
Symbiose

Mon cerveau frôle l'ébullition. Comment réfléchir correctement quand la raison dit non mais que le cœur hurle « vas-y » ? Est-ce que je peux donner un coup de butoir à une histoire qui commence à peine, mais qui offre tant de promesses ? Comment savoir si cette relation naissante doit déjà être enterrée sous peine de détruire tout le reste, ou est-ce le début d'une vie tellement différente et attirante ?

Adam est suspendu à ma réaction, à mes paroles qui ne viennent pas.

— Marylin, parle-moi, s'il te plaît.

Ses mots sont presque chuchotés, comme une prière.

Lorsque je relève la tête et que mes yeux s'accrochent aux siens, l'évidence est devant moi.

Lui.

Je tente un court-circuit dans mon cerveau perturbé par des questionnements incessants. Je dois agir, là, maintenant.

Sans un mot, j'approche mon visage du sien et plonge dans ses yeux qui ne mentent pas. Ma main souligne les traits de son menton si volontaire et s'imprègne de la douceur de sa peau. Mes lèvres se posent délicatement sur les siennes qui n'attendaient que ça. Ses bras m'enlacent et dans un gémissement langoureux, nous échangeons le baiser le plus intense que je n'ai jamais connu.

Ses doigts courent sur mon corps, comme pressés par une urgence vitale.

Puis il se lève, ses bras me soulèvent à nouveau pour m'entraîner dans une autre pièce. Mon pouls s'accélère quand je réalise que nous franchissons la porte de sa chambre. Des meubles sombres, du linge de lit bleu foncé, un tapis gris moelleux, une ambiance très masculine, mais où je me sens d'emblée en sécurité, comme dans un cocon. Un tableau d'art abstrait décore un des murs. Avec une grande délicatesse, il me dépose sur son lit, comme s'il craignait de me briser telle une fine porcelaine précieuse. Mon cœur bat vite, bien trop vite.

Allongée sur le dos, il me rejoint et couvre mon visage de baisers aériens. Sa main glisse sur ma cuisse, frôle mon bas de soie et remonte doucement jusqu'à la lisière de ma culotte.

— Tu peux dire stop à tout moment. Mais tout ce qui risque de se passer, si tu ne m'arrêtes pas, n'est que de l'amour sincère et véritable.

Tremblante mais impatiente, mon regard le supplie de continuer. Cet instant me paraît tellement irréel ; je prie pour que ce ne soit pas illusoire.

— Surtout, ne t'arrête pas Adam. Je crois ne jamais avoir eu envie de quelqu'un autant que j'ai envie de toi là maintenant.

Mes mots ne font qu'enhardir sa main qui décide de glisser sous la dentelle de mon tanga.

Pendant quelques brèves secondes de lucidité, je me félicite d'avoir pris le temps d'aller chez l'esthéticienne il y a quelques jours.

Ses doigts caressent mon sexe, l'effleurent, sans toutefois s'immiscer dans la douceur de mes chairs.

Je meurs d'envie de le toucher à mon tour, de le goûter. D'une main timide, je soulève sa chemise ; ma peau contre son ventre musclé me rend dingue. Mes doigts curieux partent explorer son torse avec une audace que je ne me connais pas ; une légère pilosité les chatouille comme le souffle d'un vent léger. Tout à coup, il se redresse et fait passer sa chemise par-dessus sa tête. La musculature juste enivrante d'Adam me laisse pantelante. Mon regard pétille de désir devant cet homme irrésistible ; une nouvelle femme naît en moi et dans une effervescence inhabituelle j'envoie valser mes escarpins dans l'angle de la chambre. La flamme dans son regard me brûle la peau tandis qu'il poursuit mon effeuillage avec ferveur.

Son souffle chaud sur mon cou me fait frissonner, son parfum me monte délicieusement à la tête. Je découvre un corps inconnu, mais que je chéris déjà. Mes mains sont captives de sa peau, elles n'arrivent plus à s'en détacher. Elles explorent, tâtonnent, caressent sans se lasser. Elles se rassasient au mieux de ce contact exaltant.

Il me domine, m'hypnotise de son corps sublime ; je ne suis plus que braise. Ses yeux s'attardent sur les miens, sondent mon âme. Une lueur d'excitation fait scintiller ses prunelles. Impossible de lui cacher le magnétisme qu'il exerce sur moi, et le sourire que je lui rends l'encourage à prolonger la conquête de mon corps.

D'une main habile et douce, il me dénude et me voilà offerte à lui sans aucun artifice. Agenouillé sur le lit, il se défait du peu de vêtements qui lui reste. Nous savourons enfin notre étreinte sans filtre, la communion parfaite de nos épidermes.

Je me noie sous ses baisers incessants. Puis il est là, prêt à entrer en moi. Je n'attends que lui, pressée de ressentir son corps prendre possession du mien. Au même instant, à regret, presque affolée, je le vois quitter le lit. Mais je comprends mieux lorsqu'il sort un petit sachet argenté du tiroir de sa table de chevet. Avait-il prémédité ma venue, ou a-t-il toujours des provisions de préservatifs chez lui ? Seraient-ils prévus pour d'autres conquêtes ? Durant un instant, mon corps se fige, parasité par des questions.

Mon regard inquiet paraît le chagriner, et avec une moue contrite il fixe le petit emballage brillant.

— Ces préservatifs, je les ai mis ici en espérant ce moment-là, sans forcément savoir s'il allait arriver et quand. Mais ne t'inquiète pas, ils n'attendaient que toi, et personne d'autre.

J'acquiesce, tends la main vers lui. Adam a compris la raison de ma tension et je balaie mes craintes en me disant que cet homme est parfait. Le lit s'affaisse légèrement sous son poids quand il reprend place au-dessus de moi. Je ne peux me méprendre sur son désir au vu de son érection et laisse échapper un soupir de satisfaction.

— Tu vois que j'ai vraiment, mais vraiment envie de toi. Et toi, es-tu certaine de me vouloir ? Si tu dois me dire non, fais-le tout de suite, car j'ai peur qu'ensuite rien ne puisse nous arrêter.

Sa question me surprend ; il s'inquiète réellement de savoir si nous devons ou non franchir ensemble cette étape qui brisera à jamais mes vœux de fidélité envers Gabriel.

— Adam, je n'ai jamais été aussi persuadée de ma vie de le vouloir.

Je l'enlace encore plus fort, mes doigts se perdent dans sa chevelure. Sa main se fait entreprenante, ses caresses digitales pénètrent mon sexe. Je soupire de plaisir.

Je les sens se retirer, mon corps est parcouru de frémissements à l'instant où son sexe les remplace. Il est là, en moi. En douceur, il se laisser glisser jusqu'au fond de mon vagin et dépose un baiser sur mes lèvres entrouvertes. Sa gorge laisse échapper un grognement de plaisir. Une cadence s'installe, de lents va-et-vient gagnent progressivement en puissance. D'instinct, je m'accorde à son rythme ; mes jambes enserrent son bassin. Ma cheville qui oscille à chaque coup de reins me rappelle ma chute mais la douleur a disparu ou du moins mon cerveau n'a plus la capacité de s'en inquiéter.

Ce moment est autant empreint de tendresse que de passion. L'intensité de ces sensations m'était jusqu'alors inconnue. Nos corps sont nés pour se fondre l'un dans l'autre. L'osmose est complète, comme si nous avions trouvé la pièce manquante de l'autre. Pour rien au monde, je ne voudrais que cette étreinte s'arrête. Son souffle dans mon cou, ses mots doux susurrés comme un ronronnement… Nous sommes un tout, nous sommes qu'une seule et même personne, unis dans un lâcher-prise total, une symbiose parfaite.

Soupirs, gémissements, grognements. Une musique sensuelle emplit la pièce.

— Marylin…

Que j'aime quand il prononce mon prénom dans une expiration rauque teintée de plaisir contenu alors qu'il est sur le point de jouir en moi et que mon corps réclame lui aussi la délivrance. L'orgasme qui me fauche finalement la première se révèle être le plus intense et explosif que je n'ai jamais ressenti.

Ma tête bascule en arrière et un râle presque animal sort de ma bouche. Un dernier coup de reins l'embarque à son tour. Mon esprit et mon corps tourbillonnent, emportés par une lame de plaisir assouvi qui déferle sur nous.

Il se hisse sur ses deux bras, encadrant mon corps de sa musculature indécente. Il me regarde, un sourire à la fois ébahi et étonné accroché à son visage.

— C'était… incroyable !

Oui, c'est vrai, ce moment que nous venons de vivre est le plus délicieux que j'ai vécu depuis bien longtemps. Je lui souris tendrement, encore essoufflée, mais si exquisément repue. Ma main remonte jusqu'à sa nuque afin de l'attirer à nouveau au plus près de mon visage, et plonge dans son regard, dans ses yeux que j'ai trouvés tellement stupéfiants la première fois que je les ai vus. Des milliers d'étoiles y brillent à l'intérieur et leur donnent une lueur dorée tout simplement époustouflante.

En guise de réponse, je dépose un tendre baiser sur ses lèvres. J'ai envie de rester liée à cet homme, que nos peaux s'imprègnent à jamais de ce corps-à-corps, unies comme un seul et unique être.

Mais j'ai surtout à cœur que mon cerveau ne retrouve pas sa lucidité. Petit à petit le bien-être post orgasmique s'estompe, et la réalité semble ressurgir tel un poison qui s'immisce dans mes veines.

Adam remarque le sillon d'inquiétude qui se dessine entre mes yeux et son corps se détache un peu du mien.

— Que se passe-t-il ? Tu regrettes ?

Comme un cri, ma réponse surgit dans la seconde.

— Non, bien sûr que non !

Immédiatement ma voix redevient douce dès que je réalise la virulence de ma réponse.

— Comment regretter ce moment magique que tu viens de me faire vivre ? Mais la réalité me revient tout à coup et j'ai peur.

Légèrement mal à l'aise de mon aveu, mon regard se détourne. Le petit réveil digital posé sur la table de chevet indique qu'il est bientôt l'heure de mettre un terme à cette parenthèse de magie.

— Mince, il est déjà treize heures trente, je suis censée reprendre le travail dans trente minutes ! m'exclamé-je en panique.

Le contact un peu brusque du sol contre mon pied me fait pousser un cri au moment où je me lève du lit. Adam m'accompagne jusqu'à la salle de bain. Après une douche rapide, je m'habille et retourne dans la chambre où mon amant remet lui aussi ses vêtements. Adossée contre le mur, j'essaye de rassembler mes idées. Je ne me sens pas du tout de reprendre le travail comme si rien ne s'était passé. Adam récupère mes escarpins et s'agenouille face à moi, un regard inquiet sur ma jambe que je n'ose poser.

— Tu ne peux pas téléphoner, dire que tu t'es blessée à la cheville et que tu seras absente cet après-midi ? propose-t-il, tout en caressant la zone endolorie de mon pied.

Je le regarde stupéfaite. Moi, Marylin, la fille la plus sérieuse qu'il soit, vais mentir et ne pas aller travailler cet après-midi parce qu'elle s'envoie en l'air avec un dieu ?

Je hoche la tête, incapable de protester, incapable de résister à sa proposition. Tout cela me dépasse ; mon comportement est irresponsable. Tout doucement, je récupère mon sac dans le salon, clopin-clopant. Je compose le numéro de Mandy qui décroche rapidement.

— Mandy ? C'est Marylin. Écoute, je suis désolée, je vais avoir un peu de retard, je me suis foulé la cheville et je recherche une pharmacie ouverte pour acheter de la pommade. Mais promis j'arrive dès que je peux !

Mentir, pour moi, est comme une trahison. Mais ce choix s'est imposé à moi comme une évidence et m'offre un court répit pour profiter encore un peu d'Adam.

Après avoir raccroché, je retourne vers Adam qui m'attend assis sur le lit.

— Est-ce que tu as des bandes pour mettre autour de ma cheville ? Il faut au moins que mon entorse me serve réellement d'alibi pour mon retard !

Il réfléchit puis s'éclipse à la recherche du nécessaire. À son retour, il a avec lui de la crème anti-inflammatoire, des compresses et une bande.

— Assieds-toi sur le lit, il serait temps de s'occuper de cette cheville, proclame-t-il en prenant un air faussement autoritaire.

J'ôte le bas de soie que je venais de remettre. Délicatement, il prend ma jambe dans ses mains, ce qui ne manque pas de déchaîner à nouveau une horde de frissons. Un haussement de sourcils marque son inquiétude face à ma réaction épidermique.

— Non, non, continue ! le rassuré-je dans un petit rire. Je crois juste que mon corps a des réactions étranges lorsque tes mains se posent sur moi.

Malgré le moment intime que nous venons de partager, je ne peux m'empêcher de rougir. Ses yeux pétillent à nouveau lorsqu'il se penche sur ma blessure. Avec une infinie tendresse, il masse ma cheville avec la pommade. Le regarder prendre soin de moi provoque à mon corps défendant une agréable décharge d'adrénaline. Avec maladresse, mais application, il entoure le bandage autour de la zone légèrement enflée. Puis, dans une lenteur diaboliquement sensuelle, il replace mon bas par-dessus ma peau emmaillotée.

Une fois debout avec son aide, ses yeux plongent dans les miens. Sa main passe derrière mon dos et il me capture, corps contre corps, front contre front.

— Ce moment que nous venons de passer ensemble a été inouï. Quoi qu'il se passe ensuite, ces instants ne seront qu'à nous et personne ne pourra nous les reprendre.

Cet homme est tellement romantique. Il y a un tel contraste entre le comportement qu'il a eu lors de nos premières rencontres et aujourd'hui.

Comment puis-je envisager de refuser une histoire qui promet une intensité au-delà de tout ce que j'ai pu espérer dans mes rêves les plus fous ? Maintenant que j'ai goûté au fruit défendu, rien ne sera plus jamais pareil.

Soudain, la réalité me saute à la gorge et une boule d'angoisse me tord l'estomac.

Je ne suis pas une jeune femme libre de faire ce qu'elle veut. Je suis une femme mariée avec des enfants et des responsabilités. Pendant quelques longues minutes, mon cerveau s'est mis en veille en recouvrant ma vie réelle d'un voile rose. Auprès d'Adam, mon corps de femme était capable d'aimer passionnément et avec fougue un autre homme que Gabriel.

Une larme s'échappe ; je m'évertue à la cacher en détournant mon visage. Mais, bien évidemment, elle n'échappe pas à Adam qui m'attrape le menton afin de scruter mon regard.

Tout doucement, il m'entoure de ses bras et me force à m'asseoir à nouveau sur le bord du lit. Sans que ses mains ne me lâchent, il s'installe en tailleur à côté de moi.

Son profond soupir me fait relever la tête pour l'observer.

— Écoute-moi attentivement. Ce que nous avons fait ne t'engage en rien. Je ne veux surtout pas que tu regrettes et que tu te fasses des nœuds au cerveau. Ne te prends pas la tête à te dire que ce que tu fais est mal. Parfois, il arrive des choses imprévisibles dans la vie. Il faut te laisser du temps pour comprendre ce qui se passe et je suis sûr que tu sauras aller là où ton cœur te portera. N'agis pas avec précipitation et ne te sens pas coupable. On ne peut parfois pas lutter contre certaines évidences. Mais je sais pertinemment que tu es mariée et que tu te sens mal par rapport à ton mari. Ne porte pas de mauvais jugements sur toi, essaie juste de comprendre ce qui se passe au plus profond de toi et pourquoi cela arrive. Laisse-toi le temps de la réflexion. Nous ferons ce que tu veux. Si tu choisis que l'on continue de se voir, tu feras de moi l'homme le plus heureux de la terre. Si tu souhaites faire le point seule, sans me revoir, je respecterais ton choix, même si cette décision me peinerait énormément…

Je le dévisage, les yeux ébahis, en me demandant s'il a préparé ce discours par avance. Depuis quelques minutes, je me force à endiguer un flot de larmes qui tambourine derrière mes yeux. Mais ses derniers mots me font lâcher prise et je ne peux plus rien retenir. Adam me serre contre lui jusqu'à ce que j'arrive à me calmer un peu.

Malheureusement, il faut que nous nous activions si je ne veux pas être trop en retard pour ma reprise du boulot. Un souci majeur me revient alors en mémoire : je n'ai plus qu'une chaussure potable, et vu l'état de ma cheville, je ne peux pas rechausser longuement des talons hauts.

Adam m'aide à me déplacer en me soutenant et nous nous retrouvons dans la rue.

— Viens, Marylin, me propose Adam, il y a un magasin de chaussures dans le centre commercial tout près, tu ne vas pas rester comme cela avec une chaussure abîmée !

Sans attendre ma réponse, il m'entraîne vers la boutique tout en me maintenant contre lui. Mon bras s'accroche à sa taille. Ma main serre sa hanche et je ferme les yeux en l'imaginant à nouveau nu sur moi. Cet homme déclenche chez moi un désir incessant. Chaque fois que nos corps entrent en contact, je ressens une envolée de papillons dans le ventre qui ne laisse pas de doute sur mes aspirations.

Dans le magasin, je choisis des escarpins avec beaucoup moins de talons, beaucoup plus confortables afin de marcher sans que ma cheville soit torturée. Adam insiste pour les payer.

— C'est un peu de ma faute si tu as cassé ton talon, tu étais pressée de venir à ma rencontre.

Il me susurre ces mots à l'oreille, accompagné d'un sourire mutin. Pendant que la vendeuse emballe mes anciennes chaussures, Adam dépose un baiser rapide sur mes lèvres.

Je le remercie discrètement pour cet achat et nous regagnons de mon lieu de travail à bord de sa voiture.

Il se gare à quelques mètres du cabinet médical et aussitôt je me sens oppressée par la séparation qui s'impose. Mes yeux se posent sur l'horloge du véhicule, j'aurais dû reprendre le travail depuis trente minutes déjà. Son doigt caresse ma cuisse en formant des petits ronds. Mon regard n'arrive pas à se détacher de sa main qui se promène sur ma peau. J'ai envie de suspendre le temps. Si j'avais un pouvoir magique, notre dernière minute durerait éternellement… Exit les soucis et la vie antérieure, il n'y aurait que lui et moi et la douceur de cette caresse à la fois naïve et sexy.

J'inspire profondément pour apaiser la pression et le stress qui ont pris possession de mon corps. Les yeux fermés, je compte jusqu'à trois, puis je les ouvre et affronte son regard.

Il ne faut pas que je m'attarde ; il est ma faiblesse. Avec un sourire un peu forcé, je l'admets, je me penche pour lui voler un baiser furtif et me précipite hors de la voiture.

Non, je ne me retournerai pas, je ne succomberai pas à la tentation de faire marche arrière. J'accélère comme je peux, avec ma cheville douloureuse, maudissant en toute mauvaise foi mon retard.

À peine ai-je franchi la porte du secrétariat, Mandy me regarde avec de grands yeux interrogateurs. Je baisse la tête en la voyant me dévisager. C'est évident, elle va comprendre qu'il s'est passé quelque chose.

Au moment où je m'installe sur mon fauteuil, Mandy se plante devant moi.

— Et alors, ça va ?

Je rougis. A-t-elle compris que j'ai batifolé pendant mon temps de pause ? Que dois-je lui répondre ?

— Euh, oui ça va. Excuse-moi pour le retard.

Confuse, je ne sais pas trop quoi rajouter sans m'empêtrer dans un mensonge pitoyable.

— Mais ta cheville, tu as mal ?

Oh ! Mais c'est vrai ma cheville ! C'est de cela qu'elle s'inquiète !

Ma méprise me fait grimacer. Je suis tellement chamboulée par ce qui vient de se passer que j'en ai oublié la mésaventure avec la chaussure. Je me lance dans une explication avec pléthore de détails, comment j'ai occupé mon temps de pause à soigner cette fichue cheville.

Ma collègue me dévisage d'un œil sceptique.

— Tu ne fais pas les choses à moitié toi ! En tout cas, cela n'a pas l'air d'avoir entaché ta bonne humeur vu la mine radieuse que tu as.

Notre discussion prend vite fin, les consultations reprennent et la salle d'attente ne désemplit pas. Je jette un œil sur mon portable : un message de Gab, un d'Adam, bien caché sous le nom de Carine. Discrètement, j'ouvre le second.

* Merci pour ce délicieux moment, j'espère que ce n'était pas un rêve. À très vite j'espère !

Mon visage s'empourpre à la lecture de ces simples mots. Je repose mon téléphone après avoir pris soin de l'effacer. Dommage, j'aurais tellement aimé le garder pour le lire encore et encore telle une ado amoureuse. J'ouvre celui de mon mari qui me demande si tout va bien et si je peux passer récupérer exceptionnellement Sacha à l'étude, car il va sortir en retard. Un petit pincement au cœur me surprend ; il me renvoie à l'évidence de ma vie : je ne suis pas célibataire, mais bel et bien une femme mariée avec enfants. J'essaie de ne pas me plonger dans une réflexion trop profonde sur mon comportement ; je sais qu'elle m'emmènerait vers des pensées qui ne me plairaient guère.

Quelques instants plus tard, mon téléphone vibre. J'ai hâte de conclure ma conversation avec la patiente derrière mon bureau afin de prendre connaissance du contenu du SMS. Je meurs d'impatience de savoir qui l'envoie, gardant l'espoir secret que ce soit Adam.

Dès l'instant propice, j'ouvre le message qui s'avère être une photo. À son apparition sur mon écran, je ne peux m'empêcher de pouffer. Mes chaussures, que j'ai oubliées dans la voiture, trônent sur le lit d'Adam, l'une avec son talon fendu, posées sur un coussin tel un trophée ! Et une petite annotation :

* Grâce à elles, j'ai eu l'excuse de t'amener chez moi, je les garde donc comme un trésor ! Mon nouveau proverbe « femme à la chaussure cassée, femme à aimer ».

Mes joues virent au cramoisi à la vue de mes chaussures qui semblent avoir pris possession de ce lit dans lequel nous avons fait l'amour. Mais ce sont surtout les souvenirs de ce moment et des sensations ressenties qui me font perdre la raison. Pendant de longues secondes, mes yeux se ferment ; je retrouve la douceur de ses caresses, le son de nos gémissements et la puissance de ce corps magnifique qui m'a tant bouleversée.

— Marylin ?

J'ouvre les yeux et le présent reprend sa place, beaucoup moins sexy. Mandy, à deux pas de moi, me regarde, étonnée.

— Tout va bien ? Tu as un souci ?

Tellement penaude d'avoir laissé vagabonder mes pensées, j'ai honte.

— J'ai eu un petit vertige. Ne t'inquiète pas, c'est déjà passé, sûrement dû à la douleur de ma cheville !

Dès que ma collègue a le dos tourné, je m'empresse de pianoter une réponse, oubliant sur le champ mon mensonge.

* Je ne pensais pas un jour envier les conditions de vie d'une paire de chaussures !

Ses yeux doivent pétiller en lisant mon texto, j'en suis certaine.

Quelques secondes plus tard, un bip signale l'arrivée d'un nouveau message. Mon cœur réagit immédiatement en augmentant le nombre de ses battements. C'est fou qu'un petit bruit comme celui-ci puisse engendrer ce genre d'effets sur mon organisme !

Jeudi prochain, même heure, je te kidnappe le temps du déjeuner. Une paire de ballerines ou chaussures plates sera la bienvenue et évitera une blessure éventuelle.

Un message un peu directif qui me surprend par sa puissance. Adam ne me demande pas mon avis. Cet homme est vraiment étonnant et sait titiller ma curiosité.

Jeudi ? Hum, à vérifier sur mon agenda surchargé. Si je n'ai pas autre chose de prévu, je viendrai.

Une réponse qui me plaît par son côté décalé. Il veut faire l'homme autoritaire ? Je suis aussi très joueuse et je ne vais pas me gêner pour le taquiner.

Un autre SMS arrive.

J'espère vraiment que tu sauras choisir l'option la plus tentante.

Message suivi d'un petit smiley qui réfléchit.

Chapitre 15
Perdue

Rentrer à la maison et me comporter comme d'habitude se révèle très compliqué. Non seulement j'ai rompu mes vœux de fidélité, mais maintenant, j'ai également accepté de revoir Adam alors que je m'étais promis de cesser cette relation. Je ne me comprends plus ; mon cerveau déraille complètement.

Dans quelques instants, Gabriel va arriver, et je ne sais pas comment je vais réussir à le regarder dans les yeux. La honte a envahi tout mon être, j'ai l'impression que ma trahison est inscrite en gros sur mon front. Le repas mijote, et moi, j'attends. Mon mari entre dans la cuisine tout sourire, me gratifiant d'un bisou rapide sur la bouche ; j'essaie de paraître naturelle, mais le cœur n'y est pas. Absorbée plus que nécessaire par ma tâche de cuisinière, je me contente de répondre à ses questions. Il s'inquiète un peu de mon boitement et de l'état de ma cheville ; je le rassure en éludant l'incident.

Gabriel semble ne se rendre compte de rien, ce qui me détend un peu, et continue la réalisation de ma salade. Mes pensées n'arrivent pas à se déconnecter d'Adam, de notre corps-à-corps, de ses mots doux, de ses regards... Quand, subitement, je pousse un juron.

— Et merde !

Je viens de verser le sirop de menthe dans la sauce salade au lieu de l'huile d'olive, les deux bouteilles en verre étant côte à côte dans mon placard. Il serait temps de me concentrer sur ce que je suis en train de faire. Les convives risquent de répudier la cuisinière si je continue d'innover en cuisine d'une manière aussi étrange. Gabriel vient jeter un œil en m'entendant jurer et se moque de moi en voyant mon étourderie.

— Hum, tu as été distraite par mon superbe corps ? ironise-t-il en paradant torse nu après sa douche.

Je souris en hochant la tête.

— Tu es volontaire pour goûter la sauce vinaigrette mentholée ? proposé-je à tout hasard.

Il décline en s'installant sur le canapé. Il n'y a plus qu'à recommencer et à élaborer une sauce de salade digne de ce nom.

La soirée se passe tranquillement comme d'habitude. Une fois tous deux rassasiés et douchés, je me prépare pour aller me mettre au lit. Mais difficile d'ignorer l'énorme boule au ventre qui me paralyse. Comment vais-je pouvoir esquiver si Gabriel se montre un peu trop entreprenant ?

Les yeux fixés sur le plafond, encore une fois j'attends. Volontairement, je n'ai pas enfilé de tenue émoustillante, mais un bon vieux t-shirt long délavé ; j'espère que ce tue-l'amour suffira. Le bruit des pas qui se rapprochent annonce l'arrivée de Gab. Il s'allonge près de moi, et contre mon gré, mon cœur s'emballe.

— Tu sais que même en guenilles, tu es appétissante ?

Gabriel m'observe avec des yeux à la fois mi-rieurs, mi-gourmands. Cela fait des jours que j'arrive à éviter les câlins, peut-être même plusieurs semaines. L'excuse des règles, des maux de tête et de la fatigue est largement rebattue ; je ne sais pas comment me défiler encore une fois.

Ses mains glissent sous mon vêtement et caressent doucement mes seins libérés de leur soutien-gorge. Je crois que, malheureusement, il me sera impossible de refuser, bien que je n'aie absolument pas envie de faire l'amour avec lui. Pendant quelques secondes, l'idée de tout lui avouer me traverse l'esprit. Mais que lui dire ? « Excuse-moi chéri, ce soir je ne peux pas car j'ai déjà couché avec mon amant tout à l'heure ? » Pathétique : à aucun moment je n'ai envisagé les conséquences d'un tel aveu. Il faut que je fasse le ménage dans mon esprit. Donc, pour l'instant, je vais rester avec mon secret inavouable. Et malgré mes sentiments contraires, je vais m'efforcer d'être câline.

Pourvu que ce moment passe le plus rapidement possible !

Après avoir éteint la petite lampe de chevet, je me tourne vers lui. La pénombre m'aidera, l'épreuve sera bien plus aisée si je ne suis pas confronté à son regard. Je repense à ma douche de tout à l'heure, celle que j'ai prise à contrecœur. Je voulais tant garder l'odeur d'Adam sur mon corps ! Le jet a effacé ses caresses sur ma peau, mais a conservé intact le souvenir des merveilleuses sensations.

Heureusement que je me suis persuadée malgré tout à savonner mon corps sous l'eau bien chaude... aucune senteur inconnue ne sera détectable par Gabriel. Mon mari semble ravi que je n'oppose pas de résistance ni ne trouve d'excuse pour me refuser à lui.

Son corps chevauche le mien et, négligeant le moindre préliminaire, il me pénètre, pressé de me faire l'amour, affamé de ce moment qui se faisait trop attendre. Absolument pas préparée à cette intrusion rapide dans mon vagin asséché par le manque de désir, je grimace de douleur. Le lit grince sous les à-coups de Gabriel, couvrant ses halètements. La longue abstinence que j'ai infligée à Gabriel a raison de sa tentative à se retenir. Il éjacule très vite, à mon grand soulagement. Mes yeux sont restés clos. Je feins de prendre du plaisir alors qu'une immensité de vide émotionnel gravite autour de moi.

Une vague de dégoût m'envahit dès qu'il se retire. Je me répugne de ne ressentir aucun plaisir avec Gabriel alors qu'il est mon mari et un homme adorable. La culpabilité me paralyse. Il rallume la lampe de chevet, branche son téléphone portable. D'un quart de tour, il se tourne vers moi, un sourire rayonnant, sur son visage. Quand il aperçoit mes traits crispés, il se fige, interloqué.

— Que se passe-t-il, ma chérie ? Il y a un souci ?

Son air inquiet me désole encore plus. Il va de nouveau falloir que je me perde dans un mensonge pour ne pas l'alarmer davantage.

— Ça va, ne t'inquiète pas. Je suis juste un peu fatiguée et j'ai mal de partout. Ma cheville me gêne un peu, mais je ne voulais pas arrêter notre câlin pour ça !

Je lui renvoie un rictus censé être un sourire, afin de le rassurer.

— Il va vraiment falloir penser à consulter pour ta cheville, me suggère-t-il, et peut-être faire une radio. Si tu veux, demain, je prends ma matinée et je t'accompagne pour faire des examens.

Sa gentillesse et sa prévenance me touchent, ce qui majore encore plus mon mal-être.

— Ne t'inquiète pas. Si demain je vois que ça ne s'arrange pas, je demanderai conseil aux médecins du cabinet. Mais ne pose pas de congés pour cela, je m'en sortirai bien toute seule, décliné-je en ponctuant ma phrase d'un baiser avant de poser ma tête sur son épaule en baillant, histoire de clore la discussion.

Fatiguée par cette journée riche en émotions, je m'endors rapidement. Dans un sommeil agité, Adam me rejoint dans mes songes. Nous faisons l'amour au milieu d'un magasin de chaussures sous les yeux hagards des gens qui passent dans la rue.

Je me réveille en sursaut au moment où je réalise que la foule nous regarde ; assise sur le lit, j'étouffe un cri aigu.

Ouf, ceci n'était qu'un rêve ! Prise d'un rire nerveux, je pose ma main devant ma bouche pour plus de discrétion. Gabriel, endormi profondément, n'a heureusement rien entendu.

Je suis une cause perdue. Mes yeux à peine ouverts, qu'Adam accapare déjà mes pensées. Il faut que je partage avec lui nos rocambolesques aventures nocturnes. Cet homme me rend dingue. Rien que de penser à lui, mon entrejambe prend feu. Je brûle de me blottir très vite dans ses bras, de humer son parfum, d'embrasser sa peau si douce. Je suis comme une droguée en manque de came.

Consternée, je secoue la tête : ces images qui envahissent mon cerveau et ne sont pas dignes d'une mère de famille au sein de son foyer.

∞∞∞∞∞∞

On est enfin jeudi. Cette semaine me semble interminable. Mon portable est devenu mon ombre, je le surveille comme telle, en tout cas. Mais hélas, aucun message de l'homme qui monopolise mes pensées. Ce matin, je prends un soin particulier pour sélectionner mes sous-vêtements. Mon choix s'arrête sur un ensemble bleu en dentelle, la culotte me faisant un cul d'enfer – selon Gabriel. J'hésite entre une robe et un pantalon, puis me rappelle qu'Adam m'a parlé de chaussures sans talon. J'opte alors pour un jean, une chemise et une paire de ballerines.

Où mon amant a-t-il décidé de m'emmener ? Peut-être un hôtel un peu chic, ou alors un SPA ? Pourquoi pas tout simplement un restaurant ? Mon imagination est en mode hyperactif. Mais pourquoi des chaussures plates ? Vivement que j'obtienne les réponses à mes questions.

Impossible de tenir en place toute la matinée, je m'active comme une folle afin de ne pas laisser mon esprit vagabonder.

— Dis donc, tu es en super forme aujourd'hui, tu as forcé sur la dose de vitamine C ou quoi ? me questionne Mandy.

J'adore cette fille avec son caractère bien à elle et un humour sans limites. Je ne peux m'empêcher de rougir à sa remarque et ceci ne lui échappe pas.

— Oh, mais dis-moi, tu n'aurais pas passé une nuit terrible de sexe, ce qui est d'ailleurs le meilleur antidépresseur que je connaisse ? renchérit-elle avec un air faussement offusqué.

Elle éclate de rire en voyant mon visage stupéfait. Mandy est tellement nature, je ne lui connais aucun tabou. Je pose outrancièrement mes mains sur ma bouche en secouant la tête. Impensable de lui expliquer les raisons de ma bonne humeur, ce qui est fort dommage, car elle adorerait ce passage croustillant de ma vie. Mais cette histoire avec Adam est embarrassante pour moi. C'est une telle source de scrupules vis-à-vis de mon statut de femme mariée que je ne peux me résoudre à partager mon expérience avec elle.

Ma non-réponse la fait sourire et la conforte dans l'idée que je me suis rassasiée de sexe toute la nuit. Il n'en faut pas plus pour que cessent les questions.

J'entends le petit bip discret de l'arrivée d'un message sur mon téléphone, dans ma poche. À la hâte, je termine l'enregistrement d'un dossier, pressée que la personne quitte mon bureau pour en prendre connaissance.

Je ferme les yeux, murmure une mini prière pour que ce message soit celui que j'attends. À la découverte du nom, mon cœur palpite bien plus fort qu'il ne le devrait.

* Ma douce Marylin, je t'attends à 12 h en bas de l'immeuble. J'espère que tu n'as pas peur d'avoir la tête rose. Je t'embrasse tendrement, en attendant de goûter à tes lèvres.

Je relis ce message plusieurs fois en me demandant ce que veut dire « avoir la tête rose ». Cet homme est décidément fabuleusement intrigant.

Il est enfin midi, je me sens pousser des ailes et mon pas se presse. Mon ventre me fait ressentir une excitation étrange, comme à mes premiers flirts d'ado.

Sur le seuil de l'immeuble, je scrute le trottoir à la recherche de mon rendez-vous galant. Pas d'Adam à l'horizon, ni à gauche, ni à droite. Ma montre indique douze heures trois.

Un bruit effrayant me fait sursauter soudainement : un vrombissement de moto. Mes yeux se posent sur le responsable de ce raffut. Un homme juché sur une grosse cylindrée, vêtu de cuir noir, casque vissé sur la tête, regarde dans ma direction. À son bras, j'aperçois un casque rose. Mon corps se raidit, je comprends instantanément que cet impressionnant motard n'est autre qu'Adam. Je reconnais ses yeux rieurs sous son casque. Eh bien, voilà, à trente-neuf ans, encore un rêve inavoué qui va se réaliser !

Un petit signe de sa main gantée de cuir m'indique que je dois le rejoindre. Je déglutis difficilement, souffle un bon coup puis hâte le pas jusqu'à lui.

— Bonjour, Marylin. Je sais qu'il n'est pas du tout convenable de garder mon casque pour te saluer, mais pour te protéger d'éventuels potins, j'ai pensé que rester incognito serait plus judicieux.

Je vois ses yeux se plisser de malice. Adam me tend le casque pendu à son bras.

— Bonjour, c'est une belle surprise ! Mais je ne suis pas certaine que ce casque rose me permette d'être réellement discrète ! Et où comptes-tu m'emmener ?

— Allez petite curieuse, enfile ton casque, et grimpe derrière moi, nous partons en balade ! lance-t-il d'un ton joyeux.

Encore sous la surprise, je m'exécute, boucle le système d'attache et vérifie que cet étonnant casque rose soit bien placé sur ma tête. Puis, je cale mon sac en bandoulière pour libérer mes mains. J'observe la place juste derrière Adam afin d'évaluer la hauteur à grimper et me félicite d'avoir eu l'idée d'enfiler un pantalon, stretch de surcroît. Je ne veux pas paraître niaise alors je m'efforce de lever la jambe avec le plus de grâce possible. Une fois installée, Adam tourne un peu la tête, afin que je puisse l'entendre, malgré nos casques.

— Est-ce que tu es bien installée ?

J'opine de la tête, l'émotion m'empêchant de prononcer un mot.

— Es-tu déjà montée sur une moto de ce gabarit ?

Cette fois, je réponds par la négative ; il serait dangereux de lui faire croire que je connais les codes alors que je n'en ai aucune idée.

— Surtout, accroche-toi bien à ma taille. S'il y a le moindre souci tape un petit coup sur mon épaule. Essaie juste de suivre les mouvements de mon corps quand je me penche dans les virages, mais sinon reste zen et tranquille. Promis je ne roulerai pas vite.

Ses yeux trahissent un sourire légèrement moqueur. Quelques secondes plus tard, nous voilà partis dans un brouhaha intense, sous le regard de quelques passants qui semblent apprécier la beauté de ce superbe engin.

Les premiers kilomètres en centre-ville sont assez stressants pour moi. Mais je me détends petit à petit, rassurée par la conduite souple et assurée de mon motard adoré. Au bout d'un moment je prends même un réel plaisir à chevaucher cette superbe machine. Je trouve cette virée hyper sexy pour tout dire, et le désir commence à m'envahir. Une douce chaleur gagne mon entrejambe qui frôle la combustion si cela devait se prolonger trop longtemps.

Les immeubles et la circulation intense laissent bientôt place à des routes moins chargées et des paysages plus verts. La moto ralentit et nous nous engageons dans une petite allée bordée de maisons au style moderne. Adam se gare devant une demeure assez spacieuse, m'aide à descendre puis face à moi, retire mon casque et le sien.

— Enfin, je vais pouvoir te dire bonjour correctement, sans prendre le risque que tu sois vue par une connaissance.

Et sans en attendre plus, il m'attire vers lui et scelle ses lèvres aux miennes dans un baiser d'abord timide. L'intensité monte d'un cran lorsqu'il enserre mon corps au plus près du sien, et il se met à dévorer ma bouche avec passion.

— Où sommes-nous ? lui demandé-je, dès que je suis capable de prononcer quelque chose.

— Chez mon frère, il est parti quelques jours en déplacement à l'étranger, je suis chargé de surveiller un peu son logement. Donc je me suis dit que c'était l'occasion de nous retrouver ensemble après avoir fait quelques kilomètres à moto.

— Et ce superbe casque rose, il sort d'où ? poursuis-je, curieuse de connaître la réponse.

— C'est le casque de ma fille, je le garde chez moi quand elle me rend visite, trop rarement d'ailleurs.

Une lueur de tristesse traverse ses yeux. Adam se retourne soudainement comme pour cacher ce moment de détresse. Il farfouille dans le top-case de sa moto et en sort une petite mallette. Je hausse les sourcils, il retrouve son sourire.

— Allez, viens, nous n'allons pas rester sur le trottoir ! me lance-t-il en me prenant la main pour m'attirer à l'intérieur de la maison.

Nous entrons au rez-de-chaussée d'une jolie maison contemporaine. La pièce principale est plus colorée que l'appartement d'Adam, mais reste assez peu meublée. Adam pose la mallette sur la table et revient aussitôt vers moi. Il me soulève comme si j'étais une plume et me transporte jusqu'au canapé du salon. En quelques secondes je me retrouve assise sur le cuir frais du divan. Mais la chaleur qui exulte de mon corps m'empêche de m'appesantir sur cette fraîcheur. Adam s'assoit à son tour, me hisse sur ses genoux, face à lui, mes deux jambes de part et d'autre de son bassin. Nos yeux ne se lâchent pas, je suis sous le charme hypnotique de ses prunelles scintillantes comme des diamants. La fièvre du désir se fait pressante. Je ne contrôle plus rien, prête à me consumer à la moindre caresse.

Ses mains se faufilent sous mon haut et commencent à se promener sur mon dos. Il taquine la lisière de mon soutien-gorge. Ma tête dans sa nuque, je noie mes sens dans son odeur si masculine et virile. Ma bouche ne cesse d'embrasser son cou. La perception de ses doigts sur ma peau me rend folle. J'ai tellement envie de lui, envie de plus, envie qu'il fasse valser mes habits et qu'il me fasse l'amour là, sur ce canapé.

Mais il prend tout son temps, ses mains parties à l'exploration des moindres parcelles de mon dos. Je laisse échapper un petit gémissement en me tortillant sur ses genoux. J'imagine qu'il comprend ce message silencieux ; ses mains quittent mon dos pour glisser sur ma poitrine. Elles cheminent jusque sous la dentelle de mon sous-vêtement et délicatement enrobent mon sein. Surprise par ses doigts qui pincent légèrement mon mamelon, je pousse un petit cri de surprise et une myriade de picotements déferlent sur ma peau.

Ma bouche ne peut patienter plus longtemps et mes lèvres frémissent à l'approche des siennes pour me lancer dans un baiser rageur et passionné. Submergée par ce besoin viscéral de sentir sa peau contre la mienne, mes mains déboutonnent maladroitement sa chemise. Je le sens sourire sur mes lèvres et il vient à mon secours en terminant ma mission ; son vêtement s'échoue sur le sol. Je sème des dizaines de petits baisers sur les muscles bien dessinés de son torse. Ses pectoraux développés me ravissent. Impossible de m'empêcher de les toucher, les caresser. Mes doigts curieux continuent leur inspection plus bas jusqu'à ses abdos tout aussi musclés et tendus.

Adam doit prendre vraiment soin de ce corps qui n'a rien à envier aux plus beaux mannequins.

L'instant suivant, débarrassée de mon haut qui a rejoint la chemise à terre, nos corps peuvent enfin se retrouver sans qu'un bout de tissu ne les frustre. Ses mains me soulèvent pour pouvoir me dévêtir complètement et quelques secondes plus tard je me retrouve offerte à lui uniquement parée de mon sous-vêtement. Le renflement sous sa braguette me prouve à quel point le désir est entièrement partagé.

— Déshabille-toi complètement s'il te plaît, murmuré-je à son oreille, puis mordille son lobe avec gourmandise.

Le temps que son pantalon et ses chaussettes soient éjectés au sol, mon soutien-gorge, seul et dernier vestige de cet assaut sensuel atterrit sur le tapis.

Plus rien n'entrave nos épidermes qui se réclament. Son sexe pulse contre le mien. Adam glisse ses doigts vers mon intimité et ses yeux brillent de plaisir quand il réalise que je suis plus que prête à l'accueillir. Avec souplesse, il me bascule légèrement et se penche vers son pantalon pour en extirper un préservatif de sa poche.

— Tiens, je peux te laisser t'en occuper ? me propose-t-il en me tendant le petit étui argenté.

Mes yeux s'écarquillent à la vue de sa verge tendue et turgescente. Je sais que je n'aurai pas de difficulté pour le mettre en place. Avec soin et délicatesse, je m'exécute et profite de ce moment pour caresser son sexe impressionnant. Le grognement de plaisir que j'entends me procure une touche de fierté en pensant que c'est moi, la petite Marylin si peu confiante, qui provoque de telles réactions. Dûment paré, Adam me positionne juste au-dessus de lui, ses mains sur ma taille guidant chacun de mes mouvements. Doucement, je me laisse glisser le long de son membre impatient. Une sensation de bien-être extrême m'envahit, l'impression d'être complète lorsqu'il est en moi. Mes yeux picotent, je me force à retenir des larmes. Cet homme est indiscutablement la pièce manquante au puzzle de ma vie, de mes désirs.

Jamais je n'ai ressenti une telle plénitude. Ce moment-là est une révélation : j'ai enfin ce qui manque à mon existence afin qu'elle trouve tout son sens.

Je me sens comblée, certaine que je ne pourrais éprouver des sensations plus fortes. Mais lorsqu'il débute ses va-et-vient, je découvre que tout cela va n'était qu'un préambule et que tout cela va encore monter en puissance.

Je ne contrôle plus les sons qui sortent de ma bouche, incohérents et désordonnés, mélange de mots doux et râles inintelligibles. Mon excitation exacerbe la sienne, et sa cadence accélère, ses halètements s'intensifient. Puis la réalité s'éclipse, mon âme sort de mon corps, suspendue à ce court instant de délivrance. Un silence de quelques millisecondes précède notre jouissance à l'unisson, mélange de tintements de cloches et de feux d'artifice qui déferle dans ma tête. En moi palpite encore la verge d'Adam, déversant sa semence hors de lui. Un léger regret me traverse. J'aurais aimé ressentir ce plaisir sans ce petit morceau de plastique.

Je suis dingue, je suis folle. Folle de lui, de son corps, de ce qu'il m'apporte, de ce qu'il me fait éprouver.

Je ne veux pas qu'il se retire. Ce moment est à moi, à nous ; nous devons rester comme cela, imbriqués l'un dans l'autre le plus longtemps possible, avant que la réalité nous rattrape. Je m'accroche à lui avec une telle force que mon amant s'inquiète.

— Tout va bien ?

Il prend mon visage entre ses mains afin de sonder mon regard. Il n'en fallait pas plus pour que les vannes qui retenaient les turbulences derrière mes yeux s'ouvrent et laissent se déverser un torrent de larmes.

Incapable de lui répondre, j'essaie de lui sourire et lorsque j'arrive à me calmer un peu, je relâche doucement mon étreinte.

— Jamais je n'ai connu cette intensité. C'est tellement puissant. Je ne veux pas me séparer de toi.

Ces mots sont sortis sans que je réfléchisse. Adam caresse mes cheveux et me berce comme une enfant.

— Marylin, ma douce Marylin, je ne sais pas trop ce qui nous arrive, me chuchote-t-il tendrement. Pour moi aussi, j'ai l'impression d'avoir trouvé en toi la personne que je recherche depuis toujours. Je ne veux pas te quitter non plus.

Ses bras m'enserrent plus fort, j'entends son cœur qui bat contre ma poitrine. Je laisse ma tête se vider et je savoure au maximum ce moment unique de symbiose entre nous.

Comment puis-je ressentir de tels sentiments pour un homme que je connais à peine ?

Pourquoi suis-je persuadée qu'il est l'homme que j'attendais inconsciemment ?

Ça y est, le vide se remplit d'interrogations, je sais que la réalité de ma vie va venir ternir ce moment parfait.

— Ne te pose pas trop de questions, ma douce, me dit-il comme s'il avait entendu mes désordres intérieurs.

Mais ceci est impossible, je sais que la culpabilité me rongera sous peu et que ce moment de plénitude n'est qu'un interlude heureux dans ma vie routinière.

Comment faire abstraction des conséquences de mes actes ?

Je suis bien trop attachée à certaines valeurs pour me laisser aller à croire que tout cela n'est pas grave.

Je me ressaisis. J'aurai tellement de temps pour réfléchir à tout cela plus tard. Pour l'instant, je souhaite juste apprécier cette magie qui nous unit et qui fait qu'un et un font un.

Revenant sur le chemin de ses lèvres, je me perds dans un tendre et long baiser. Nos langues dansent ensemble, comme une urgence à savourer ce moment, comme si tout cela allait nous être repris.

Cet homme est entré dans ma vie un peu par accident, mais sa présence à mes côtés est désormais comme une évidence, telles deux âmes sœurs guidées par le destin.

Je me sens étirée de part et d'autre de mon corps, par cette dualité.

Je ne peux même pas dire que c'est le bien et le mal. Non, Adam n'est pas le mal, au contraire. Il est cette part de moi qui manquait à ma vie, il est le soleil qui réchauffe mes ombres, il est la douceur qui console les blessures de mon âme.

Gabriel n'est pas le bien non plus. Il est mon mari certes, fidèle à ses engagements, je pense. Mais aujourd'hui plus que jamais, une pensée me trouble. Il vit comme si notre avenir était acquis, comme si le long fleuve sur lequel nous sommes embarqués ne provoquerait jamais de remous. Adam est la preuve, je suis la preuve que c'est faux. Même dans les eaux les plus calmes surgissent parfois des tourbillons si puissants que la noyade est possible. Mes poings se serrent, je lui en veux. Pourquoi a-t-il laissé creuser ce sillon entre nous qui a permis à Adam de s'y engouffrer ? Pourquoi m'a-t-il laissée m'éloigner de lui sans me retenir ? Si j'avais été parfaitement heureuse avec lui, jamais je n'aurais succombé au désir pour un autre homme. Je fais la triste constatation que mon amour pour Gabriel n'a jamais atteint la puissance de l'attirance que j'ai pour Adam.

Toutes ces questions qui se bousculent me sont insupportables et la migraine approche à grands pas. Je frissonne. Cette fois, ce n'est plus le plaisir qui me met dans cet état, mais la fraîcheur de la pièce sur ma nudité. Mes réflexions ont eu raison de ma fièvre amoureuse et la chaleur de notre corps-à-corps s'est dissipée.

— Tu trembles, tu as froid ? Viens, enroule-toi dans la couverture.

Et joignant le geste à la parole, Adam entoure mes épaules d'un plaid posé à côté du canapé. Ce contact m'apporte rapidement la chaleur nécessaire pour arrêter ces frissons.

— Attends quelques secondes, je reviens.

Il se lève, splendide dans sa nudité, s'éloigne jusqu'à la table de la cuisine pour y prendre la mallette qu'il avait déposée en entrant. Je ne peux m'empêcher d'admirer son corps et son postérieur terriblement musclés.

— Tu me fais une petite place sous ta couverture ? me demande-t-il avec un air malicieux.

Je déploie le plaid afin qu'il nous recouvre les jambes et le haut du corps, mais nous laisse les bras libres.

Adam ouvre sa mystérieuse boite et j'écarquille grands les yeux à l'apparition du contenu.

C'est une petite merveille, comme dans une scène de film. À l'intérieur, deux verres à pied, une bouteille de vin, des petits sandwichs emballés, du fromage et du raisin.

Deux jolies serviettes rayées de rouge et de blanc et une mini-nappe identique : kitch mais romantique à souhait ! Il a pensé à tout. Quand il voit mon visage s'illuminer, il est rassuré et m'avoue avoir eu peur que je me moque de lui et de son romantisme. Émue par son idée et surtout qu'il ait pris le temps de préparer cette surprise en pensant à nous, je lui plante un baiser bruyant sur les lèvres.

— C'est tellement beau ! J'ai hâte de goûter, que ce soit au vin comme au repas que tu as concocté !

Par prudence, je jette un œil sur sa montre : il est presque treize heures. Ça va, je reprends dans une heure, nous avons un peu de temps pour savourer ce petit festin. Et telle une princesse je passe le plus fabuleux repas pris depuis longtemps, servie et adulée comme si j'étais un joyau à ses yeux. Tout est parfait, le vin blanc est tout simplement divin. Adam, lui, en conducteur responsable, se contente juste d'une légère gorgée.

Les petits encas au poulet sont succulents, et le fromage associé au raisin à un goût d'enchantement. Entre deux bouchées, deux fous rires, deux mots doux, deux regards, nous nous bécotons comme des ados. Malheureusement, tout a une fin. L'heure tourne vite, trop vite, et il est temps de repartir. Un passage rapide sous la douche et une fois habillés, nous regagnons la porte.

Adam m'arrête et me fait face droit comme un i. Il me fixe avec une intensité étrange.

— Merci d'avoir partagé ce moment avec moi. Tu me rends tellement heureux. Ta présence illumine mes journées. Il y a très longtemps que je n'ai pas ressenti cette plénitude. D'ailleurs, je ne suis pas sûr de l'avoir connue un jour de façon aussi forte. Je t'aime Marylin, je sais que c'est tôt pour te le dire, mais je veux que tu le saches.

Son regard se mêle d'inquiétude et de désir. Il répète à nouveau.

— Je t'aime.

Mon visage et mon corps se figent.

Ai-je bien entendu ?

Sous le choc de ces trois petits mots, je reste là, immobile, sans pouvoir répondre quoi que ce soit.

Inquiet de mon silence, il reprend à nouveau la parole.

— Je comprends que tu sois surprise par ce que je viens de te dire, mais je t'assure que je ne joue pas avec toi et tes sentiments. Je sais que la situation est vraiment compliquée pour toi. Mais si j'ai persévéré malgré tout, c'est que j'ai vite compris que ce n'était pas juste un coup de cœur passager. Tu m'as ensorcelé. Tu es dans ma tête à longueur de journée, j'ai envie de te voir, te sentir, te caresser, t'embrasser. M'imaginer sans toi est une torture. Ce que je ressens pour toi n'est pas une passade, mais de vrais sentiments amoureux. Mais je ne veux pas non plus t'obliger à faire un choix que tu pourrais regretter. Je ne te demande pas de prendre une décision, je veux juste que tu saches que je suis là, que je t'attendrai le temps qu'il faut.

Je crois n'avoir jamais entendu plus belle déclaration. J'en ai le souffle coupé. D'un hochement de tête je lui fais comprendre que j'ai bien assimilé tout ce qu'il m'a dit. Je lui offre un sourire contrit, puis me jette à son cou afin d'essayer de masquer mes larmes. Il me force à reculer un peu ; nos regards s'enchaînent l'un à l'autre.

Il n'ajoute rien d'autre, me retourne un sourire, un vrai, sincère, mêlé d'une pointe de tristesse. Mes lèvres ne peuvent s'empêcher d'aller chercher les siennes et nous échangeons un baiser fougueux, presque suppliant.

Malheureusement l'heure nous impose de prendre la route du retour.

Assise derrière Adam, je me serre contre lui, sûrement plus fort que nécessaire. J'ai envie de m'imprégner de son corps, d'ancrer en moi cette odeur de cuir si sensuelle, d'imprimer dans ma mémoire tous les mots qu'il a osé m'avouer et que je n'ose croire.

Mon cœur a chaviré pour cet homme, mais jusqu'à maintenant, je n'envisageais cela que comme un caprice à sens unique. Jamais je n'aurais imaginé qu'il puisse éprouver des sentiments aussi puissants à mon égard.

Et si...

Non, je ne peux pas bouleverser mon mariage, ma famille comme ça d'un revers de main ! Je ne suis pas une de ces femmes qui abandonne homme et enfants pour vivre ailleurs sa propre histoire d'amour.

L'amour, l'amour... Mais c'est quoi l'amour ?

Et si, tout simplement mon cœur avait fait une place à Adam, car il n'était plus assez rempli d'amour ?

La vie est courte, nos choix sont parfois discutables, nos besoins changeants. Peut-être me suis-je trompée et que l'homme de ma vie est là, juste devant moi ? Je n'avais sans doute pas encore eu l'occasion de croiser sa route, mais le destin vient-il de corriger cette méprise ?

Tout à coup, plus de bruit de moteur, plus de mouvement. Adam vient de garer la moto à quelques mètres du cabinet médical. J'étais tellement plongée dans mes pensées que je n'ai pas du tout vu le trajet passer !

Je descends du bolide en posant délicatement mon pied au sol, ma cheville restant encore un peu endolorie, détache la sangle de mon casque et le tends à Adam. Nous ne pouvons pas nous permettre de nous embrasser comme nous le souhaiterions, nous en avons tous deux conscience. Je m'approche comme si j'allais lui faire une bise, mes lèvres effleurent discrètement le coin de sa bouche.

— Merci, lui dis-je, seul mot que j'arrive à articuler.

Sans m'attarder ni me retourner, je me hâte de regagner l'immeuble et de grimper dans l'ascenseur. Une fois dans la cabine, je m'adosse contre la paroi, pousse un soupir, et inspire comme si je manquais d'air, chancelante, et reprends enfin ma respiration normale.

Le miroir me renvoie une image qui m'affole : les yeux rouges, cheveux décoiffés, teint très pâle. Je remets de l'ordre dans ma coiffure et prie pour qu'il ne soit pas encore quatorze heures afin de passer par mon vestiaire pour me remaquiller. Je sors mon téléphone de mon sac, et vois avec horreur que j'ai dépassé l'heure de reprise de dix minutes. Mon écran m'indique deux appels de Mandy.

À ce moment précis, je me déteste d'avoir été si peu professionnelle envers ma collègue, si peu soucieuse de l'heure. Ce comportement me ressemble si peu !

En trombe, je pénètre dans le cabinet ; plusieurs personnes patientent déjà en salle d'attente. Mandy, débordée entre l'accueil des clients et le téléphone qui ne cesse de sonner me regarde en soulevant les sourcils, les yeux interrogateurs. Je lui fais signe.

— Tout va bien, murmuré-je. Je suis désolée de mon retard.

En quelques secondes, je m'installe à mon poste et le travail m'accapare à nouveau. Être occupée m'impose de ne plus penser à ce que je viens de vivre. J'évite les regards de Mandy et surtout de me retrouver seule avec elle. J'imagine qu'elle meurt d'envie d'avoir une explication sur mon retard et mon arrivée précipitée.

Au bout d'une heure, le calme revient un peu dans le cabinet et Mandy peut enfin me questionner.

— Alors ma collègue adorée, où étais-tu passée ? Je m'inquiétais !

Pendant l'heure qui a précédé, j'ai essayé de me forger un alibi en béton qui permettrait de couvrir mon retard. J'ai pensé à tout un tas de mésaventures ou d'imprévus, plus ou moins cohérents. Mais Mandy est intelligente et me connaît très bien donc je peine à imaginer un gros mensonge auquel elle croirait. Au pied du mur et me surprenant moi-même, je réponds avec aplomb.

— J'avais un rendez-vous galant.

Si la situation n'était pas si compliquée, j'aurais éclaté de rire en voyant sa tête suite à mon aveu.

— Tu blagues ? Non, déconne ?

— Peut-être, ou peut-être pas… déclaré-je, évasive à souhait, en prenant un air faussement mystérieux.

Elle reste bouche grande ouverte sous la surprise puis je la vois pouffer et sautiller comme une petite fille en chantonnant discrètement – les clients ne sont pas très loin dans la salle d'attente – : « Marylin a un amant, Marylin a un amant ».

Les mains devant la bouche, je m'empêche d'éclater de rire devant sa petite danse ridicule. De toute façon, je sais très bien que ce n'est pas elle qui irait raconter mes galipettes extra-conjugales à Gabriel. Et puis, me confier me fera sans doute du bien. Pour l'instant, pas le temps de lui relater l'histoire. Nous nous concentrons donc sur le travail, mais je la vois qui trépigne d'impatience d'en savoir plus. Les regards espiègles qu'elle me lance régulièrement trahissent son enthousiasme.

Lorsque le cabinet se vide et que nous pouvons enfin parler sans que quiconque écoute, elle s'empresse de s'asseoir sur mon bureau.

— Alors, mais raconte-moi ! Tu es une sacrée coquine, dis donc !

— Mandy, tu sais, je ne suis pas fière de moi du tout. Jamais je n'aurais pensé avoir un jour une histoire comme celle que je vis actuellement. Mais promets-moi d'abord que tout ce que je te dirai restera entre nous et seulement entre nous !

Tel un jeune scout, elle lève la main.

— Je le jure ! proclame-t-elle solennellement juste avant d'éclater de rire

Je secoue la tête de dépit devant son hilarité.

— Je n'ai jamais trompé Gabriel avant cela et je crois que je suis en train de faire la plus grosse bêtise de ma vie. J'ai rencontré un homme pour qui j'ai eu un énorme coup de cœur. Je ne sais pas pourquoi, mais il m'a été impossible de lui résister et je me retrouve dans une grosse galère.

— C'est vrai que te côtoyant depuis longtemps, je suis surprise, m'avoue-t-elle. Je pensais que tu vivais l'amour parfait avec ton mari. Mais tu me connais bien et ce n'est pas moi qui vais te flageller. La vie est trop courte pour ne pas vivre à fond. Et surtout, je sais que tu n'as pas eu énormément d'amants avant Gabriel, donc il était peut-être temps d'avoir un point de comparaison.

Mandy est très libre dans ses relations avec les hommes et la fidélité et elle ne font pas forcément bon ménage. Mais elle n'imagine sûrement pas que mes sentiments pour Adam sont bien plus forts qu'une simple envie de connaître un nouvel amant.

— Tu sais, l'histoire que je vis est bien plus compliquée qu'un simple plan cul.

Je m'étonne toute seule du langage que j'utilise. Mais c'est tellement vrai. Adam est bien plus que mon amant, c'est l'homme qui fait battre mon cœur, celui que j'ai envie d'avoir auprès de moi jour et nuit, l'homme pour qui je vais peut-être remettre en question mon mariage.

— Mais dis-moi ça a l'air bien sérieux ce que tu me racontes là ! Je le connais cet homme ?

J'hésite vraiment à lui divulguer le nom. Oh et puis zut, je sais que je peux lui faire confiance !

— C'est Adam Leclerc, l'avocat du cabinet.

Si j'avais mon téléphone sous la main, la photo de la tête de mon amie aurait été géniale : bouche bée, les yeux écarquillés, prête à perdre l'équilibre.

— Nom d'un chien, toi au moins tu ne fais pas dans le détail ! Maître Leclerc, le super beau mec qui pourrait faire pétiller les hormones de la plus belle femme du monde, je n'en reviens pas ! Mais remarque, c'est vrai que j'avais remarqué que tu lui avais fait de l'effet. D'ailleurs, j'étais un peu vexée, il ne m'avait même pas calculée !

— Mandy, je t'en prie, essaie de rester discrète s'il te plaît ! Je me sens déjà tellement mal.

Mandy sourit et vient me serrer dans ses bras face à mon air réellement contrarié.

— Marylin, si tu veux m'en parler tu sais que tu peux sans souci et que je saurai garder tes secrets.

— Merci beaucoup, vraiment. Là, je ne me sens pas encore prête, et nous n'avons pas trop le temps. Mais promis, je le ferai.

Avec tendresse elle me caresse la joue et y claque un bruyant baiser. Puis elle repart guillerette à son bureau en marmonnant.

— Maître Leclerc, waouh, ma copine a des goûts de luxe !

Je ne peux m'empêcher de rire et je lutte tout le restant de l'après-midi pour me concentrer sur mon travail.

Mon retour à la maison m'angoisse. J'appréhende de me retrouver face à Gabriel, j'ai l'impression que ma tromperie se lit sur mon visage.

Ce soir encore, je colle mon masque d'épouse modèle et de mère presque parfaite sur un visage qui cache une âme meurtrie de honte d'avoir rompu son pacte de fidélité. Je me couche tôt prétextant une migraine afin de m'endormir seule et sans contact physique avec Gabriel. Je veux garder en mémoire la douceur des caresses de mon amant, le feu de ses baisers, les sillons tracés par sa langue. Dans ce tourbillon de sensations, abandonnant derrière moi la réalité de ma vie, je plonge dans les songes. J'espère y retrouver l'homme qui bouleverse avec tant d'intensité mon quotidien plutôt casanier.

Chapitre 16
Sacha

Rien de prévu d'extraordinaire pour ce week-end de trois jours avec son lundi férié. Comme d'habitude, je vais en profiter pour ranger et nettoyer la maison. Gabriel part en déplacement avec l'équipe de rugby dans une ville à une cinquantaine de kilomètres. Je passerai donc l'après-midi seule avec les enfants.

Ce samedi sans Gabriel me soulage, je peux m'autoriser à replonger dans mes souvenirs sensuels avec Adam. Clara et Lena, à peine revenues de leur semaine de vacances, sont parties chacune chez une amie et je reste avec Sacha.

— Maman, on peut aller faire un tour de vélo s'il te plaît ? me supplie mon fils, le déjeuner à peine achevé.

Sacha ne tient pas en place. Il faut toujours qu'il soit en mouvement. Il est trop jeune pour apprécier le fait de savoir s'ennuyer.

— Mon cœur, je n'ai pas très envie de monter sur mon vélo, mais si tu veux, je peux t'accompagner au parc.

— OK, m'man, je vais me préparer !

Mon fils s'empresse de monter dans sa chambre se changer. La journée est encore belle, je vais pouvoir me reposer un peu tout en ayant un œil sur mon fiston. Enfin un moment de décompression bienvenue.

Installée confortablement sur un banc à la peinture écaillée qui borde l'allée centrale, je profite du soleil d'automne encore très agréable dans ce parc de Gerland.

Les yeux fermés, je savoure la température douce de cette journée, souffle comme pour expirer tout le mal-être qui m'habite. Sacha m'interpelle pour me faire un coucou en passant à toute vitesse, à quelques mètres de moi, sur son deux-roues. Quelques oiseaux se chamaillent en piaillant. Le parc est assez isolé de la route, il y règne une quiétude apaisante, au loin j'aperçois le célèbre musée de Lyon qui borde la confluence entre le Rhône et la Saône. Les cris des enfants dans les zones réservées aux jeux viennent à peine troubler la tranquillité de l'endroit.

Lorsque j'ouvre à nouveau les yeux, deux amoureux passent devant moi bras dessus bras dessous ; ils s'embrassent et rient en se parlant à l'oreille.

Est-ce un couple officiel ou plutôt des amants qui se retrouvent ?

Je les observe, dubitative, à la recherche d'une réponse. Mon attention s'attarde sur eux tandis qu'ils s'éloignent, convaincue finalement que ce sont des amants qui se retrouvent en cachette. M'en persuader me rassure. Je me sens moins seule et perdue, prisonnière de sentiments peu avouables.

L'envie de parler à Adam devient une obsession. J'inspecte mon téléphone et regrette vraiment de ne pas pouvoir conserver ses messages afin de les relire à ma guise. Mon corps est en manque du sien. Mon cœur est en manque de ses mots.

Et si je lui envoyais un message ?

Je meurs d'envie de lui faire savoir qu'il hante mon esprit. Est-ce qu'il pense à moi ? Je ne sais pas, mais je l'espère secrètement. C'est déraisonnable, mais rien de ce que j'ai vécu ces dernières semaines n'est rationnel.

* Bonjour, Adam, je profite d'un moment de tranquillité seule pour te dire que je pense à toi. Mon corps te réclame si fort. Tes mots résonnent dans ma tête. Tu me manques.

Mon doigt flotte au-dessus de l'écran. J'hésite quelques secondes à valider ce message et à transmettre ma déclaration à l'homme qui me hante. Être dans ses bras… Le souvenir de ses caresses fait tressaillir ma peau. Il me manque. C'est psychologiquement et physiologiquement douloureux. Reprendre le contact, même par SMS interposé, me permettrait peut-être d'apaiser légèrement cette douleur.

J'appuie sur envoi.

Les petits chiffres qui me proposent d'annuler mon envoi s'égrainent… Plus que quatre secondes, trois, deux… Mon doigt se lève. J'annule ? Plus qu'une seconde.

Ça y est le message est parti et plus de possibilités d'arrêter mes mots. Mon souffle se coupe. Il ne me reste plus qu'à patienter.

Combien de temps ?

Et s'il me répondait plus tard, bien trop tard, lorsque je serais rentrée à la maison ?

Mince, mais quelle bêtise ai-je-faite ?

La délicieuse torture que me procurait le souvenir de ses caresses est vite remplacée par l'angoisse. Je fixe le téléphone comme si j'avais la possibilité de lui ordonner de vibrer tout de suite, de m'annoncer dans la seconde l'arrivée un message.

Et comme par enchantement, la magie opère assez rapidement. Le prénom Carine, avec un C majuscule, apparaît sur mon écran.

Stressée, je clique pour ouvrir le message.

* Marylin, lire ton prénom sur mon téléphone a suffi à remettre un sourire sur mon visage. Et lire tes quelques mots délicieux est un véritable bonheur pour moi. Je pense à toi tout le temps et je ne rêve que de la prochaine fois où je pourrai te serrer dans mes bras. Je t'embrasse tendrement. Sache que je ne me permettrai pas de t'envoyer un autre message aujourd'hui, car je ne sais pas si tu seras seule longtemps. À très vite j'espère.

Je tremble tant ce message me bouleverse. Je lis, je relis, encore et encore.

— Maman ! Maman !

Au loin, Sacha m'appelle. C'est la dixième fois au moins qu'il passe pas loin de moi en m'adressant un signe. Mais mon regard refuse de lâcher l'écran et ces mots qui font frissonner tout mon être.

C'est le bruit d'un fracas, puis un cri, des cris qui m'imposent de lever la tête. Et là, le choc : Sacha est à terre, son vélo à quelques mètres de lui ; lui est immobile, les roues, elles, tournent encore.

Je me lève en trombe pour courir vers mon fils allongé, inerte. Déjà des personnes accourent vers lui.

— Poussez-vous, laissez-moi passer, c'est mon fils ! hurlé-je, bousculant les badauds avec énergie pour qu'ils me laissent l'approcher.

Il est là, inconscient. Il a sans doute percuté le poteau juste à côté de lui. Son casque a volé quelques mètres plus loin.

— Appelez les secours, je vous en prie ! bafouillé-je affolée aux gens autour de moi avant de fondre en larmes.

Un jeune homme prend son portable et je l'entends appeler les pompiers.

Je suis tétanisée, à genoux, je répète son prénom comme une prière. Une jeune femme s'agenouille, prend le bras de Sacha à la recherche de son pouls.

— C'est mon fils, c'est mon fils ! Sacha ! dis-je, entre deux sanglots.

Avec calme elle me répond qu'elle est infirmière, qu'elle va s'occuper de lui en attendant les secours. Elle me rassure : son pouls pulse sous ses doigts. Hébétée, je ne peux que la regarder faire des gestes de premiers secours. Elle l'appelle, lui parle, le scrute à la recherche d'une plaie, de saignements. Au loin, après ce qui me paraît une éternité, la sirène des pompiers se fait entendre. Elle se rapproche de plus en plus, mon cœur va exploser à mesure que le son des secours se fait strident. Je lève la tête : une dizaine de curieux nous entourent, espérant voir et comprendre ce qui se passe. Une dame au manteau vert me pose sa main sur mon épaule, me demande si je veux de l'aide pour me redresser et marcher un peu.

Ils arrivent, des pas lourds se rapprochent très vite, des voix d'homme. La femme en vert m'oblige à m'écarter. Je ne résiste pas, je me sens si vide à l'intérieur. En quelques secondes, trois pompiers entourent mon fils et le prennent en charge. Un quatrième, crayon et carnet en main, vient recueillir des informations. La jeune infirmière lui explique ce qu'elle a vu, ce qu'elle a fait. Elle me désigne d'un mouvement de tête et il me semble entendre dans un brouhaha embrouillé : « c'est la maman ».

Le pompier me salue puis demande ce qu'il s'est passé. Je le regarde sans pouvoir émettre un son.

— C'est bien votre fils ?

Je hoche la tête.

— Pouvez-vous me donner son nom, son âge ?

Je souffle, j'inspire en essayant de marmonner des mots intelligibles.

— Il s'appelle Sacha, il a neuf ans. Il est tombé de son vélo, je pense qu'il a certainement percuté le poteau.

L'homme en uniforme prend des notes, me pose, je crois, une autre question à laquelle je ne réponds pas, obnubilée par la vision de ses collègues qui se démènent autour du petit corps de mon fils. Ils l'ont mis sous oxygène et ont posé un cathéter pour une perfusion.

— Comment va-t-il ?

Je pose cette question aux hommes autour de mon petit garçon, espérant que quelqu'un m'affirme que tout va bien. Un pompier me dit : « il est en vie ». Glaçant, loin d'être suffisant, mais je renais. Je pleure de plus belle. L'espace de quelques minutes, j'ai cru que je l'avais définitivement perdu et que c'était de ma faute. Je n'ai pas vérifié s'il avait correctement attaché son casque et je m'en veux. Quelle mère digne de ce nom peut être aussi inattentive ?

J'entends à nouveau le secouriste qui me parle. Je ne comprends pas tout : sa voix est lointaine, je suis dans un brouillard épais et étouffant.

Je capte les mots « traumatisme crânien », « perte de connaissance », « hôpital », « examen ». Mais le plus important, il me dit que mon fils respire seul, que son cœur bat correctement et que c'est rassurant.

Sacha est hissé sur un brancard que les pompiers glissent dans le camion. Ils me demandent si je suis seule avec lui et me proposent de les accompagner à l'intérieur du véhicule afin de partir au plus vite à hôpital.

Tel un robot, je grimpe dans l'ambulance sans lâcher du regard mon enfant entouré de fils reliés à une machine. C'est un cauchemar. Je vais forcément me réveiller et tout ceci ne se sera pas réellement passé. Mais la voix du pompier me confirme que je ne dors pas, que malheureusement Sacha est grièvement blessé.

Grièvement blessé… la culpabilité m'assomme comme une masse. Pourquoi ne l'ai-je pas regardé quand il m'a appelée ? Peut-être que si je lui avais fait signe, peut-être que si je l'avais suivi des yeux il aurait continué son chemin sans avoir cet accident stupide ?

Les larmes coulent sans que je puisse les retenir. Une main se pose sur mon bras. Un des pompiers essaye de me réconforter, me tendant un mouchoir en papier. Je renifle sans discrétion, incapable de m'en saisir.

— Avez-vous quelqu'un à prévenir ? Vous voulez qu'on vous prête un téléphone ?

Je le regarde comme s'il parlait une langue étrangère. J'entends les mots qu'il me dit, mais mon cerveau ne comprend pas. Je ressasse encore et encore la vision d'horreur, Sacha au sol, le casque, le vélo avec sa roue qui n'en finissait pas de tourner, le sang dans ses cheveux, les gravillons dans la plaie de son avant-bras. La scène passe et repasse en boucle dans ma tête.

— Madame ? me redemande le pompier à mes côtés.

— Oui, oui bien sûr, je dois prévenir mon mari.

L'homme me propose de composer le numéro sur son propre téléphone. Je lui donne après un gros effort de mémoire. Le répondeur de Gabriel s'enclenche.

D'une voix tremblante, je lui laisse un message.

— Gab, c'est horrible. Sacha a eu un accident de vélo. Là, nous sommes dans une ambulance qui nous amène à l'hôpital. Je crois qu'il a un traumatisme crânien.

Je pleure trop, c'est incontrôlable. Je ne sais pas s'il va comprendre ce que je lui explique. Je termine mon message en lui suppliant de se dépêcher au plus vite et de nous rejoindre au centre hospitalier pédiatrique.

Chapitre 17
À l'hôpital

Je patiente dans la salle d'attente. Ils ont emmené Sacha passer un scanner en urgence. Il a repris conscience à notre arrivée à l'hôpital, mais son état continue de me préoccuper.

Un bruit de pas m'indique que quelqu'un arrive très vite. Le temps que je tourne la tête, Gabriel se tient à côté de moi, essoufflé.

— Que s'est-il passé ? Comment va Sacha ? Où est-il ? me questionne-t-il complètement paniqué.

Je me jette dans ses bras en pleurant et tente de lui expliquer la situation entre deux hoquets. Puis nous attendons sans un mot que quelqu'un vienne nous donner des nouvelles, moi jetant des regards inquiets sur chaque infirmière qui passe à ma hauteur, Gab en parcourant la salle de long en large, tout aussi stressé.

Gabriel a prévenu ma mère pour qu'elle s'occupe des filles. Bien sûr, elle est effondrée, mais je sais que je peux compter sur elle.

Après de longues minutes d'attente, un médecin nous appelle enfin. Dans ma tête défile tout un tas de possibilités sur ce que le docteur risque de nous annoncer. Bien entendu, j'ai opté pour les scénarios les plus terrifiants. C'est donc en pleurs et dans l'angoisse que je m'apprête à entendre ce qu'il va nous annoncer.

— Nous avons eu les résultats du scanner. Ceux-ci sont rassurants, il n'y a pas de saignement cérébral. Sacha devrait se remettre rapidement de cet accident, mais nous allons le garder en observation à l'hôpital cette nuit, pour voir comment votre fils réagit dans les prochaines heures.

J'ai l'impression que mes poumons se remettent à fonctionner alors qu'ils étaient bloqués depuis l'accident. Gabriel pousse également un énorme soupir de soulagement. Il m'attire contre lui, plonge sa tête dans mon cou et resserre son étreinte.

Une heure plus tard, nous sommes au chevet de notre fils. Il est bien pâle, mais conscient, et nous regarde avec un air triste.

— Je suis vraiment désolé, dit-il d'une petite voix.

Je le prends délicatement dans mes bras en le rassurant.

— Tu n'as pas à être désolé Sacha. Je suis si contente que tu ailles bien, j'ai eu tellement peur !

— J'aurais dû faire plus attention ! En fait, je voulais te faire coucou, mais comme tu ne me regardais pas, je t'ai appelée, je n'ai pas regardé devant moi, mais j'ai continué de pédaler, et…

Il se met à pleurer et mon cœur de maman saigne. Mon petit homme est blessé. Si je l'avais regardé comme il le souhaitait cela ne se serait certainement pas passé ainsi. Rongée par la culpabilité, je me déteste.

Nous essayons d'apaiser ses craintes au mieux. Nous le couvrons de baisers, de câlins. Je suis terrifiée de voir comme la vie peut basculer si rapidement. Je passe la nuit auprès de Sacha, Gabriel, lui, rentre s'occuper des filles. Mon petit homme est un battant, il retrouve très vite la bonne humeur malgré des maux de tête importants.

Toute la nuit, je le veille, je le couve du regard. Je suis responsable de son accident et jamais je ne me le pardonnerai.

Il est hors de question que mon histoire avec Adam mette en péril la santé de mes enfants. Je n'ai pas été attentive et je m'en veux. Je frissonne en imaginant un scénario catastrophe encore pire que l'épreuve que nous traversons. Les images de mon enfant allongé sur le sol, inerte, me reviennent et les larmes coulent sur mes joues. Dans la semi-obscurité angoissante de la chambre d'hôpital, mon cerveau se noue à force de réfléchir. Comment vais-je pouvoir reprendre le cours de ma vie sans Adam si je décide de mettre un terme à notre relation ?

Mais cette frayeur qui s'est emparée de moi semble ouvrir la voie à la sagesse.

C'est décidé : je vais rompre avec Adam. Mon cœur s'emballe à l'idée de ce choix de raison.

Comment ne plus avoir cette impatience dans l'attente d'un message qui m'apportait tant de frissons ?

Comment ne plus me perdre sous des sensations extraordinaires lorsque les effluves de son corps pénétraient mes narines ?

Comment ne plus m'imaginer vibrer sous les caresses de mon amant ?

Comment ne plus côtoyer le ciel lors de ces orgasmes d'une incroyable intensité ?

Comment ? Comment ? Comment ?

La tête entre les mains, j'essaye de sangloter en silence dans la pénombre de la pièce à peine troublée par une veilleuse au bas d'un mur.

Les heures s'étirent. Le silence de la nuit est à peine entrecoupé par le murmure des soignants ou d'un chariot qui grince dans le couloir et le passage de l'infirmière qui vient s'enquérir de l'état de Sacha plusieurs fois dans la nuit.

— Vous n'arrivez pas à vous reposer un peu ? me demande l'infirmière à la voix douce et posée, un regard plein d'empathie.

— Non, je préfère le veiller, j'ai eu tellement peur.

Ces paroles suffisent à libérer un flot de larmes et la soignante me réconforte d'une main bienveillante sur mon épaule. J'aimerais presque me jeter dans ses bras et lui confier tous mes troubles, tous mes tourments. Mais bien évidemment je ne le ferai pas. Ce n'est pas le lieu ni le moment, et je ne suis pas celle à qui elle doit accorder son temps précieux.

Je la regarde prendre soin de mon fils, réaliser des actes avec dextérité et délicatesse. Cette personne doit être un ange. Je suis persuadée qu'une femme comme elle ne ferait jamais subir à sa famille la traîtrise que j'inflige à la mienne.

Je me sens minable.

Mon petit garçon est là, dans une chambre d'hôpital, et moi, je trouve encore le moyen de pleurer sur mon sort.

Enfin, pointe le petit matin ; la vie reprend dans le service avec les bruits du personnel qui s'active et l'odeur du café qui remplace un temps celui des antiseptiques.

Sacha se réveille groggy, mais il va bien et me sourit.

— Ça va maman, tu as l'air très fatiguée ? se soucie-t-il en voyant mes yeux cernés.

— Ne t'inquiète pas mon petit cœur, je vais bien. L'important, c'est toi, comment te sens-tu ?

— J'ai un peu mal à la tête, mais ça va !

Effectivement, son visage semble reposé et il ne paraît pas avoir de séquelle de sa chute, hormis une belle contusion sur la pommette.

Mon téléphone sonne. Je sursaute et y lis le nom de Gabriel.

— Allô, Marylin, comment va Sacha ?

Égoïstement, je me fais la réflexion qu'il ne me demande pas comment je vais moi, pas même un bonjour. C'est l'état de Sacha le centre de l'attention, et c'est normal. Je lui explique que la nuit a été calme et que nous attendons le passage du médecin. Il m'informe qu'il va nous rejoindre dès qu'il aura déposé les filles à l'école.

Le chef de service entre dans la chambre, fait le point sur l'état de mon petit garçon, entouré de l'infirmière et de l'interne du service. Après avoir ausculté lui-même Sacha et lui avoir posé quelques questions, il nous donne l'autorisation de sortie dans la matinée. Bien sûr, il me fait des recommandations pour le suivi, une surveillance accrue pendant quelques jours encore. Mais il se veut optimiste quant à un rapide et complet rétablissement de mon courageux bonhomme.

Chapitre 18
Le message de trop

La fin de matinée est proche quand, enfin, nous sommes libérés et rejoignons la voiture, direction la maison. Sacha est soulagé d'avoir quitté l'hôpital et paraît assez en forme malgré les dernières heures difficiles qu'il vient de passer. Gabriel et moi avons les traits tirés, l'inquiétude et le manque de sommeil n'aidant pas à avoir bonne mine. Je baisse le pare-soleil, regarde mon enfant dans mon rétroviseur. Je suis tellement heureuse de le voir sain et sauf après cette mésaventure.

Après un détour pour récupérer ma voiture restée au parc, je confectionne un rapide repas puis impose à tout le monde une bonne sieste bien méritée. Je tombe comme une masse dans un sommeil réparateur.

Lorsque j'émerge une heure plus tard, Gabriel est déjà réveillé, assis au bord du lit, la tête baissée.

Je me redresse sur le lit, intriguée.

— Ça va, Gab ? Un souci ? Sacha dort encore ?

Pas de réponse. Je ne vois que son dos qui bouge au rythme de sa respiration.

— Gabriel ?

Inquiète de son silence et de sa posture figée, je me lève et me poste face à lui. Il tient un téléphone entre ses mains et son visage reste crispé, le regard sur l'écran.

— Qu'est-ce qu'il y a, Gabriel ? l'interrogé-je à nouveau, vraiment étonnée de son mutisme inhabituel.

Gabriel lève les yeux vers moi ; un mélange de tristesse et de colère imprègne son regard. La peur s'empare de moi. Il me regarde fixement et décide enfin de s'exprimer.

— Qu'est-ce qu'il y a ? À mon avis, c'est toi qui vas me dire ce qui se passe ! me lance-t-il amèrement.

Je suis perdue, je ne comprends pas du tout de quoi il parle et ce qui le met dans cet état. Puis tout à coup, je me pétrifie à la vue de ce qu'il a dans les mains. Il tient mon téléphone personnel. Mon cerveau se met en mode réflexion ultra rapide.

Que reste-t-il de compromettant dans mon téléphone ?

Et subitement, je crois saisir le gros souci. Je ne me rappelle pas avoir supprimé le dernier message qu'Adam m'a envoyé juste avant l'accident de Sacha. Mon pouls tape très fort, mes joues s'empourprent quand j'entrevois la catastrophe qui s'amorce.

— Pendant que tu dormais, j'ai entendu ton téléphone biper plusieurs fois. Je me suis inquiété de ce que ça pouvait être, donc je me suis permis de regarder les messages. Il y a eu un de ta mère, un de ta collègue et, au moment où j'ai pris l'appareil dans mes mains, un de Carine. Et je trouve que ton amie t'envoie des messages très… bizarres, conclut-il avec une voix étrangement calme.

Le regard qu'il me jette me donne froid dans le dos. Il n'y a jamais eu autant de haine dans ses yeux, qu'à cet instant.

— Alors, reprend-il, le dernier message disait : « *Bonjour, ma douce Marylin, j'espère que tout va bien pour toi aujourd'hui, je pense à toi, tu me manques.* » J'ai été étonné de lire ça de la part de Carine, même si je sais que tu es très proche d'elle. Je me suis donc autorisé à lire le message qu'elle – il insiste bien sur le mot elle – avait laissé avant, et je vais donc te le relire, pour te rafraîchir la mémoire :

— *Marylin, lire ton prénom sur mon téléphone a suffi à remettre un sourire sur mon visage. Et lire tes quelques mots délicieux est un véritable bonheur pour moi. Je pense à toi, tout le temps, et je ne rêve que de la prochaine fois ou je pourrai te serrer dans mes bras. Je t'embrasse tendrement. Sache que je ne me permettrais pas de t'envoyer un autre message, car je ne sais pas si tu es seule longtemps. À très vite J'espère.*

Ses mains, son visage tremblent, et sa colère transparaît dans ses traits. Je suis tétanisée. Jamais je n'ai pas pris le temps de réfléchir à mon attitude si ma relation avec Adam venait à être découverte. Mes yeux ratissent le sol, comme si je cherchais une trappe de secours dans laquelle m'engouffrer. Aucun mot, aucune solution ne se présente à mon esprit et je reste muette et immobile. Mon cœur bat à tout rompre. Je sens que je vais sombrer dans la brèche qui vient de s'ouvrir sous mes pieds.

Tout à coup, Gabriel se lève et me toise du regard. Je n'y vois aucun bon sentiment, uniquement la fureur liée à la détresse.

— Alors, soit tu es devenue lesbienne et tu joues à broute-minou avec ta super copine, soit le prénom de Carine te sert de couverture pour masquer les messages d'un amant !

Il hurle presque ces derniers mots en jetant l'objet du délit au sol. J'implore mon esprit de trouver une réponse cohérente. Rien ne vient si ce n'est les larmes. Je relève la tête, je suis déstabilisée par la froideur qui accueille mon regard. En seize années de vie commune, je n'avais jamais été confrontée à cette situation, et j'ai peur. Je me dis que je viens certainement de mettre un terme à la sérénité et la complicité qui étaient le ciment de notre couple.

J'essaye maladroitement d'improviser une excuse.

— Ce n'est pas ce que tu crois. C'est un jeu entre Carine et moi.

— Ah oui ? Un jeu ? Eh bien vous avez des jeux étranges !

Mais à son air furibond, je vois bien que le mensonge n'a pas pris. Il se baisse pour ramasser mon téléphone, le teste pour savoir s'il fonctionne toujours, ce qui est le cas malgré l'écran fissuré et il retourne sur la conversation délictueuse. À ma stupéfaction, il appuie sur la touche « téléphone » prêt à appeler l'interlocuteur.

— On va en avoir le cœur net, alors ! me crache-t-il dans un état de transe.

— Donne-moi mon téléphone !

Je crie plus que je ne parle, dans un dernier espoir de lui soustraire l'objet des mains. Surpris par la rapidité de mon geste, j'arrive à lui subtiliser avant que la sonnerie se déclenche et j'annule l'appel.

— Laisse-moi t'expliquer, s'il te plaît ! supplié-je. Calme-toi, assois-toi, je vais tout te dire, mais je t'en prie, ne crie pas.

— Ton comportement vaut tous les aveux du monde. Tu me déçois vraiment, jamais je n'aurais pensé cela de toi. Tu as tout brisé, Marylin ! me lance-t-il, juste avant de donner un coup de poing dans le mur puis de quitter la pièce en claquant la porte.

— Gabriel !

Ma voix s'étrangle et s'éteint dans un désespoir complet.

Je m'assois sur le lit, anéantie. Je m'en veux d'avoir oublié d'effacer ce texto. Comment vais-je me sortir de ce pétrin ? Je suis impardonnable, sur tous les plans, et je me retrouve comme la petite fille prise en flagrant délit d'une énorme bêtise. Quelqu'un frappe à la porte ; je bondis du lit, dans l'espoir que ce soit Gabriel qui revient pour s'enquérir de mes explications.

Mais c'est la petite tête de Sacha qui passe par l'entrebâillement de la porte.

— Maman ? Qu'est-ce qui se passe ? C'est quoi tout ce bruit que vous faites avec papa ? s'inquiète mon petit bonhomme.

Nos cris ont bien entendu réveillé Sacha et il va falloir aussi lui fournir des explications sur la situation.

J'essaie de me redonner une contenance, cache un peu mon visage afin qu'il ne voie pas le ravage de mes larmes sur mon maquillage.

— Ce n'est rien mon petit cœur, le rassuré-je, juste une dispute entre papa et moi. Mais ne t'inquiète pas, il n'y a rien de grave.

— Mais vous ne vous disputez jamais d'habitude ! C'est de ma faute ? C'est à cause de mon accident ?

Je vois son petit air triste, et je me précipite pour le prendre dans mes bras.

— Bien sûr que non, mon amour, répondis-je en lui caressant le visage, tu n'es absolument pas responsable de cette dispute ! C'est une histoire entre adultes. Ne te fais pas de souci, mon ange.

Je saisis sur le champ les conséquences de mon comportement égoïste : un tsunami dans notre paisible vie de famille sans histoire. Comment vais-je réussir à recoller les morceaux ?

Je sors de la chambre avec Sacha. Gabriel n'est plus à la maison, ses clés ont disparu de la console dans l'entrée ainsi que ses papiers. Je propose à mon garçon de regarder un DVD dans le salon. Il faut absolument que je m'isole. La salle de bain sera mon lieu de réclusion, le temps que j'ordonne les idées dans mon esprit.

Et maintenant, que va-t-il se passer ? Que dois-je faire ? Je ne suis pas une experte en gestion de situation de crise, surtout quand je suis responsable de la catastrophe.

Gabriel est injoignable sur son portable, je tombe sur sa messagerie à chaque tentative. Je lui laisse un message, le suppliant de rentrer afin que l'on discute tranquillement.

Ma requête m'apparaît complètement débile : comment échanger tranquillement alors que l'on va parler de tromperie, de mensonges, d'adultère, de négligence vis-à-vis de notre fils aussi peut-être ? Je le rappelle en m'excusant, lui jure que ce n'est rien d'important, et qu'il faut qu'il revienne pour que je lui parle.

Je suis tellement perdue. Je nuis à ma famille et cela me rend complètement folle.

Mes doigts tremblants réussissent, non sans difficulté, à trouver le numéro de Carine, mais cette fois-ci la vraie. Elle seule peut m'apporter de l'aide et surtout du réconfort. Mais la messagerie s'enclenche. Je lui laisse un message en l'implorant de me rappeler au plus vite.

L'idée de contacter Adam m'effleure. Je regarde mon téléphone en espérant trouver la réponse à mes questions. J'ouvre ses deux derniers messages, je les relis, et mon estomac se tord en imaginant Gabriel les découvrir. Mais je ne peux m'empêcher de caresser l'écran à la lecture de ces mots qui me touchent tellement. Je suis sous l'emprise de cet homme, et même un simple texto me chamboule. Je me demande quel genre de femme je suis devenue pour me comporter de la sorte. Adam m'a fait me sentir vivante ces dernières semaines, il a ressuscité en moi des sentiments éteints depuis longtemps. Cette dualité entre l'épouse et la mère parfaite que j'essaie d'incarner, et la femme sous l'emprise d'une passion incontrôlable me laisse perplexe et confuse.

Pourrais-je revivre ma petite vie tranquille auprès de mon mari et mes enfants après avoir connu ces moments magiques ? Supporterai-je que Gabriel me touche et surtout serai-je capable de refaire l'amour avec lui sans penser à Adam ?

Mais il y a également une autre donnée à prendre en compte : je ne suis pas du tout certaine que Gabriel pardonne mon infidélité, et surtout accepte de reprendre une vie commune.

La sonnerie de mon téléphone me fait sursauter. Le prénom « carine » s'affiche. Je réfléchis un dixième de seconde pour savoir si c'est bien mon amie qui m'appelle.

— Allô, Marylin, c'est moi, que se passe-t-il ? Tu avais une voix étrange sur ton message !

Entendre mon amie me soulage sur l'instant, mais me replonge dans la réalité de ce que je dois lui avouer.

— Ma Carine chérie, comme je suis heureuse que tu me rappelles ! Je suis dans une très grosse galère ! bredouillé-je en éclatant en sanglots.

— Marylin ? Parle-moi, s'il te plaît, explique-moi !

Carine est une vraie amie, celle sur qui je peux compter quoi qu'il arrive. On se raconte tout, il n'y a aucun secret entre nous.

Alors je lui explique sans détour que j'ai craqué, que je n'ai pas pu résister à mon attirance pour Adam. Elle-même m'avait incité à franchir le pas à demi-mot lors de notre dernière soirée. Je ne rentre pas dans les détails, mais je lui fais comprendre que cette relation n'est pas une simple histoire de sexe, que cet homme a touché mon cœur et a réveillé en moi la femme que je rêve d'être. Je n'omets pas de lui dire qu'Adam semble aussi mordu que moi et que notre relation nous bouleverse tous les deux. Je lui décris aussi l'accident de Sacha, et surtout le moment où Gabriel a découvert le pot aux roses.

Mon amie m'a laissé parler sans m'interrompre.

— Effectivement, ma chérie, tu es dans une sacrée panade, reprend-elle après quelques secondes de réflexion. Tu sais, il faut vraiment que tu prennes le temps de réfléchir tranquillement à tout ça, que tu trouves au fond de toi la réponse à tes questions. Est-ce que tu souhaites donner une nouvelle chance à ton mariage et tirer un trait sur ta relation avec Adam ? Ou penses-tu qu'il est temps pour toi que ta vie prenne un nouveau virage et que tu assumes pleinement ton choix ? Tu sais, tu ne serais pas la première femme divorcée ! Mais avant de faire ce choix, il faut mettre les choses au clair avec ton mari, que tu décides de rester ou pas, qu'il te pardonne ou pas. Tu l'as trompé, il l'a découvert. Alors tu dois en assumer les conséquences. Je pense qu'il faut aussi que tu parles avec Adam, qu'il sache aussi ce qui se passe en ce moment, et tu verras comment il réagit.

Les mots de mon amie m'insufflent une nouvelle force et m'apaisent. Effectivement, je dois aussi parler à Adam. Mais il faut surtout que mes choix soient clairs et définitifs dans ma tête, ce qui est loin d'être le cas.

Une chose est sûre, je ne ressens plus de sentiments amoureux envers Gabriel. Adam m'a réveillée. Je suis persuadée que notre amour des premières années s'est transformé en quelque chose de différent au fil des années. Ce que je devenais avant de connaître Adam ne me paraît plus correspondre à ce que je suis réellement. J'ai trente-neuf ans et ma vie sentimentale est certainement aussi morne que celle d'une personne dépressive chronique. Mon mari ne me regarde plus avec les yeux qui pétillent, il ne prête presque plus attention à moi, à mes envies. Je suis devenue l'intendante de cette jolie tribu, alors qu'au fond de moi bout encore l'espoir de vivre une vie bien plus passionnante. J'ai envie d'aimer et d'être désirée. J'ai envie d'avoir le cœur qui palpite. J'ai envie de frémir sous les caresses d'un homme qui me chérit passionnément.

Mais je suis aussi maman et je dois veiller au bien-être de ma progéniture. Dois-je sacrifier mes aspirations de femme pour le bonheur de mes enfants ?

Ma conversation avec Carine attire encore plus de questions qu'avant, mais mon amie a un peu réussi à me déculpabiliser. Je prends conscience que choisir de vivre ses rêves n'est pas complètement fou, égoïste et inhumain. Je passe la tête dans le salon pour voir si Sacha est toujours devant son film, ce qui est le cas. Les filles doivent rentrer dans un peu plus de trente minutes.

Gabriel ne m'a pas toujours donné aucune nouvelle. Je tente à nouveau de l'appeler, mais encore une fois, je n'obtiens que le répondeur pour seul interlocuteur.

Tremblante, j'envoie un message à Adam.

* Adam, j'ai besoin de te parler de toute urgence, puis-je t'appeler ?

Quelques secondes plus tard, une réponse positive arrive.

Je ferme les yeux, souffle fort et valide son numéro.

— Marylin ? Comment vas-tu ? Tout va bien ?

Entendre sa voix me perturbe, je m'éclaircis la gorge en m'efforçant de lui répondre clairement.

— Adam, j'ai un très gros souci. Gabriel a découvert ton dernier texto que j'ai oublié d'effacer. J'ai vécu une journée très compliquée hier, je te raconterai, mais là, je n'ai pas le temps. On a eu une grosse dispute, puis il est parti de la maison et je ne sais pas où il est. Oh, Adam, je suis perdue, je ne sais plus quoi faire.

Malgré ma détermination à ne pas flancher, je sanglote à nouveau.

— Je suis tellement désolé de ce qui arrive. Je ne sais pas quoi faire pour arranger la situation. Est-ce que tu veux que l'on se voie pour en discuter ? Ton mari n'a pas été violent j'espère ? me demande-t-il, préoccupé.

— Non, il n'a pas été violent dans les gestes, mais il était hors de lui. Je ne sais plus quoi faire, bien sûr que j'ai très envie de te voir, mais je ne sais ni où ni quand. Il faut que je réfléchisse à ce qui se passe. Tout cela va tellement vite !

— Je comprends. Je suis tellement contrarié de ne pouvoir rien faire pour te soulager immédiatement. Sache que je suis disponible dès que tu veux si tu as besoin que l'on se voie ce soir ou ce week-end. Surtout, prends soin de toi, et appelle-moi tout de suite si tu sens que la situation dérape. Marylin, tu comptes énormément pour moi et je ferais tout ce qui est en mon pouvoir pour que tu ne souffres pas trop de cette situation. Je t'ai dit que je voulais ton bonheur que ce soit avec ou sans moi. Mais j'espère de tout mon cœur que tu as bien compris mes sentiments, et je mettrais tout en œuvre pour t'aider, car je t'aime.

— Tout me paraît tellement simple quand je te parle, mais en fait, la réalité est bien plus compliquée, ici. Je me sens tellement mal. Mon fils a eu un accident de vélo et j'ai été très inquiète, mais là ça va mieux. Je voulais que tu sois informé de ce qui se passe. Je t'appelle dès que je peux pour te tenir au courant. Je suis désolée, je dois raccrocher.

Et sans attendre, je mets un terme à la communication. Je sais que si Adam insiste un peu, je pourrais tout laisser tomber ici pour aller me réconforter dans la chaleur rassurante de ses bras. Il saurait m'apaiser, me faire oublier ce mauvais moment, mais cela ne résoudrait en rien le problème. Je me suis mise seule dans cette situation et je dois gérer seule les conséquences de mes actes.

Les filles rentrent de chez ma mère, elles se chamaillent. Elles me lancent chacune un « bonsoir m'man » et me font un rapide bisou sur la joue avant de repartir sans s'éterniser. Je suis soulagée qu'elles ne remarquent pas mon visage marqué par les pleurs.

Elles courent vers leur frère afin de le serrer dans leurs bras et de vérifier qu'il va bien. Cette scène me fait monter à nouveau les larmes aux yeux ; cet amour fraternel est si beau et naturel.

Mon téléphone m'annonce l'arrivée d'un message. C'est Gabriel.

* Dis aux enfants que je rentrerai tard, que je suis retenu au garage.

À peine quelques mots pour justifier aux enfants son absence ce soir. Rien pour moi, un message strict qui reflète certainement son état d'esprit. J'imagine son visage fermé, je revois celui furieux qu'il avait juste avant de partir.

Nous passons la soirée tranquillement tous les quatre ; j'essaye de masquer mon état sous un maquillage un peu prononcé et un sourire collé de force par-dessus mon visage. Sacha va bien, mais reste fatigué. À vingt heures trente, il est déjà au lit, les filles sont dans leur chambre. Je termine de débarrasser la table et ranger la cuisine. Seule dans cette pièce vide et silencieuse, une bouffée d'angoisse me serre la gorge. Je ne sais toujours pas ce que je vais expliquer à Gabriel, juste que je ne vais pas nier mon histoire extra-conjugale.

L'absence de Gabriel m'inquiète, même si la solitude pour l'instant, me convient tout à fait pour réfléchir.

Il est vingt-deux heures quarante-cinq quand j'entends les clés dans la serrure. Je suis allongée sur le lit, dans le noir. Il fait le tour des chambres pour embrasser les enfants, même s'ils sont endormis. Lorsqu'il entre dans la nôtre, la tension est palpable. Il n'allume pas la lumière, s'assoit sur le lit, mais sans me faire face. Je l'entends respirer profondément.

— Je sais que tu ne dors pas… J'ai bien réfléchi, dit-il d'une voix grave. Apprendre que tu me trompes est terrible. Pour l'instant, je ne veux rien savoir de plus. Je veux que tu quittes un moment la maison. J'aimerais que, pendant quelques heures sans moi ni les enfants, tu réfléchisses bien et que tu rentres en ayant pris une décision. Soit tu choisis de tirer un trait sur… ce que tu vis en dehors de la maison, et on pourra alors parler ensemble pour savoir si on se redonne une chance. Soit tu as déjà fait le choix de me quitter et à ce moment-là, quand tu rentreras, on parlera aux enfants et on prendra les mesures adéquates.

Il a débité son texte dans une froideur terrible, comme s'il l'avait appris par cœur. Je suis sidérée, ceci ne ressemble en rien au Gabriel sensible que je connais. Il a dû tourner et retourner les phrases dans sa tête afin de me parler sans émotion et sans avoir à réfléchir plus. Je pensais qu'il allait arriver en me demandant des explications, que nous aurions des échanges, sûrement houleux, mais que nous communiquerions. Mais non, je subis un monologue qui n'appelle aucune réponse de ma part. Il a pris une décision unilatérale, et ne semble pas du tout ouvert à un dialogue.

Je suis persuadée qu'il prend le problème à l'envers, mais dans ma situation je peine à argumenter.

— Gabriel, j'aimerais que tu m'écoutes, le supplié-je en me levant du lit pour me placer près de lui. Je sais que je me suis mal comportée, mais…

— Non, stop Marylin !

Il est debout, face à moi dans le noir et je sens son regard froid me toiser.

— Je ne veux savoir ni qui c'est ni pourquoi. La seule chose que je vois, c'est que tu as rompu nos vœux de fidélité et que je ne peux tolérer ça. Et rien de ce que tu pourras dire ne me fera changer d'avis. Donc demain matin, je veux que tu partes, tu vas où bon te semble, mais utilise le temps à bon escient pour réfléchir à la suite que tu souhaites. Après, même si tu décides de rester avec moi, je ne garantis pas que je l'accepte, je vais également en profiter pour faire le point.

Je suis estomaquée par tant d'assurance. En général, Gabriel est peu enclin aux prises de décisions tranchées. Il me délègue souvent les choix importants, mais là, c'est un autre homme qui se trouve face à moi. Un époux blessé, mais qui essaye de reprendre les rênes, comme s'il devait me prouver que lui seul saurait trouver le chemin pour poursuivre notre histoire. Je me sens dépossédée de mon rôle d'épouse, mais je peux difficilement prêcher en ma faveur vu le contexte.

— D'accord, soufflé-je doucement, mais promets-moi de bien surveiller Sacha qui est encore fragile et qui a besoin qu'on veille sur lui.

— Bien entendu, pour qui tu me prends ? Je vais prendre soin de lui. Tu partiras de bonne heure, je leur expliquerai que tu as dû t'absenter de manière imprévue.

Je ne peux retenir mes larmes, ce scénario me semble trop compliqué à comprendre pour mes enfants. Me voilà reléguée au rôle de fugitive, et laisser mes petits comme cela, sans explication, me paraît terriblement injuste. J'ai vraiment l'impression que je commence déjà à payer le prix fort pour mes actes. Mais le comportement autoritaire et implacable de Gabriel ne me laisse pas vraiment le choix ni les moyens de demander des concessions.

La tête baissée, comme une enfant punie, je file vers mon armoire remplir un sac de quelques affaires de première nécessité.

Après quelques minutes de réflexion, je prends la décision de partir sur-le-champ ; il est hors de question que je dorme à ses côtés. Quinze minutes plus tard, je me retrouve à l'extérieur, mes clés en main à regarder la porte que je viens de refermer derrière moi. Gabriel ne m'a plus adressé la parole ni même accordé un regard.

Chapitre 19
L'escapade

Il est presque minuit quand je me retrouve au volant de ma voiture. Où aller ? Vers qui me retourner ?

Je tente un message à mon amie, mais elle doit dormir, car je ne reçois pas de réponse alors que Carine est plutôt du genre à tomber sur sa messagerie immédiatement. La route défile devant mes yeux, sans réelle destination, sans point de chute. Je m'oriente vers un hôtel pas trop cher. Pas très loin du cabinet médical, il y en a un, je crois. Je me gare le long du trottoir devant mon lieu de travail. Et si je dormais au bureau ? Non, mauvaise idée, on ne sait jamais si un des médecins débarquait au cabinet. Je marche quelques centaines de mètres afin de repérer une chambre à l'hôtel. Je ne suis vraiment pas rassurée de déambuler ici en pleine nuit, je serre fort mon sac contre moi et hâte le pas. Ouf, enfin, j'aperçois l'enseigne lumineuse que je recherchais.

Le hall d'entrée est sans prétention. Le réceptionniste de nuit a les yeux sur son ordinateur et lève un regard étonné lorsque je me présente devant le comptoir.

— Je suis désolée d'arriver à cette heure tardive, lui dis-je timidement, mais pouvez-vous me louer une chambre pour cette nuit s'il vous plaît ?

L'homme me dévisage et semble se demander pourquoi une femme seule comme moi se trouve face à lui à cette heure-ci.

— Je suis vraiment navré, madame, l'hôtel est complet. Il y a plusieurs séminaires pas loin ce week-end et plusieurs groupes ont réservé la totalité des chambres, me répond-il après quelques secondes.

C'est bien ma veine ! Zut de zut, il est où mon plan B ?

Voyant ma mine contrariée et inquiète, il poursuit.

— Je crois qu'il reste quelques places dans l'hôtel qui se trouve à quelques rues, je vous donne l'adresse si vous voulez. Attendez, je vais les joindre.

Il a la gentillesse de les contacter et quelques minutes plus tard, me confirme que je peux m'y rendre immédiatement. Après l'avoir chaleureusement remercié, je repars à la recherche de ma future chambre de secours.

Je retourne jusqu'à ma voiture. Un groupe stationne sur le trottoir d'en face. Je ne saurais pas dire si ce sont des SDF ou alors des jeunes qui ont bien arrosé leur soirée. En tout cas, ils parlent fort. Je me fais discrète et j'avance tête baissée en espérant atteindre mon véhicule au plus vite.

J'entends des sifflements : un des membres du groupe, qui semble bien éméché, m'interpelle d'une voix forte.

— Oh la jolie madame ! Mais où peut aller une jolie femme seule comme vous ? s'adresse-t-il à moi avec une voix forte, depuis l'autre côté de la rue.

Mince. Je ne relève pas la tête et accélère. Malheureusement, l'énergumène traverse la rue, bientôt suivi de deux autres et ils commencent à m'entourer en riant entre eux. Effectivement, ils doivent être sous l'emprise de l'alcool ou même de stupéfiants. Ils empestent la bière et leur démarche est mal assurée. Il ne faut pas que je leur montre que j'ai peur, mais en réalité je suis morte de trouille.

— Laissez-moi passer s'il vous plaît, je dois rejoindre un ami qui m'attend juste là.

Je leur désigne ma voiture à quelques dizaines de mètres, espérant qu'ils pensent que je ne serais pas seule très longtemps. Mon cœur bat à tout rompre, je commence à paniquer quand je vois qu'ils ne me croient pas. Un des hommes, un peu plus virulent que les autres, s'approche de moi et me prend le menton.

— Ne me touchez pas ! intimé-je d'une voix plus aiguë que je ne l'aurais souhaité.

— Oh, mais c'est qu'elle se rebelle, la petite dame, ironise-t-il d'une voix sarcastique ! Moi, j'aime bien quand les femmes ont du caractère.

Son regard à la fois vitreux et vicieux m'effraie. Les deux autres semblent avoir lâché l'affaire et tentent de le calmer en lui suggérant de me laisser tranquille. Mais il semble contrarié de ne pas avoir le dernier mot. Il est bien plus grand que moi, plus fort. Il serre mon bras et me parle plus sèchement.

— Bon, la petite dame va bien me faire un petit bisou alors pour avoir droit à sa liberté ! reprend-il avec encore plus de véhémence.

Il se penche, en essayant de m'embrasser. Je sens son haleine fétide, l'odeur de l'alcool me répugne. Son corps puissant se presse contre le mien, une de ses mains me touche la poitrine sans ménagement.

Complètement paniquée, je me débats et sans réfléchir, lui assène un coup violent avec le petit sac de voyage que je tiens dans mon autre main. Surpris, et surtout dénué d'équilibre à cause de son état alcoolisé, il titube et se retrouve à terre. Je me mets à courir jusqu'à ma voiture. Mes clés dans la poche, j'active l'ouverture, me jette sur mon siège et verrouille les portières. Au loin, je distingue les deux autres compères hilares à la vue de mon agresseur sur le bitume. Sans m'attarder, je démarre en trombe. Je les dépasse sans même leur adresser un regard, mes yeux troublés par un flot de larmes. Je pleure de peur, de colère. D'un geste rageur, je m'essuie les yeux afin de voir la route. Je roule pendant quelques minutes sans savoir où je vais. L'important c'est que je m'éloigne le plus possible de ces énergumènes dangereux.

Lorsque je me sais loin de ces êtres nuisibles, je me gare le long d'un trottoir. Il faut absolument que je me calme. Mon Dieu, mais dans quelle situation me suis-je mise ? Je pense à appeler Gabriel, mais non ce n'est pas une bonne idée. L'hôtel qu'on m'a proposé   ? Je ne me souviens même plus où il se trouve.

Sans trop penser à ce que je fais, j'appuie sur une touche de mon téléphone, toujours en pleurs. Après trois sonneries ça décroche mais personne ne parle.

Essayant de me calmer, j'ose prononcer les premiers mots.

— Adam, murmuré-je, c'est moi.

— Marylin ! répond-il, étonné. Je n'osais pas parler, je ne savais pas si c'était toi ou ton mari qui était à l'autre bout.

— Non, c'est bien moi, dis-je avec une voix étranglée.

— Où es-tu ? Qu'est-ce qui se passe, explique-moi !

Sa voix tremble d'inquiétude.

— Je suis dans ma voiture, je suis partie de chez moi. Et là, je viens de me faire agresser ! hoqueté-je entre deux sanglots.

— Dis-moi où tu es, j'arrive tout de suite !

Je regarde autour de moi, avise un nom de rue et lui indique l'endroit où je suis garée.

— Enferme-toi dans ta voiture, j'arrive ! m'ordonne-t-il avant de raccrocher.

Pas le temps de lui dire que c'est déjà fait. Je pose mon téléphone et ferme les yeux. Comment la situation a-t-elle pu déraper autant ? C'est la première fois de ma vie que je me fais agresser de la sorte. Mon esprit ne peut s'empêcher d'imaginer les scènes les plus terribles qui auraient pu avoir lieu si je n'avais pas réussi à m'enfuir. Ma tête entre les mains, les larmes continuent de couler non-stop. Je suis perdue dans des idées plus horrifiantes les unes que les autres, apeurée par le regard de mon agresseur qui me revient sans arrêt en mémoire. Je ne sais pas combien de temps je reste comme cela sans bouger. Dix minutes, un quart d'heure peut-être.

Je sursaute lorsque j'entends quelqu'un frapper à ma vitre. J'ai tellement peur de lever la tête et de retomber sur ce regard lubrique. Puis je reconnais la voix.

— Marylin, ouvre, c'est moi !

Je déverrouille la porte qu'il ouvre prestement, Adam me prend par la main et m'extirpe du véhicule. Sans attendre, il me serre dans ses bras en embrassant les cheveux. Il me murmure des mots doux, des mots tendres et rassurants. Puis me sentant plus calme, il récupère les clés de ma voiture qu'il verrouille. Ma main dans la sienne, il m'accompagne jusqu'à la place passager de sa voiture, m'aide à m'installer et se hisse derrière le volant. Je me laisse faire comme une poupée, sans montrer la moindre réaction. Nous roulons quelques minutes puis je reconnais la rue dans laquelle nous sommes venus ensemble il y a quelques semaines. Sa rue.

La porte du garage se referme, nous n'avons toujours pas échangé de mot. Il me tend la main, je me laisse guider jusqu'à chez lui. Je crois que je suis en état de choc, mais je sais que je suis en sécurité avec lui.

Adam m'aide à enlever ma veste et m'invite à m'asseoir sur le canapé. Puis il part à la cuisine et revient quelques instants après avec une tasse de thé bien chaud.

— Tiens ma douce, bois ça, me dit-il tendrement.

Je prends la tasse bouillante et souffle sur le breuvage qui sent divinement bon. Je bois quelques gorgées et repose ma tasse. Adam s'agenouille devant moi, il prend mon visage entre ses mains, et me regarde comme seul lui sait le faire.

— Tu veux m'expliquer, maintenant ?

Je hoche la tête et entame le récit de ma soirée, la colère froide de Gabriel, sa décision de m'éloigner. Je le vois qui fronce les sourcils, mais il me laisse continuer. Ensuite, je lui avoue mon choix de partir de la maison sans attendre, mais sans vraiment avoir réfléchi où passer la nuit.

— Pourquoi ne m'as-tu pas appelé tout de suite ?

— Je voulais réfléchir seule, ne pas être influencée par l'un ou l'autre, répondis-je les yeux baissés.

— Je comprends. Mais après ton départ de chez toi, que s'est-il passé ? Tu m'as parlé d'une agression, j'étais paniqué quand j'ai reçu ton coup de fil.

Je lui explique ma quête d'une chambre disponible puis mon retour à la voiture et enfin l'homme complètement alcoolisé dont j'ai été victime. Impossible de raconter sans revivre ce moment terriblement angoissant. Je me mets à trembler. Adam resserre ses bras autour de mon corps, je pose ma tête sur son épaule, me laissant aller à déverser ma peine encore et encore. Nous restons ainsi jusqu'à ce que je me calme, mon sauveur me berçant tendrement.

J'ai mal à la tête à force de pleurer.

— Tiens, avale ce médicament et viens t'allonger, tu as vraiment besoin de te reposer, me propose-t-il. En plus demain, c'est férié, tu vas pouvoir dormir sans te soucier d'aller travailler.

Quelques minutes après je me retrouve emmitouflée d'un t-shirt d'Adam et couverte d'une couette toute douce. Le coussin a conservé son odeur complètement enivrante. Je plonge dans un sommeil profond, mais agité.

Lorsque j'ouvre les yeux, il fait toujours nuit. Seule la lumière d'un réveil digital m'indique qu'il est quatre heures quarante. Il me faut quelques secondes pour me remémorer où je suis. Mais la chaleur du bras qui enlace la taille me confirme que je suis bien dans le lit d'Adam. Il est là, à mes côtés, j'entends le souffle de sa respiration calme et régulière, preuve qu'il dort profondément.

Cet homme est vraiment extraordinaire. Il a été capable de tant de douceur et d'apaisement ce soir. Il m'a laissée m'épancher, me libérer de mes angoisses et m'a permis de me reposer un peu tout en me sentant en sécurité. Un très faible rayon lumineux provenant de la rue me permet de distinguer légèrement les traits de son visage. Je ne peux m'empêcher de m'y attarder : un homme qui dort est terriblement sexy à mon sens. La virilité mélangée à la fragilité. Mes doigts parcourent les traits de son visage. La proximité de son corps provoque en moi des fourmillements incontrôlables dans mon bas ventre. Je sais que le moment n'est pas vraiment propice à m'alanguir avec mon amant, mais mes réactions épidermiques me trahissent. Les douces caresses que je lui prodigue le réveillent, et malgré la pénombre, je vois ses yeux qui me fixent.

— Comment te sens-tu ? me demande-t-il tendrement.

En guise de réponse, je dépose un baiser sur ses lèvres. Sa bouche accueille la mienne. Instinctivement je me rapproche jusqu'à ce que ma peau flirte avec la sienne, mais aussitôt il s'écarte.

— Es-tu certaine que ce soit ce que tu veux ? s'inquiète-t-il en fronçant les sourcils. Peut-être devrions-nous éviter cela pour l'instant, tu as subi un choc.

Mais à ce moment-là, je ne veux penser à autre chose qu'à lui, qu'à son corps, ses caresses. J'ai tellement besoin de douceur et d'amour pour oublier ces dernières heures.

— Adam, dis-je sans le quitter du regard, j'ai tellement envie que tu me touches, de sentir tes mains sur moi, de ressentir à nouveau ces sensations merveilleuses que j'éprouve quand nous sommes à l'unisson.

Je n'ai pas besoin d'en ajouter qu'il me plaque contre son torse, sa bouche me couvrant de baisers. Je souris en sentant son désir le trahir juste au niveau de mes hanches. Il frotte son bassin contre ma culotte, et ce contact affole mes sens.

Nos corps se retrouvent et, dans une parade sensuelle, se touchent, se caressent, s'unissent, bercés par des gémissements de désirs. Je le sais, Adam est l'homme qui est fait pour moi, pour ma peau, pour mon âme, pour mon cœur. Il a brodé en moi un tissu d'amour. Notre union dans ce lit n'est pas que corporelle, mais elle est également spirituelle. Nos âmes se tiennent par la main et dansent en riant au-dessus de nous, car elles savent qu'enfin leurs chemins se sont trouvés.

Il me susurre des mots tendres à l'oreille. Je suis sa déesse, sa reine, sa muse, je me sens tellement importante à ses yeux. Comme une perle rare et fragile qu'il chérirait avec dévotion. Jamais, au grand jamais, je n'ai connu ce sentiment de plénitude, l'impression d'un état idyllique que rien ne pourrait anéantir. Adam me fait l'amour passionnément.

Puis tout à coup, mes pensées se disloquent et explosent en un million d'étoiles qui scintillent dans ma tête. Ce n'est pas un orgasme, mais l'impression d'une fin imminente, un flottement entre la vie et la mort. Mon être sort de son enveloppe pour rejoindre nos âmes qui s'étreignent : je les accueille contre mon cœur et le mot « ensemble » résonne en nous.

Mes yeux s'ouvrent ; Adam me sourit.

— Tu n'as jamais été aussi belle. J'ai eu l'impression que tu étais transportée au-delà de ton corps et j'ai vraiment adoré te voir dans cet état.

— Adam, je viens de connaître la plus extraordinaire sensation qu'une femme puisse ressentir. Tu es un magicien, tu es mon magicien.

— Alors je veux rester ton magicien pour le reste de mes jours, car c'est toi qui fais naître cette magie entre nous. Ce moment a été le plus merveilleux que j'ai connu de toute ma vie et j'ai eu la sensation que rien ni personne ne pouvait nuire à notre relation.

Une ombre passe sur son regard, comme si en le disant, il se souvenait que ce « rien » existe bien. Nous savons que ce moment exceptionnel ne durera pas une éternité, mais qu'il faudra affronter la réalité sous peu.

Je caresse son visage. Cet homme a bouleversé ma vie, a fait basculer mon équilibre familial mais sans jamais rien imposer. Tout s'est déroulé comme une évidence.

Maintenant, je suis à la croisée des chemins. La décision que je dois prendre va, quoi qu'il en soit, chambouler mon futur.

J'ai besoin de me détacher un peu d'Adam, maintenant que mon cerveau est reparti dans ses cogitations, il me faut m'isoler un peu.

— Excuse-moi, lui dis-je un peu gênée, je vais prendre une douche, j'ai besoin d'être seule un petit moment.

Son sourire s'évanouit et il me laisse me lever du lit.

Le jet d'eau chaude qui masse mes épaules me fait du bien. L'eau coule sur ma tête, lavant mon visage des larmes qui l'ont assailli. Je sais qu'une décision s'impose dès ce week-end, je ne dois pas le passer entièrement avec Adam, car sa présence m'aveugle et envahit complètement mon être, galvaudant mes réflexions. Je prendrai mon petit-déjeuner avec lui puis je m'en irai, seule face à ma conscience et en quête du meilleur choix à faire.

Chapitre 20
L'heure du choix

Adam nous a préparé une collation vraiment gargantuesque. Mais l'appétit n'est pas là pour moi, je ne grignote qu'un toast tout en sirotant mon café.

— Tu comptes aller déposer plainte pour l'agression d'hier ? me demande-t-il. Tu devrais, tu sais, ces types sont dangereux et peut-être connus des services de police.

— Non, Adam. Comment je vais expliquer que j'étais seule à minuit dans les rues ? Je devrai leur dévoiler ma situation et je n'ai pas envie de raconter ma vie à des inconnus. Et puis je n'ai aucun moyen de leur donner des indications précises sur ces personnes. Je préfère effacer ce moment de ma vie.

— Comme tu veux, me répond-il en soupirant, mais ces gars n'ont pas intérêt à croiser mon chemin un de ces jours. Je ne préfère pas penser à ce que je pourrais leur faire.

Adam serre les poings et son visage s'assombrit, douloureusement fermé.

— Je vais tenter d'oublier tout ça, tout comme eux ont certainement oublié ce qui s'est passé, vu leur état.

— Tu es d'une sagesse étonnante.

Il me prend dans les bras. Nous restons immobiles et silencieux pendant de longues minutes. Ma respiration saccadée se calme petit à petit. Adam relâche son étreinte, mais garde ses mains apaisantes sur moi. Il ouvre la bouche, mais se ravise. Puis il m'incite à soutenir son regard et enfin s'adresse à moi d'un ton si solennel que j'en frissonne.

— Je sais que tu dois prendre une grave décision. Tout ce que je peux te dire, même si notre histoire est toute fraîche, c'est que tu as transformé ma vie. Je te concède que nous nous connaissons peu, mais je te promets de tout faire pour ton bonheur si tu choisis de continuer avec moi. Je ferais tout pour rendre ta rupture plus douce et acceptable, et surtout pour que tout se passe au mieux avec tes enfants.

— J'en suis consciente. Si je n'étais pas mère, les choses seraient bien plus simples et moins douloureuses. Là, je sais que si mon choix se tourne vers toi, toute leur vie sera perturbée par des changements qu'ils n'ont pas désirés. J'ai tellement peur qu'ils me détestent pour cela !

— Jamais ils ne te détesteront. Tu es une mère merveilleuse et aimante. Mais pour être une mère heureuse, je crois qu'il faut également être une femme épanouie. J'imagine que les changements pourraient les perturber un moment, mais ce serait transitoire. Une fois les choses posées et stables, ils retrouveront une vie sereine. Leurs parents ne cesseront pas de les aimer malgré la séparation, c'est ce qu'il faut leur expliquer.

— Les choses vont tellement vite, soupiré-je en grimaçant, je n'ai pas eu le temps de réfléchir à tout cela. Et puis, je ne sais pas comment va se comporter Gabriel. Il était terrifiant, hier. Jamais je ne l'avais vu comme cela, froid et distant, mais aussi colérique et méprisant. Il m'a posé cet ultimatum et je me sens traitée comme une femme qui aurait commis un crime. Il n'a pas voulu entendre ce que j'avais à lui dire. Je sais pertinemment que mon comportement n'a rien d'élogieux et je comprends qu'il soit furieux. Mais il ne me laisse pas la possibilité de lui faire comprendre quoi que ce soit.

— Il est blessé dans son orgueil. Il faut lui laisser le temps de digérer ce qui se passe.

Je le regarde, stupéfaite de découvrir un Adam si conciliant, qui tente même de prendre la défense de Gabriel.

— Je te trouve accommodant ! Tu as peur que je décide de le quitter et de m'engager auprès de toi ?

— Non ! me crie-t-il. Pour tout l'or du monde, je ne voudrais pas quelqu'un d'autre que toi. Je sais que dans la vie, on ne peut croiser qu'une seule fois le véritable amour, l'être qui nous correspond. Toi, tu es celui-ci, tu es la femme qui manque à mon bonheur. Mon premier mariage a été un échec, car mon ex n'était pas la femme de ma vie. Le destin m'a amené jusqu'à toi, et je suis persuadé que nos vies sont liées par une force céleste qui dépasse tout raisonnement ou toute logique. Tu sais, ce fameux adage de Blaise Pascal « *Le cœur a ses raisons que la raison ne connaît point* », il est fait pour nous.

Je le fixe sans savoir quoi répondre. La vie, l'avenir semblent tellement simples et le choix logique quand je suis avec Adam. Mais la réalité de mes trois enfants qui ne s'attendent pas du tout à ce que leur mère décide de vivre une nouvelle vie amoureuse est terrifiante. Cette vie impose un divorce entre leur père et moi. Toute la réorganisation qui en découle risque de compliquer pas mal leur quotidien bien réglé jusqu'à maintenant.

J'ai peur qu'ils pensent que je ne suis qu'une mauvaise mère qui veut privilégier son bonheur au détriment de notre vie de famille actuelle. Mais une femme n'a-t-elle pas le droit de vivre un amour fou quand celui-ci se présente tardivement devant elle ?

Si je reste pour eux, ne m'en voudrais-je pas jusqu'à mon dernier souffle d'avoir laissé filer le grand amour ?

Il est temps qu'Adam me raccompagne à ma voiture. Il me faut m'éloigner et tout poser à plat devant moi, sans que sa présence magnétique ne fasse pencher la balance de son côté.

Nous nous tenons debout près de mon véhicule ; les yeux d'Adam brillent un peu plus que ce qu'ils ne devraient. Les paillettes dorées de ses iris semblent perdues et tristes.

— Promets-moi que ce n'est pas la dernière fois que nous nous voyons.

Cette phrase sonne comme une supplique.

Je me hausse sur la pointe des pieds, dépose un tendre baiser sur ses lèvres. Puis sans attendre, j'ouvre la portière et démarre, ignorant son visage complètement défait.

Il est presque midi lorsque je trouve une chambre pour m'accueillir. J'envoie un message à Adam pour lui signifier que je suis enfin installée. J'omets sciemment de lui donner l'adresse. Je veux être certaine de rester seule et concentrée.

J'en informe également Gabriel, demande des nouvelles des enfants, surtout sur l'état de santé de Sacha.

Quelques minutes plus tard, je reçois une réponse.

* Sacha va bien, il n'a plus mal à la tête. J'ai dit aux enfants que tu avais été dans l'obligation de te déplacer pour ton travail le reste de ce grand week-end, chose qui n'était pas prévue. Les filles ont été étonnées, mais n'ont pas posé plus de questions.

Je suis rassurée pour les enfants, mais j'ai un pincement au cœur en me disant que leur vie risque de prendre un virage différent très bientôt. Ne serait-il pas plus simple de retourner à ma vie d'avant, où tout est bien rangé, calculé, où tous les rouages sont si bien huilés que je ne m'inquiète de rien ? Avoir des habitudes est sécurisant, ils ne s'angoisseraient pas de savoir qui va s'occuper d'eux et quand.

Et moi, je n'étais pas malheureuse avant de rencontrer Adam. En tout cas, je n'imaginais pas que je pouvais connaître autre chose que ce que ma vie m'apportait. Ma vie n'était pas exaltante, mon mari ne me faisait pas vibrer comme Adam sait le faire, mais mon quotidien était un refuge apaisant. Aujourd'hui, je ne suis plus certaine d'aucune de mes anciennes convictions.

Dans la journée, je téléphone à Carine pour entendre des paroles et une voix réconfortantes.

Mon amie me dit d'écouter mon cœur. De vivre pour moi et pas pour les autres. Que mes enfants un jour partiront du foyer, et que je me retrouverai seule face à ce choix que j'aurai fait des années plus tôt. Cette décision me rongera peut-être jusqu'à la fin de mon existence, car l'amour, le vrai avec un grand A, ne se représente pas forcément plusieurs fois dans la vie.

Puis j'appelle ma collègue Mandy.

— Allô, Mandy, c'est Marylin, je te dérange ?

— Marylin ? J'espère que tout va bien ? J'étais inquiète, j'ai eu ton message samedi soir.

— Oui, oui, Sacha va bien, plus de peur que de mal. Nous sommes sortis de l'hôpital et il se repose. Je t'appelle pour un problème, disons, plus d'ordre intime et personnel.

— Je t'écoute.

— Mon mari a découvert ma liaison avec Adam. Actuellement, j'ai quitté mon domicile, car il m'a demandé de partir pour réfléchir ce week-end. Je suis perdue, Mandy, je ne sais pas ce que je dois faire.

— Eh bien, si je m'attendais à ça ! Je suis navrée de ce qui t'arrive, j'espère que tu trouveras quel chemin choisir, car j'imagine que tu es dans un sacré dilemme. Mais sache que tu ne gagneras pas plus ta place au paradis en sacrifiant ta vie de « femme épanouie » à ta vie de « mère parfaite qui reste pour ses enfants ».

Durant de longues minutes, je l'écoute qui essaie de me déculpabiliser. Je la remercie et raccroche en soupirant. Je savais que Mandy aurait ce discours allant dans le sens que je voulais. L'appeler et l'entendre me le confirmer me soulage.

Tout l'après-midi de ce lundi férié, je cogite, assise sur le lit de cette chambre impersonnelle ou attablée dans un recoin du bar de l'hôtel. Adam m'envoie plusieurs textos auxquels je ne réponds pas. Aucun message de Gabriel. J'ai reçu un SMS de mon aînée, Clara, qui me demande si tout va bien. La lire me replonge dans ma réalité familiale, responsabilités auprès de mes enfants que je ne dois pas oublier. Mes filles et mon fils me manquent terriblement ; j'aimerais que tout ceci n'ait jamais eu lieu, que je ne me fasse pas de nœuds au cerveau comme actuellement.

Je commence à en vouloir à Adam d'exister, de m'avoir laissée entrapercevoir ce que ma vie deviendrait à ses côtés, de m'avoir fait de divines promesses alors que je suis mariée à un autre et que j'ai trois enfants.

J'expérimente sans succès tout un tas de technique pour réfléchir de manière impartiale. Je tente même la scolaire : poser sur une feuille le pour et le contre de chaque situation.

Il est dix-huit heures quand je reprends la route de la maison, ayant enfin tranché à force de raisonner, de questionner mon cerveau, de sonder ma conscience.

Chapitre 21
Le retour

Tremblante, je dois m'y reprendre à plusieurs fois pour insérer la clé dans la serrure. Sacha me voit arriver et se rue à ma rencontre en me sautant au cou et me faisant un énorme bisou sur la joue.

— Salut, M'man, ça va ? Tu as passé un bon lundi ? Je ne savais pas que tu devais partir.

— Ça va, mon petit chat, un peu fatiguée, mais ça va. Je suis tellement contente de te retrouver ! J'ai dû partir très vite de manière imprévue mais ça y est, je suis là. Et toi, tu vas bien ?

Je le regarde ; il semble en forme, cet accident stupide n'aura laissé aucune séquelle. Les filles, qui ont entendu leur frère me parler, déboulent du premier étage et m'embrassent. Elles me bombardent de questions et m'expliquent que j'ai des choses à signer dans leurs cahiers pour demain. Puis j'ai le droit à un topo enthousiaste sur leurs futures activités et rendez-vous de la semaine. Je souris en me disant que cette vie est simple et belle et que, malgré tout, elle me rend heureuse.

— Où est papa ? demandé-je aux filles.

— Il travaille sur son ordinateur dans le bureau, me répond Clara.

Je pose mes affaires dans la chambre et me dirige vers l'antre de mon époux. Habituellement, je serais rentrée sans hésitation, mais ce soir, je frappe à la porte en retenant mon souffle.

— Oui, entre !

Le ton est sec, sans une once d'agressivité, mais néanmoins glaçant.

J'expire doucement. Le bonheur d'avoir retrouvé mes enfants s'efface en quelques secondes devant la froideur de l'accueil. Il est assis devant le bureau, l'ordinateur ouvert. Il se tourne vers moi. Ses traits tirés, il semble manquer de sommeil. Il me fixe comme s'il essayait de sonder mon esprit pour y trouver la décision que j'ai prise juste en me regardant. Je me sens mal, intimidée devant cet homme qui pourtant est mon compagnon depuis des années. J'ai toujours eu une confiance aveugle en lui et je ne lui cachais rien jusqu'à il y a quelques jours. Aujourd'hui, tout en lui m'inspire la méfiance. L'instant est quasi solennel, car ce qui va se dire dans les prochaines minutes bouleversera, ou non, la vie de cette maison.

Après être restée figée quelques secondes, je m'approche.

— Bonjour, Gabriel.

Ma voix chevrote et je manque d'assurance même dans ma posture, je le sens. Je ferme les yeux en essayant de reprendre un peu plus de contenance, je respire à fond et je plante enfin mon regard dans le sien.

— Bonjour.

Malgré sa réponse courte, je capte que sa gorge est serrée et qu'il est anxieux. Ses yeux me questionnent dans un silence plombant.

Je me racle la gorge ; j'aurai besoin de boire un verre d'eau, ma bouche est asséchée par le stress.

Je fais un pas de plus, afin de pouvoir poser ma main sur son bras. Il paraît étonné par mon geste. Son regard dérive de mes doigts à mon visage, avec toujours cette petite ride, entre les deux yeux, qui trahit son interrogation.

— Gabriel, je suis vraiment désolée de cette situation. Je te remercie de m'avoir donné la possibilité de réfléchir tranquillement. J'ai pris une décision et j'espère que tu sauras m'accorder ton pardon.

Je marque une pause, le temps de choisir mes mots pour la suite.

— Continue, s'il te plaît, m'ordonne Gabriel, suspendu à mes lèvres.

— J'ai décidé de nous donner une nouvelle chance… si tu es d'accord, bien sûr. J'aimerais que tu me pardonnes et que l'on puisse continuer à vivre ensemble.

Sur son visage apparaît un mélange d'étonnement et de soulagement. Ses épaules se relâchent, tout son corps semble se détendre lorsqu'il se lève.

— J'ai également beaucoup réfléchi depuis hier. Malgré ma colère contre toi, je me suis dit que j'étais certainement en partie responsable de ce qui s'est passé. Je t'ai beaucoup délaissée ces dernières années, je ne t'ai sûrement pas donné l'attention que tu méritais et j'en suis désolé. Je suis content que tu aies fait ce choix.

Il s'avance d'un pas, me prend dans ses bras et me serre contre lui. Timidement, je l'étreins à mon tour, tellement rassurée de sa réaction. Il veut encore de moi, ma famille n'éclatera pas en mille morceaux.

J'aimerais tellement effacer ces dernières semaines et que l'on poursuive notre vie paisible et sans heurt. Il faut que j'occulte de ma mémoire ce qui m'a éloigné de mon mari. Je ne dois pas m'éterniser sur ces pensées, je ne me sens pas assez forte pour lutter contre certains sentiments encore trop intenses.

Alors j'enferme à double tour dans une partie secrète de mon cerveau les raisons de mes déraillements amoureux, même si je sais qu'il faudra que je rende des comptes à Adam très vite. Je soupire intérieurement ; cela risque d'être également très éprouvant.

Repenser à Adam me ramène à mon honnêteté plus qu'approximative envers Gabriel. Je ne lui ai pas avoué les véritables raisons qui m'ont poussée à trancher pour ce choix. Mais je suis trop mal dans l'immédiat pour m'appesantir sur cette réflexion.

Comme si Gabriel pressentait qu'un doute commençait à fendiller mes convictions, il me prend la main et m'entraîne dans le salon.

— Les enfants ! Qu'est-ce que vous diriez d'une soirée pizza ce soir devant la télé ?

Cette question s'ensuit de cris hystériques. Je ne peux que sourire face à cet enthousiasme général. Quoi de mieux que de voir sa famille réunie et heureuse ? Mon autopersuasion est efficace et je me laisse emporter par l'ambiance familiale.

La soirée s'avère très agréable, les enfants me racontent leur journée, tous plus pressés les uns que les autres de parler en priorité. Lorsqu'ils regagnent leurs chambres respectives, une angoisse commence à me serrer la gorge. Je me retrouve seule face à Gabriel et je ne sais pas comment gérer les réactions de mon corps. La dernière fois qu'un homme m'a touchée, caressée, aimée, ce n'était pas lui. Bien sûr, l'intensité de ma relation avec Adam me revient comme un boomerang en plein cœur. Ma dernière expérience au lit avec Gabriel n'était guère plus engageante, mon corps avait réagi uniquement au souvenir de mon amant.

Je passe plus de temps que nécessaire sous la douche, repoussant inconsciemment, ou non, le moment des retrouvailles au lit avec mon mari. Lorsque je me glisse sous les draps, vêtue de mon pyjama, Gabriel m'attend, une revue en main.

Un sentiment de gêne flotte dans la pièce, comme deux personnes qui ne se connaissent pas vraiment et qui se retrouvent dans une grande proximité sans savoir que faire...

Gab délaisse son magazine et me regarde. Il a ce sourire timide de l'adolescent à son premier rendez-vous, ne sachant pas comment se comporter.

En proie à la culpabilité, j'ose une approche en douceur et me penche pour déposer un baiser léger sur sa bouche.

— Merci.

Je ne sais pas pourquoi ces mots m'ont échappé, mais je le remercie. Si, en fait, je le remercie de ne pas me rejeter, d'accepter mon retour, de ne pas me harceler de questions.

Il est d'abord déconcerté puis hausse les épaules.

— Tout le monde peut se tromper, personne n'est infaillible. Je suis heureux et rassuré que tu me sois revenue.

Mais à ma grande surprise, il me souhaite bonne nuit et éteint les lumières. Je m'étais préparée psychologiquement à faire abstraction d'Adam afin de retrouver mon mari en toute honnêteté, mais il ne tente absolument rien de sexuel. Je suis à la fois frustrée et rassurée et me tourne de mon côté. Mais je lutte afin de vider mon esprit et trouver le sommeil. Quelques minutes s'écoulent où je m'abstiens du moindre mouvement. J'entends la respiration lente de Gabriel qui s'est endormi. Moi, je mets des heures à m'endormir, en proie à des doutes, des angoisses, des questions.

Ai-je fait le bon choix ?

Comment vais-je l'expliquer à Adam et comment va-t-il le prendre ?

C'est le bazar dans mon petit cerveau, et ma tête au réveil n'est que la conséquence d'une nuit bien trop courte et agitée.

Gabriel est prêt à partir quand j'arrive dans la cuisine.

— Ça va Marylin, tu as bien dormi ?

— Ça va, je te remercie. Passe une bonne journée et à ce soir !

Des formules insipides et une réponse qui évite toute discussion. Le problème du jour me hante déjà, depuis que j'ai à peine ouvert les yeux. Comment vais-je annoncer mon choix à Adam ?

Je dépose Sacha à l'école en expliquant à son instituteur ses mésaventures de fin de semaine afin qu'il garde un œil un peu plus soucieux que d'habitude sur lui. Puis je me rends au cabinet prendre mon poste. Les patients sont déjà là à attendre, et je me retrouve vite happée par mon travail sans avoir le temps de réfléchir à autre chose.

En milieu de matinée, je jette un œil sur notre messagerie. Un mail me saute directement aux yeux. Le destinataire n'est autre que Maître Leclerc, son objet : « Pour Marylin ». J'ouvre.

« Marylin, ton silence depuis hier matin m'inquiète, je ne veux pas te contacter sur ton téléphone, mais s'il te plaît appelle-moi dès que tu peux. Je t'embrasse. Adam. »

La simple lecture de ce message me bouleverse et je ne vois qu'injustice de ressentir un attachement aussi fort pour une personne et de devoir renoncer à les vivre intensément. Quand l'amour te tend la main et que tu es obligée de suivre un chemin divergent, c'est terriblement déchirant. J'ai choisi la sagesse et ma famille plutôt que l'amour passionnel. Peut-être ne suis-je pas assez audacieuse pour essayer de vivre une vie différente ? Peut-être suis-je vraiment trop pragmatique ; vivre une histoire déjà toute tracée plutôt que de prendre le moindre risque est-il simplement mon destin ?

Je sais que si je me retrouve en présence d'Adam, j'aurai beaucoup de mal à canaliser mes émotions et j'ai peur de perdre le contrôle. Il vaut mieux que j'évite le face-à-face sous peine de me fourvoyer, ou du moins ne plus être capable d'assumer mon choix.

Ce que je m'apprête à faire est terrible, lâche et affligeant mais nécessaire si je veux éviter de flancher. Je vais lui annoncer par mail interposé, c'est décidé. C'est le seul moyen pour moi de respecter ma décision sans risque de tout faire capoter. Même le son de sa voix, au téléphone, risquerait de réduire à néant ma volonté de sauver mon couple. Je lui répondrai lors de ma pause de midi. Et quand mon cœur se relèvera de cette rupture déchirante, je lui parlerai directement. Mais pas aujourd'hui. Là, c'est au-dessus de ce que je suis capable de supporter, sans compromettre mon choix.

Mandy remarque rapidement que je ne vais pas bien, et me laisse tranquille, me proposant juste son aide si j'en ressens le besoin. J'aime sa discrétion et sa manière de ne pas me forcer à lui expliquer.

À midi, lorsque tout le monde a quitté le cabinet, je reste postée derrière mon écran pour réfléchir à ma réponse.

* Adam, comme tu as pu le constater, je n'ai pas fait le choix que sans doute tu espérais. Je ne vais pas mentir : J'ai pris la décision de rester auprès de mon mari et mes enfants. J'ai peur que notre relation ne nous mène nulle part et surtout, je n'ai pas

*envie de bouleverser la vie de mes enfants. Tu vois, je manque
de courage, au point que je suis incapable de te l'annoncer de
vive voix. En tout cas, pas tout de suite. Je suis trop ancrée dans
mes habitudes et pas assez téméraire pour braver les interdits.
J'ai vécu des instants extraordinaires à tes côtés. Tu as réveillé la
vraie femme qui est en moi, fait surgir des émotions que je croyais
impossibles, des sentiments tellement forts qu'ils m'ont effrayée.
Adam, tu es un homme formidable, tu es et resteras ma passion
interdite. Mais je ne suis pas la femme dont tu as besoin. Prends
soin de toi, oublie-moi. Je suis désolée. Marylin.*

Je termine ce message en pleurs. Mon index tremble
au-dessus de la touche « envoyer », en proie à un doute
énorme.

Je frissonne, j'ai tellement peur de commettre la plus
grosse bêtise de ma vie. Laisser filer cet homme parfait
n'est-elle pas la pire aberration de ma vie ? Mon Dieu, tant
de duels au sein de ma conscience. Une migraine s'installe
puis la nausée, histoire de me prouver que les nœuds au
cerveau ne sont pas sans conséquence.

Mon doigt enfonce la touche maudite et je cours jusqu'à
notre petit cabinet de toilette afin de vomir mon dégoût de
moi-même. Je m'écroule, prise de sanglots incontrôlables.

Une main légère m'effleure le dos. L'espace d'une
seconde, je me mets à rêver qu'Adam est venu me chercher
et m'enlever pour vivre avec lui, prisonnière de son monde
merveilleux. J'ouvre les yeux et j'aperçois la tignasse brune
de Mandy qui m'observe avec une inquiétude.

— Marylin, viens, lève-toi, on va aller dans la salle de
repos.

Elle m'aide à me remettre debout ; je tremble, j'ai du mal
à tenir sur mes jambes. Mes larmes coulent, intarissables.

Je m'accroche à son bras pour rejoindre la petite pièce qui nous sert de lieu de repas.

Je m'assois et prends ma tête entre les mains. Tout doucement, Mandy me caresse l'épaule avec bienveillance.

— Mais dans quel état tu te mets ! Explique-moi ce qui se passe.

Je lève vers elle un regard noyé de chagrin et maculé de maquillage.

— J'ai rompu avec Adam, lui avoué-je. Je n'ai pas le courage de franchir le pas, Mandy. Je suis lâche. Je n'ose même pas le lui dire en face.

Et je lui avoue ma décision de rester auprès de ma famille, malgré la puissance tsunamique de mes sentiments pour Adam.

Mandy m'enveloppe à bras le corps et me câline affectueusement. Ce moment de tendresse inattendu apaise un peu mon mal-être. Elle fredonne une chanson comme pour bercer une enfant perdue dans un cauchemar. J'arrive à me calmer tout doucement. Mandy prend son téléphone et appelle Adrien.

— Allô, Adrien, c'est Mandy. Marylin ne se sent pas bien du tout, elle a fait un petit malaise à midi. Vous ne voyez pas d'inconvénient à ce qu'elle rentre chez elle, je gérerai le cabinet seule cet après-midi ?

Elle opine de la tête dans ma direction et j'entends le médecin lui répondre qu'il est bien évidemment favorable à ce que je rentre me reposer. Cette fille est vraiment capable des pires excentricités, mais aussi d'être d'une prévenance et d'un altruisme qui m'époustouflent.

J'avale le thé réconfortant qu'elle m'a préparé. J'étreins chaleureusement ma collègue et me hâte de sortir du cabinet avant le retour des médecins et l'arrivée des premiers rendez-vous de l'après-midi. Je me traîne jusqu'à ma voiture et démarre. Lorsque je repasse en roulant devant le cabinet, un coup de poignard m'atteint au cœur. Adam se trouve là, tête baissée sur son portable, la main dans les cheveux et les traits défaits. Au même instant, la sonnerie de mon téléphone retentit. C'est lui, il m'appelle. C'est sûr, il a lu mon mail. Je laisse le téléphone sonner jusqu'à ce que mon répondeur s'enclenche.

— Marylin ! Marylin, je t'en prie, réponds-moi ! Je vais monter au cabinet dans deux minutes, je suis en bas. Il faut qu'on parle.

Et il raccroche.

Sa voix est suppliante, si apeurée… Dévastée, je poursuis ma route et rentre chez moi, là où j'ai choisi de rester, envers et contre tout. Je dois me montrer forte et persévérante. Je me doute que les premiers jours seront difficiles et après, je l'oublierai. Oui, voilà, c'est ça, il va s'effacer de ma mémoire et je retrouverai le plaisir de vivre auprès des miens.

Une fois chez moi, j'écoute le message que m'a laissé Mandy il y a cinq minutes.

* Marylin, j'ai eu de la visite au cabinet, une personne qui désirait vraiment te voir. Cette personne était vraiment TRÈS peinée. Je lui ai expliqué que tu étais rentrée chez toi à cause d'un malaise. J'espère que tout va bien pour toi, envoie-moi un SMS quand tu seras arrivée.

Je note qu'elle n'a délibérément pas cité le nom d'Adam, dans une volonté de discrétion au cas où le message serait écouté par Gabriel. Je rédige une réponse, lui disant que je me trouve chez moi, que j'avais aperçu Adam en partant, mais que j'avais continué mon chemin et que c'était mieux ainsi. Je la remercie à nouveau de son amitié. J'efface nos messages, écoute une nouvelle fois la voix d'Adam sur mon répondeur, et le supprime également.

Dans ma salle de bain, je sursaute à la vue de mon visage déformé par la douleur psychologique que je m'inflige. Je me démaquille et tente de me redonner une figure moins éprouvée en appliquant tout un tas de crèmes et poudres cache-misère.

Je m'allonge sur le lit après avoir avalé deux cachets pour soulager mes maux de tête. Je trouve également dans ma pharmacie un anxiolytique que le médecin avait prescrit à Gabriel il y a un an ou deux quand il avait eu un passage à vide, limite dépressif. Ils sont périmés depuis quelques mois, mais tant pis, j'en gobe un également, espérant noyer mon chagrin dans la chimie. Une sieste sera la bienvenue. J'envoie toutefois un texto à Gabriel en lui expliquant que je ne me sens pas très bien et que suis rentrée à la maison. J'enclenche l'alarme du réveil au cas où, pour ne pas louper l'heure de sortie d'école de Sacha et je m'endors comme une souche sous l'effet du médicament.

— Marylin, tu m'entends ?

Gabriel est assis sur le bord du lit, à tenter de me réveiller. Je regarde l'heure sur mon radio-réveil : il est quinze heures. Gab a dû rentrer à la maison suite à mon message qui l'a, semble-t-il, au son de sa voix, effrayé.

— Comment te sens-tu ? Que s'est-il passé ? s'inquiète-t-il.

Je ne peux décemment pas lui expliquer que le message de rupture avec mon amant est la cause de mon état.

— Je ne sais pas, je me suis sentie mal vers midi. J'ai fait comme un malaise, alors Mandy va gérer seule le cabinet cet après-midi.

— Est-ce que ce malaise a un rapport avec ce qui s'est passé ces derniers jours ? me demande Gabriel, vraiment soucieux.

Je le jauge un moment, indécise, me demandant s'il sait quelque chose, s'il se doute que j'ai du mal à couper les ponts avec celui qui m'éloigne de lui. Je regarde mon téléphone ; il n'est plus à la même place que tout à l'heure, je pense que mon mari a fouiné pour vérifier si j'avais reçu un message. Je me félicite intérieurement d'avoir pensé à tout effacer.

— Non, j'ai dû avoir une indigestion ou un truc de ce genre, je pense.

Puis mon estomac se rappelle à mon bon souvenir et se tord à nouveau me pliant en deux. Je cours aux toilettes pour vomir, une nouvelle fois tremblante et faible.

Gabriel très inquiet appelle notre médecin traitant que l'on connaît bien. Celui-ci, toujours arrangeant, propose de passer me voir à la maison dans la soirée. Puis Gabriel m'impose de garder le lit et promet qu'il gérera enfants et dîner. Je replonge dans mon semi-coma jusqu'à l'arrivée du docteur.

— Bon ma petite Marylin, m'annonce-t-il après l'auscultation, il va falloir vous reposer un peu. Votre tension est à peine à 9 et vous êtes très faible. Je vais vous prescrire quelques médicaments et surtout un arrêt de travail afin que vous vous reposiez.

Le médecin me scrute de son regard bienveillant, me coupant dans mon envie de râler contre cet arrêt forcé. Mais tout compte fait, ne pas aller travailler facilitera sûrement la coupure avec Adam. Je ne verrai aucun mail de lui ou de son cabinet, et ça permettra à mon cerveau de déconnecter un peu.

— D'accord, je crois que j'en ai effectivement besoin, capitulé-je.

Je téléphone à Mandy le lendemain de mon arrêt. La pauvre doit tout gérer seule, mais elle assure. Elle m'explique qu'Adam l'avait énormément peinée quand il était venu, mais qu'il avait compris que je n'étais plus là et m'avoue qu'il a envoyé plusieurs messages sur la messagerie du cabinet, intitulés à mon nom et qu'elle s'est abstenue d'ouvrir. Je lui demande de les supprimer et de faire de même avec tous autres à venir provenant de lui, qui me seraient directement adressés.

Je passe ma semaine à traîner comme une loque, assurant le minimum à la maison, tout le monde s'étant accordé pour se répartir les tâches ménagères qui habituellement m'incombent. Le soir, je me couche très tôt, simulant comme à mon habitude un sommeil déjà profond lorsque Gabriel me rejoint.

Ce vendredi, je commence à me sentir un peu plus forte ; je reste moins alitée et décide même de m'habiller, considérant depuis mardi mon pyjama comme seul vêtement de circonstance digne de mon état végétatif. Très impliqué dans son travail, notre médecin passe me voir à l'improviste avant ses premières visites à domicile de l'après-midi, Gabriel n'étant pas encore rentré du travail. Je pense faire bonne figure, mais je me trompe.

— Marylin, je suis inquiet. Vous avez maigri, vous êtes pâle et cernée. Est-ce qu'il se passe quelque chose qui explique votre état ? Une indigestion ne dure pas si longtemps et vous me semblez tellement morose.

Avec un sourire triste, je lui confirme qu'il est effectivement perspicace. De toute façon, pourquoi mentir à son médecin lié par le secret professionnel ? Après une courte hésitation, je lui raconte tout, mon infidélité, ma culpabilité, mon choix de rester malgré mon envie terrible de partir loin.

Il m'écoute avec attention, puis prend mes mains dans les siennes.

— Je ne suis pas étonné par ce que vous me dîtes Marylin, j'avais bien remarqué que vous n'étiez plus la même. Vous savez, avoir un amant ça ne se prémédite pas. Quand cela arrive, c'est souvent qu'il y a une place dans son cœur pour cela. Je vous connais depuis de nombreuses années vous et votre famille, et je ne vous ai jamais vue aussi mal. Votre corps réagit et exprime la souffrance que vous ne pouvez exprimer verbalement. Ne vous laissez pas ronger de l'intérieur. Il faut verbaliser sinon vous risquez de gros soucis de santé. Parlez avec votre mari, parlez avec votre amant éventuellement, mais ne restez pas dans le non-dit.

J'acquiesce en lui promettant d'essayer.

Chapitre 22
Repos forcé

Depuis des jours, et surtout depuis mon retour à la maison lundi soir, Gabriel ne m'a pas touchée. Il faut dire que je ne fais rien pour favoriser le rapprochement.

Mon corps est entré en état d'hibernation sexuelle. Ma libido a chuté dans des zones polaires. Mais ce vendredi, j'ai comme un pressentiment. Gabriel me lance des regards un peu coquins en soirée, ose quelques allusions à double sens. J'entrevois qu'il a du mal à contenir son désir de m'avoir toute à lui.

Ma douche du soir me sert de préparation mentale. Je me motive en me disant que de toute façon mon choix est fait et acté. J'ai décidé de rester avec ma famille et reprendre du plaisir à faire l'amour avec mon mari n'est que l'aboutissement logique de mon engagement. N'avoir que lui en tête à ce moment-là, par contre…

Douchée, parfumée, épilée, pomponnée, et surtout motivée, j'entre dans la chambre. Gabriel, déjà allongé sur le lit, reste sans voix. Ses yeux brillent d'envie immédiatement dès que je me glisse près de lui.

— Hum, tu sens divinement bon, tu sais ? me susurre-t-il à l'oreille.

Il me hume le cou avec délectation, commence à y déposer un premier baiser timide, puis un deuxième, soulagé que je ne m'oppose pas à lui. Il s'enhardit et repousse légèrement les bretelles de ma chemise de nuit en soie. Ma poitrine se dévoile lorsque le tissu léger glisse le long de mon corps. Son regard devenu gourmand, ses lèvres entrouvertes à l'apparition de mon corps dénudé, il laisse glisser ses doigts sur l'ovale de mon sein. Ses doigts effleurent à peine ma peau, semblant attendre mon accord pour me toucher. Puis ses gestes deviennent plus virils et ses attouchements plus appuyés. Les yeux clos, je m'apprête à goûter la moindre parcelle de plaisir.

Mais rien, je ne ressens rien. Aucun papillon dans le ventre, pas de chaleur dans le bas-ventre. Rien, nada !

Les mains de mon mari malaxent ces seins qu'un autre aurait sensuellement caressés, n'éveillant aucun frémissement de mes sens. J'inspire profondément, persuadée qu'il me faut un peu de temps pour retrouver des émotions. Gabriel, lui, complètement excité, embrasse ma poitrine goulûment, grogne en frottant contre moi son sexe en érection. Sans broncher, je subis la scène, incapable d'y participer activement. Mon cerveau est complètement déconnecté de l'instant ; j'observe Gabriel avec une effrayante absence de sentiment.

Il lève le visage vers moi, les lèvres étirées d'un sourire conquérant. D'un geste tendre, mon doigt caresse ses lèvres, luttant pour braver mon manque d'enthousiasme. Encouragé, il se dirige vers mon bas-ventre. Peut-être qu'une petite douceur sur mon intimité m'aidera à me détendre ? La tension a paralysé mon corps, incapable d'apprécier ce moment.

Et c'est avec la même indifférence que je le laisse s'occuper de moi, espérant juste que son engouement ne s'éternise pas trop. Cette caresse buccale qui, en général n'engendre qu'intenses frissons et un orgasme fulgurant, devient insupportable. Désespérée, abandonnée par ma propre libido, je me répugne.

Sa langue délaisse mon sexe pour l'envahir rapidement de son membre impatient. Pour Gabriel, l'abstinence et l'attente de ce moment ont dû être difficiles à contenir ; quelques secondes plus tard, il cesse son va-et-vient pour jouir en moi.

Son râle coïtal sonne l'heure de ma délivrance. À peine se retire-t-il que je me tourne sur le côté pour masquer mon visage crispé. Une angoisse terrible me glace.

Et si je n'avais plus de sentiments pour lui ?

Déboussolée, je pensais sincèrement pouvoir contrôler mon corps et ses réactions. Cet homme couché là est mon mari, et d'évidence je n'ai plus envie de lui, plus de désir sexuel. La situation me paraît tout à coup beaucoup plus complexe que ce que j'avais imaginé.

— Ça va, Lynette ?

Gabriel me caresse les cheveux, sûrement inquiet de mon mutisme. Je me retourne, essaye de faire bonne figure pour ne pas le blesser.

— Oui, ça va, je suis juste un peu fatiguée et j'ai encore du mal à me laisser aller, après tout ce qui s'est passé ces derniers jours. Laisse-moi un peu de temps pour que tout redevienne comme avant.

Mes mains se posent sur son visage. J'espère que mes yeux embués traduisent une bienveillance intense et non pas ce mal-être si douloureux au fond de moi.

— Ne t'inquiète pas, on prendra le temps qu'il faut. Je sais que cette période a certainement été aussi chaotique pour toi, me dit-il, compréhensif.

— Oh oui, tout cela m'a complètement chamboulée, et penser que j'aurais pu perdre ce que l'on a construit ensemble m'a tellement effrayée !

Il acquiesce juste avec les yeux, sans prononcer un mot de plus. Jamais il n'a demandé d'explication sur mon incartade ; il me serait impossible de lui raconter ma liaison extra-conjugale. Je lui en suis vraiment reconnaissante, persuadée que le temps effacera mes tourments. Continuellement, je lutte pour repousser Adam de mon esprit, m'évertue à me concentrer uniquement sur ma famille. Mais il est là, je le sais, prêt à surgir à n'importe quel moment. Un mot, un détail, une odeur. Tout me connecte immédiatement à celui qui a fait exploser ma petite vie bien rangée.

Comme tous les soirs, j'avale un somnifère pour m'octroyer des nuits sans rêve, éviter des cogitations nocturnes qui n'ont plus lieu d'être. Plus que l'ombre de moi-même, mon corps est là, mes réflexes de maman et d'épouse aussi mais mon désir et mes envies, eux, sont ailleurs.

Mon retour au travail lundi risque d'être redoutable. La boite mail va sans doute me confronter à nouveau très vite à la réalité.

Je me promets de refaire l'amour avec mon mari durant le week-end, prie qu'avec cette nouvelle tentative je retrouve enfin des vibrations qui me prouveront que j'ai opté pour le bon choix.

∞∞∞∞∞

Pour la cinquième fois au moins je crois, j'attrape mon téléphone : il m'indique six heures trois. Mes yeux sont grands ouverts depuis une éternité. Et une éternité, dans la solitude du sommeil des autres, ça laisse toute latitude pour penser… à hier soir en particulier. Le même échec cuisant. Mes larmes ont coulé une partie de la nuit… j'ai peur. Non seulement je n'ai pas aimé que Gabriel me touche, mais j'en ai même éprouvé du dégoût.

Dégoût de faire l'amour avec mon mari ou dégoût de moi-même ? Là est la question. Sûrement les deux…

Je soupire en pensant que je vais reprendre le travail avec une tête affreuse et seulement deux ou trois heures de sommeil agité. Gabriel se lève dès que son réveil sonne, se prépare rapidement, avale juste un café avant de partir. Une semaine chargée l'attend au garage et il est en retard sur la paperasse un peu négligée ces derniers temps.

Lorsque la porte de la maison se ferme, je saute du lit pour me préparer et réveiller les enfants. En mode automatique, je répète mon rituel matinal depuis des années, je suis rodée. Passer dans la salle de bain, m'habiller, me maquiller, installer sur la table bols et paquets de céréales, réveiller les enfants, exercer mon rôle de coach en les boostant les uns après les autres afin qu'ils se dépêchent, tout cela en avalant rapidement une tasse de thé tiède.

Une fois tout ce petit monde à l'école, je me retrouve devant la porte du cabinet médical avec une boule au ventre. Comme si ce lieu était celui du péché, l'endroit où tout avait, et pouvait encore, basculer.

Me revoilà à mon bureau après six jours d'absence. Mandy a bien géré seule, tout est rangé, ordonné comme avant mon départ, jusqu'à mon stylo posé dans l'angle droit de mon bloc-notes. Un petit mot de ma collègue m'explique les aléas de la semaine dernière et quelques impératifs à régler ce matin. Elle me souhaite bon courage pour la reprise – Mandy commence à dix heures le lundi – et rajoute qu'un seul mail indésirable a été supprimé. « Mail indésirable »… Il va falloir que je sois forte et que je respecte mon choix de ne plus succomber à la tentation Adam. Comme je suis un peu maso, j'ouvre malgré tout la messagerie pour inspecter l'arrivée des messages, au cas où. L'un d'eux me saute aux yeux immédiatement. Il est intitulé « pour Marylin » et provient d'Adam. Un frisson me parcourt et la simple évocation de mon amant provoque instantanément une chaleur dans mon bas-ventre. Comme si son nom était relié à une bombe à retardement à cet endroit précis. Que faire ? Mon instinct me dicte de le supprimer sans le lire. Mais peut-être n'est-il qu'un mail professionnel et qu'Adam réclame un document ? Le petit diablotin sur mon épaule est secoué d'un rire satanique en me voyant prête à enfreindre mes propres décisions, alors que cinq minutes auparavant, je m'ordonnais de ne plus succomber.

Finalement, j'ouvre le mail en retenant mon souffle.

« *Marylin,*

Je sais que tu dois reprendre le travail ce lundi matin, ta collègue m'a averti de ton arrêt maladie. J'espère que cette semaine de repos t'a fait du bien et que tu te sens mieux. Je suis un peu désemparé de ne pouvoir te contacter autrement que sur cette messagerie. Mille fois, cette semaine, j'ai eu envie de t'appeler ou de t'envoyer des messages sur ton téléphone, mais je ne voulais pas prendre risquer de te causer des soucis supplémentaires.

Il faut absolument que l'on se voie, j'ai besoin de te dire certaines choses. J'ai bien compris ton choix et je le respecte même s'il me brise le cœur. Le dernier jour que nous avons passé ensemble a été tout simplement magique et j'ai espéré de tout mon être que ton choix pencherait en faveur de notre amour. Tu en as hélas décidé autrement, tu souhaites poursuivre ta route sans moi. Parlons-nous une dernière fois autour d'un verre s'il te plaît. J'attends ton appel.

Adam »

Bon, ce mail ne se classe d'évidence pas dans la case professionnelle, mais il fallait cependant que je vérifie. Ma technique d'autopersuasion est lamentable. J'ai bel et bien craqué sur mes bonnes résolutions et ça ne fait même pas quinze minutes que j'ai réintégré mon poste. Tellement minable… Et surtout, je déteste voir mon corps réagir rien qu'à la lecture de son nom alors que les efforts de Gabriel restent vains dans ce domaine.

L'arrivée des premiers patients me permet de concentrer ma pensée sur une autre préoccupation que lui. La matinée passe vite, Mandy arrive vers dix heures, mais pas le temps de discuter, nous croulons sous les dossiers. Elle me demande si je vais bien, me souris et caresse ma joue en voyant mon visage triste et fatigué.

Alors que le dernier client franchit la porte à midi et que les médecins partent déjeuner, je me retrouve seule avec Mandy.

— Alors Marylin, comment te sens-tu ?

— Ça va, Mandy. Je suis désolée de t'avoir laissée seule toute une semaine, mais j'étais tellement mal, impossible de me concentrer pour travailler. J'avais vraiment besoin de me reposer.

— Oh oui, je l'ai bien compris, me répond-elle en posant sa main sur mon bras en signe de réconfort. Ne t'inquiète pas, j'ai géré le cabinet et les docs ont été compréhensifs. Ils ne m'ont pas surchargée de travail. Mais toi, tu vas bien ? Tu as pu resserrer les liens avec ton mari ? Vous avez discuté de ce qui s'est passé ?

— C'est tellement difficile ! Gabriel ne me pose aucune question, il fait comme si rien ne s'était passé. Il ne me force à rien, fait preuve de patience envers moi. Mais je n'y arrive pas, je lutte sans cesse pour me prouver que j'ai fait le bon choix, avoué-je, complètement désemparée.

Mandy s'approche et m'enlace aux premières larmes qui ruissellent sur mes joues. Je m'épanche, laissant un flot incontrôlable s'échouer sur son épaule. Le bruit de l'ouverture de la porte du cabinet me fait me redresser d'un bond. Zut, un des médecins a dû oublier quelque chose ! Dos tourné à la porte, je prie qu'il ne voie pas mon visage sûrement maculé par les pleurs. Mandy se raidit, son regard accroché sur la personne qui vient de pénétrer dans la pièce.

— Bon, je crois que je vais aller déjeuner, chuchote-t-elle d'une voix étrange à mon oreille.

Elle desserre son étreinte et me gratifie d'une moue grimaçante ; j'écarquille les yeux d'incompréhension, imaginant Shrek derrière moi, prête à nous déverser une énième rebuffade. Mandy hausse les épaules en signe d'excuse et s'éclipse sans demander son reste.

Chapitre 23
Contradiction

Il est là, juste à quelques mètres de moi. Ma bouche s'ouvre, mais aucun son n'en sort. Je l'observe. Ses traits sont tirés, sa barbe de quelques jours comble ses joues creusées. Mais je reste bloquée sur son regard qui ne me lâche pas, ses yeux couleur d'or. Bien qu'il renvoie l'image d'un homme épuisé, il est magnifique. Ses cheveux, toujours coiffés dans un désordre réfléchi, lui donnent un air plus jeune que son âge réel. Son allure qui allie le chic et le décontracté le rend complètement sexy. Il dégage un sex-appeal qui ferait frémir la plus frigide des femmes. Ça y est, le fameux détonateur a encore été activé et mon corps est en ébullition.

— Adam.

Ma voix se perd dans un sanglot que je n'arrive pas à contenir.

Il s'avance, nos regards scotchés l'un à l'autre. Je le vois hésitant, ne sachant pas s'il est autorisé à m'enlacer. Contre toute attente, je fais le premier pas et mon corps se blottit contre le sien. Alors, ses bras m'emprisonnent si fort que plus aucun espace entre nous ne subsiste. Sa tête se pose sur le dessus de mon crâne, et il me berce doucement en répétant mon prénom. Sa bouche dépose des baisers délicats sur mes cheveux que sa main caresse. Je le laisse faire, même si je sais que tout cela est foncièrement contraire au comportement que je m'étais promis d'avoir.

Ce moment est une si douce parenthèse dans cet immense tourment que j'endure depuis des jours. Si je détenais le pouvoir de suspendre le temps et de faire durer cet instant encore et encore...

Le bien-être qui m'envahit est, hélas, tristement parlant.

C'est ici, dans ses bras protecteurs que je veux être. Ma place est là, contre son cœur. Mon oreille se met à en écouter le rythme à travers ses vêtements. Il bat vite, si vite, lui aussi captif de cette tempête sentimentale. Je hume son odeur. Jamais une senteur masculine ne m'avait paru autant mienne. Sa fragrance m'assaille, m'enveloppe, une route odorante, promesse de gémissements sensuels et soupirs inavouables. Le souvenir de ses caresses est tatoué dans ma peau. Une empreinte invisible pour l'œil, mais qui a lié mon être tout entier au sien. Sous ses doigts, je suis redevenue femme, désirable, amoureuse et mon besoin de vivre intensément a ressurgi tel un diable qui jaillit de sa boîte.

Impossible de savoir combien de temps nous restons ainsi, en parfaite symbiose. Un moment de béatitude dans ce tourbillon qu'est devenue ma vie. Voilà, c'est cela, le bouton pause a été activé, un arrêt sur image. Dans ma tête, seule une musique tinte, quelques délicieux accords qui me donnent envie de fredonner pour accompagner ce moment de magie éphémère.

La sonnerie de mon téléphone nous fait sursauter. Le lien se brise, d'autant que je la reconnais bien : Gabriel. Tout à coup, la réalité reprend ses droits telle une monumentale claque. Je redonne un petit espace entre nos corps fusionnés et reprends mon souffle comme si je sortais d'une longue apnée.

— Viens déjeuner avec moi, Marylin.

Encore sous l'emprise de ces minutes hors du temps, je hoche la tête, délaisse sans remords mon portable. J'attrape mon sac et ma veste, agrippe la main qu'il me tend, et le suis.

Je m'interdis de réfléchir ; Adam m'entraîne devant l'ascenseur sans un mot. Nous pénétrons ensemble dans la cabine et notre première fois me revient en mémoire, ici même, avec lui. J'imagine que lui aussi, car nos regards se croisent et un sourire complice nous unit.

— Les ascenseurs, ça fait toujours de l'effet ! constate-t-il avec humour.

Un fou rire contenu me surprend en m'imaginant dans une scène d'un célèbre livre avec le ténébreux milliardaire Christian Grey et la jeune Ana – livres que j'ai dévorés en cachette comme un délice interdit. J'explique, rougissante, à Adam la raison de mon hilarité, et cela nous permet de mettre un peu de légèreté à l'intensité électrique qui règne entre nous. Du coup, pas de baiser torride, mais nous sortons de l'immeuble en riant de bon cœur.

Quelques minutes plus tard, nous voilà installés à la table d'un petit bouchon lyonnais, pas très loin de mon travail, rue St Jean, dans le quartier du Vieux Lyon. Comme par enchantement, mon appétit, qui avait disparu depuis des jours refait surface.

— Que veux-tu manger ? me demande Adam sans même s'intéresser à la carte.

Je lui répondrais bien « toi » mais la situation ne prête pas vraiment au badinage. Comme s'il lisait dans mes pensées, il lève les sourcils et poursuit.

— Moi, j'ai une faim de loup, et j'ai en face de moi le plat le plus appétissant au monde.

Sa remarque me surprend, mais me prend au dépourvu. Aucune réplique ne me vient immédiatement ; mes joues rosissent comme une adolescente. C'est incroyable, cet effet qu'il a sur moi, et la moindre allusion à notre relation charnelle me met dans un état incontrôlable !

Notre commande enfin passée, il prend ma main dans la sienne et le moment devient quasi solennel.

— Marylin, ne me laisse pas, s'il te plaît. J'ai le cœur complètement vide depuis une semaine. Je n'ai plus le goût à rien et je ne pense qu'à toi. Je sais que je t'ai dit que je respecterais ton choix, mais il m'est impossible de ne pas tout tenter pour te faire changer d'avis malgré tout.

Il faut que je lâche son regard si je veux réussir à formuler une phrase cohérente. Les yeux sur ma serviette, je tente de lui répondre.

— C'est tellement difficile. Je me suis promis d'essayer de reconstruire mon couple.

J'inspire à fond et ose enfin l'affronter pour lui parler honnêtement.

— Je ne vais pas te mentir, avoué-je avec une voix mal assurée, c'est très, très compliqué pour moi. Tu es partout dans mes pensées. Tu me manques terriblement. Ce que tu as réveillé en moi, je ne veux pas le laisser se rendormir. Je ne veux plus être cette femme qui se perd dans une vie qui ne lui laisse pas les moyens de s'épanouir. J'ai promis à Gabriel que notre vie allait reprendre son cours. J'ai prié pour avoir la force de réussir afin que mes enfants n'aient pas à subir les aléas d'une séparation. Je lutte pour retrouver le plaisir d'être avec mon mari. Je suis désolée, je ne t'épargne pas les détails. Mais comment trouver la force de t'oublier alors que tout me ramène à toi ? Je n'y arrive pas pour l'instant Adam, je n'y arrive pas.

Ma voix se meurt dans un sanglot. La main d'Adam serre la mienne un peu plus fort. L'autre se tend pour relever mon visage en se glissant sous mon menton.

— Regarde-moi. Je ne veux pas voir tes magnifiques yeux pleurer. Tu es la plus belle chose qui me soit arrivée. J'ai su, dès que je t'ai vue la première fois, que tu n'étais pas une femme comme les autres. Le destin a fait croiser nos chemins et ce n'est certainement pas pour rien. Dans la vie, rien n'est figé, tout peut être bouleversé ; la rencontre de deux âmes sœurs ne se produit pas forcément au moment où l'on s'y attend le plus. Dis-moi ce qui t'effraye dans le fait de quitter ton mari ? Je sais que tu as peur de rendre tes enfants malheureux, mais est-ce que tu aimes suffisamment Gabriel jusqu'à envisager de finir ta vie avec lui ? Réfléchis bien, Marylin, car vivre malheureuse, ou en pensant à un autre, ne fera pas de toi une femme épanouie. Et j'imagine que si toi, tu aimes tes enfants, eux aussi t'aiment, et ils voudront certainement te voir heureuse.

Le serveur arrive avec nos plats, ce qui me laisse quelques secondes de réflexion avant de lui répondre. Mon appétit s'est à nouveau envolé, laissant place à la douleur que je connais bien depuis quelque temps. Mon estomac semble rempli de lourdes pierres et l'écœurement me guette. En quelques mots, il a ébranlé toutes mes certitudes.

La sonnerie de mon téléphone se remet en action ; je n'ai pas répondu à Gabriel tout à l'heure et il doit s'inquiéter. Est-ce un signe si mon mari s'immisce entre Adam et moi à ce moment précis ?

— Excuse-moi, je dois répondre.

Je me lève et me dirige vers les toilettes.

— Marylin, ça va ? Je me suis inquiété, m'annonce tout de go Gabriel lorsque je décroche. Tu ne m'as pas répondu tout à l'heure.

Sa voix s'avère réellement angoissée. J'imagine bien que mon comportement ne lui inspire pas vraiment la tranquillité et qu'il a certainement de vraies raisons de se poser des questions.

— Excuse-moi, Gabriel, je n'ai pas pu prendre ton appel tout à l'heure, j'ai fini en retard. Et là, je mange à l'extérieur. Mandy m'a invitée à déjeuner.

Et voilà, un mensonge de plus. Heureusement qu'on ne s'appelle pas avec le visio, car mes joues rouges trahiraient vite mes paroles.

— Oh, d'accord, désolé de vous avoir dérangées ! Bon, je vous laisse alors, embrasse Mandy pour moi. À ce soir !

— À ce soir.

Honteuse de lui mentir ainsi, je raccroche et retourne auprès d'Adam.

— C'était mon mari. Je viens à nouveau de lui mentir… Tu sais Adam, je vis très mal le fait de ne pas être honnête avec les autres. Je ne suis pas ce genre de femme qui peut tromper son mari et retourner auprès de lui roucouler des « mon chéri » sans se sentir coupable.

— C'est que tu es une femme bien, approuve Adam, et je n'en doute pas une seconde.

Cet homme si brillant est intelligent et son regard s'éclaire d'une lueur bienveillante où pointe cependant une once d'espoir : il a compris que je n'étais pas sereine dans ma prise de décision, qu'il peut infléchir mon choix en étant un peu plus entreprenant et convaincant.

— Il me faut encore du temps. Je ne suis pas prête. Ni pour le quitter ni pour t'abandonner.

— Je comprends. Je veux juste que tu saches que pour moi, tout est clair dans ma tête. Tu es celle que je désire, que j'ai envie d'aimer. Il n'y a pas plus limpide. Je t'ouvre mon cœur, je te fais une place dans ma vie dès que tu le souhaites. Je sais que tout est allé très vite, mais ce genre de choses ne se commande pas. Je n'ai jamais été aussi amoureux de toute ma vie. Je te promets de prendre soin de toi et faire en sorte que tout se passe au mieux avec tes enfants. Je ne peux pas te dire mieux. Je suis prêt, je suis à toi. Quand tu veux. À toi corps et âme.

Ses aveux me bouleversent. Sous sa force apparente perce toute sa fragilité, ce mélange qui me fait mourir d'amour pour lui. Mais en même temps, je le connais si peu, seulement ce qu'il a bien voulu me dire de lui. Je n'ai jamais rencontré sa famille à part son frère. Je n'ai aucune idée de sa vie d'avant, j'ignore ses goûts et ses aversions.

— Pourquoi me regardes-tu de cette manière ?

— Je me dis qu'on parle d'une éventuelle vie commune, mais je ne te connais presque pas !

— OK, que veux-tu savoir de moi ? Demande-moi et je te réponds.

— Je ne sais pas, réponds-je en haussant les épaules, tes goûts, ce que tu détestes, ton mode de vie. Je ne sais rien de ta famille ou tes amis par exemple, ni de ton passé, de ton enfance, tous ces détails qui s'acquièrent au fil du temps.

— Bon, écoute, je sais qu'aujourd'hui on a très peu de temps. Mais je te promets que demain, je viens te chercher à midi et nous passerons tes deux heures de pause à répondre à nos questions respectives.

Un nouveau rendez-vous, quelle manœuvre alléchante, il est très fort ! J'en meurs d'envie alors que, ce matin, je ne pensais qu'à ma stratégie pour ne pas le revoir. Je réfléchis quelques secondes, mais je ne peux résister au besoin d'en découvrir plus sur lui. Le connaître mieux me permettrait sans doute de valider définitivement ma décision. Peut-être découvrirais-je des côtés déplaisants qui me permettront d'assumer mon premier choix, celui de rester au sein de ma famille ? Le petit diable sur mon épaule rit de mes fausses motivations, mais je le chasse vite. Je sais que je me leurre, mais je suis incapable d'agir autrement lorsque je suis auprès d'Adam.

Juste avant quatorze heures, Adam me raccompagne devant mon lieu de travail.

— Donc, à demain ? J'espère que tu ne me prépareras pas un questionnaire trop compliqué !

Et il s'esclaffe d'un rire franc et naturel. Son visage rayonne, bien différent de celui qui m'est apparu il y a deux heures, dans le bureau. Exit l'homme triste et fatigué, il irradie de prestance, arborant un sourire charmeur et ravageur. Le scintillement dans ses yeux est encore plus intense. Il me serre furtivement dans ses bras, évitant les effusions en public afin de ne pas me mettre mal à l'aise. Il m'embrasse rapidement sur le coin de la bouche. Ce baiser à la dérobée me rappelle la douceur sans pareil de ses lèvres et entraîne l'embrasement instantané de tous mes sens. Je m'empresse de monter au bureau sans me retourner pour cacher mes joues rosies une fois de plus.

Quand je m'assois à ma place, Mandy me regarde d'un air étonné.

— Alors là, cet homme est magicien ! De toute la matinée, j'ai eu à mes côtés une femme triste et tourmentée, avec des cernes plus gros que mes valises. Tu passes deux heures avec lui et tu reviens complètement transformée, le visage détendu, tes cernes envolés et un sourire qui ne quitte pas tes lèvres ! Il va falloir que j'aille manger avec lui un de ces jours !

Elle rit de sa plaisanterie et je ne peux m'empêcher de rire avec elle. Entre deux clients, elle essaye de me soutirer des informations, mais je préfère rester secrète.

La soirée s'écoule lentement à la maison. Je compte les minutes qui me séparent du moment où je me retrouverais dans mon lit à réfléchir tranquillement à toutes les questions que je poserai à Adam demain. Gabriel ne parle pas beaucoup, perdu dans ses pensées. Je l'observe discrètement ; ce comportement peu habituel chez lui m'interpelle un instant. Mais mon esprit trop perturbé par mon programme du lendemain y porte finalement peu d'attention. Une énième migraine me sert de prétexte pour me glisser tôt dans les draps. Quand Gabriel se couche, je fais une fois de plus mine de dormir, mais l'excitation de la journée à venir m'empêche de fermer l'œil jusque tard dans la nuit.

Chapitre 24
Entretien particulier

Ce mardi matin est interminable. Mes yeux interrogent la pendule presque tous les quarts d'heure depuis le milieu de matinée. Mon cœur commence à palpiter bien plus fort que d'habitude quand approche midi. Finalement, pour minimiser mon stress, je n'ai rien préparé. Je me dis que nous irons au feeling.

Vers onze heures quarante-cinq, un message à mon intention arrive sur la messagerie

« Bonjour, Marylin, prête pour le grand questionnaire ? J'ai révisé toute la nuit, j'espère que je serai à la hauteur ! Ton carrosse t'attendra dans la rue. À tout de suite !

Adam »

Sa désinvolture et son humour me font sourire. Réels ou feints pour masquer son inquiétude ? J'espère ne pas perdre mes moyens face à lui, et surtout que j'arriverai à garder le contrôle de mes émotions.

Midi moins une, je ferme la porte du cabinet, laissant Mandy une nouvelle fois seule pour déjeuner. À peine la porte de l'immeuble franchie, que je pars à la recherche de la voiture d'Adam ; très vite, je la repère à quelques mètres de moi. Adam est à l'intérieur, en train de pianoter un message lorsque je frappe à la fenêtre. Il lève vers moi un visage radieux en déverrouillant la portière.

— Bonjour, tu es superbe.

Il dépose un baiser rapide sur ma joue.

— Où allons-nous ?

— Hum, tu verras.

Il sourit sans m'en dire plus.

Je me rends vite compte que nous allons chez lui et je panique un peu. La dernière fois où nous nous y sommes retrouvés me revient en mémoire. Mon Dieu que j'ai aimé ce moment !

Il ouvre la porte et me laisse entrer en premier. Quelle n'est-pas ma surprise quand je découvre au moins une dizaine de bouquets tous plus beaux les uns que les autres. Une magnifique table est dressée, comme dans un grand restaurant. Une nappe blanche brodée, des bougies et une rose rouge dans une assiette trônent sur la table au centre de la pièce. Je n'ose plus avancer, abasourdie par ce décor féerique. L'endroit embaume d'un parfum puissant, mais très agréable.

— Mais pourquoi ? demandé-je avec perplexité.

— Parce que rien n'est trop beau pour toi.

Son bras glisse sur mes hanches pour me faire avancer jusqu'à la table. Très galamment, il tire une chaise pour moi en se fendant d'une révérence.

— Si Madame veut bien se donner la peine.

Je souris face à cet excès de courtoisie, qui malgré tout m'impressionne.

Adam a préparé cette ambiance exprès pour moi ce matin ? Cet homme est vraiment imprévisible. Sur un plateau il amène une multitude de tapas et autres mets à picorer, tous plus appétissants les uns que les autres. Il allume les bougies puis nous sert du vin blanc dans des verres en cristal délicat. Puis il soulève le sien en le faisant tinter contre le mien.

— Je bois à la plus belle femme que je connaisse, et surtout à celle qui fait battre mon cœur depuis quelques semaines. À toi !

— Alors à nous, murmuré-je en souriant.

Surprise par ma réponse instinctive, c'était l'unique pensée qui m'était venue à l'esprit. Je me sens comme Cendrillon dans le palais de son prince. Il s'assoit face à moi, pose ses deux mains sur la table.

— Je suis tout ouïe et prêt à répondre à tes questions, m'affirme-t-il avec un air faussement sérieux.

Pendant ce délicieux repas qu'il nous a concocté, j'apprends à le connaître. Je découvre que nous sommes nés à quelques jours d'intervalle et donc tous les deux du signe du scorpion, qu'il a seulement un frère, qu'il est séparé de son ex-femme depuis un an parce que l'amour entre eux s'était éteint au bout d'une dizaine d'années de vie commune, que les dernières passées avec elle ressemblaient plus à une colocation qu'à une vie de couple, mais qu'elle aimait profiter de son statut de femme d'avocat.

Il pratique le tennis et le jogging un peu malgré lui, car il doit faire attention à sa ligne, étant très gourmand et souvent sollicité pour des déjeuners d'affaires. Il adore les plats raffinés, mais craque également pour un énorme kebab bien dégoulinant de sauce blanche.

Officiellement, son film préféré est « *La ligne verte* », mais officieusement, il est fan des films de Jim Carey. Il déteste l'opéra, mais adore se rendre à des concerts.

Quand enfin je suis à court de questions, il se lève, demande à prendre ma chaise pour m'asseoir sur ses genoux.

— Et maintenant, me chuchote-t-il à l'oreille, je vais te faire découvrir comment j'aimerais plus que tout partager ces fruits rouges avec toi.

Il s'empare d'une myrtille dans une coupe en verre, la glisse délicatement dans ma bouche et renouvelle son geste plusieurs fois. Le petit joyau violet est divinement exquis ; je le happe avec gourmandise et Adam s'en amuse. Puis il choisit une framboise, la pose entre ses lèvres et doucement se penche vers moi. Ma bouche frôle la sienne, le fruit offert comme unique rempart. Je l'attrape et le coupe afin d'en goûter un morceau. Le geste est terriblement évocateur et nos bouches, rosies par le petit fruit rouge paraissent encore plus sensuelles.

— Encore ?

Son regard s'enfièvre et son souffle devient court.

Je hoche la tête, une moue mutine en signe d'acquiescement ; j'adore sa technique pour savourer les fruits.

Cette fois, il dépose une fraise au creux de mes lèvres. Je la maintiens serrée entre mes dents. Mon cœur est au bord de l'explosion tant ce moment est érotique. Doucement, nos yeux rivés l'un à l'autre, il descend sur ma bouche pour attraper le fruit. J'avale le petit morceau. Comme une attirance envoûtante, nos bouches se rapprochent et se touchent enfin. Dans une danse frénétique, notre baiser se transforme rapidement en supplique, comme celui de retrouvailles d'amants éperdus restés éloignés loin de l'autre trop longtemps. Nos langues se mêlent et s'emmêlent, se goûtent, se dégustent, se délectent dans des soupirs de plaisir.

Adam me soulève, et, lovée dans le creux de ses bras, m'emmène jusqu'à la chambre. Avec délicatesse, il me dépose sur son lit, se hisse au-dessus de mon corps et repart avec ferveur taquiner ma bouche. Une de ses mains glisse sous mon pull et ses doigts caressent la dentelle de mon soutien-gorge. Rapidement, les vêtements volent autour de nous. Nus l'un contre l'autre, je gémis de bonheur ; mon sublime amant me domine de tout son être, son sexe dressé contre mon intimité. Mais sans se précipiter, Adam me couvre de baisers ; aucune parcelle de peau ne semble être oubliée. Les yeux fermés, je savoure la douceur de ses lèvres sur mes zones érogènes. Ses longs doigts entourent mes seins, effleurent mes mamelons dressés, sensibles à en devenir presque douloureux. Sa bouche les martyrise un peu plus. Son regard enflammé les dévore ; il observe avec un sourire conquérant les réactions épidermiques qu'il provoque. Par moments, il remonte jusqu'à mon visage et me susurre des mots doux à l'oreille, comme des secrets que moi seule pourrais entendre. Puis il repart humer et embrasser mon corps. Sa bouche chemine enfin vers mon sexe qui implore sa venue avec insistance. Pas besoin de me toucher pour savoir que ma vulve est assez accueillante pour sa verge qui n'attend que ça. Lorsqu'il décide de goûter au fruit défendu, je tressaille sous ses lèvres et me tends vers ses caresses. Dans des soupirs incontrôlables, le premier orgasme me fauche, puissant et exaltant. Cette sensation d'atteindre le paroxysme d'un plaisir jusqu'alors inexploré est indescriptible. Auparavant, aucun amant n'avait su m'emmener jusqu'à ces limites du lâcher-prise.

Ne pouvant plus attendre, Adam remonte vers ma bouche, déposant ses lèvres encore humides de mon arôme sur les miennes. Ma main glisse sur son pubis. Je le caresse, impressionnée par ce membre large et viril. Adam se redresse, attrape un préservatif sur sa table de nuit et me le donne. Assez maladroitement au départ, je déroule le petit morceau de plastique puis le dépose sur sa verge qui vibre entre mes doigts. Impatiente, je le dirige vers l'entrée de mon intimité. Sans aucune difficulté, il s'immisce en moi dans un râle de plaisir. Son front se colle contre le mien.

— Regarde-moi.

Nos yeux se noient dans le regard de l'autre, les iris dilatés par le plaisir. Ses mouvements gagnent en rapidité et en puissance, mais il ne cesse de me contempler, comme s'il voulait imprimer en lui et pour toujours les traits de mon visage.

Sa cadence se ralentit, retardant le moment de la jouissance. Il nous bascule afin que je me retrouve sur lui puis accompagne les mouvements de mon corps, les mains posées sur mes hanches.

Tout à coup, sans jamais rompre le lien qui unit nos regards, il me bloque contre lui quelques secondes, son membre entièrement plongé en moi.

— Marylin, je t'aime, je t'aime de tout mon être, et je ne veux pas te perdre.

Puis il reprend son va-et-vient jusqu'à ce qu'ensemble nous atteignons le firmament. Je suffoque face à l'intensité de la puissance de nos orgasmes. Nous restons quelques instants les visages collés l'un à l'autre, ma main posée sur son cœur qui bat à tout rompre.

Il me fait glisser sur le côté et m'enserre contre son torse. Son visage est dans mon cou, il m'embrasse encore et encore, comme s'il n'en avait jamais assez. Au bout de quelques minutes, je me redresse pour regarder l'heure sur son réveil. Je dois reprendre le travail dans trente minutes. À regret, je me lève et file jusqu'à la douche. Tête baissée en avant, je tiens mes cheveux pour éviter qu'ils soient trop mouillés ; je savoure les jets puissants qui martèlent ma nuque. Sans prévenir, le corps de mon amant se colle dans mon dos, ses mains prennent mes seins en coupe. Contre mes reins, son sexe trahit son désir, mais nous n'avons pas le temps pour repartir dans des ébats qui torrides. De mauvaise grâce, Adam consent à une douche « en tout bien tout honneur ». Le gel douche mousse entre nos mains et nous nous lavons réciproquement en évitant tout geste provocateur, tout juste évocateur parfois, pour gentiment aguicher l'autre. Finalement, nous terminons la douche, hilares, comme des gamins.

Sa voiture me dépose devant la porte de l'immeuble du cabinet ; je jette un œil à mon téléphone pour vérifier que je ne suis pas en retard, surprise de découvrir plusieurs appels et messages. Pourquoi n'ai-je rien entendu ? Gabriel m'a appelée deux fois et m'a écrit un SMS, puis Mandy m'a également appelée et laissé un message vocal. Je contrôle mes paramètres : le mode silencieux était activé. Voyant ma mine inquiète, Adam fronce les sourcils.

— Un souci ? Qu'est-ce qu'il y a ?

— J'ai plusieurs appels en absence, des SMS et un message vocal de Mandy.

Puis sans attendre, j'active la messagerie avec le haut-parleur.

« *Marylin, écoute, je ne sais pas ce qui se passe, je n'arrive pas à te joindre. Je suis bien embêtée : Gabriel est là, furieux, et il te cherche. Je lui ai dit que tu étais allée manger à l'extérieur, mais rien de plus. Rappelle-moi dès que tu peux.* »

— Mince ! lancé-je à Adam en déposant un baiser rapide sur sa bouche. Bon, écoute, je file, je vais être en retard.

— Attends ! Envoie-moi un mail ou texto dès que tu peux pour me tenir au courant. Je suis inquiet, j'espère que tu n'auras pas de souci.

Sans conviction, je hoche la tête ; mon sourire a laissé place à un visage crispé par l'angoisse. Quand je pénètre dans le cabinet, je m'empresse de questionner Mandy, faisant patienter quelques minutes dans la salle d'attente les premiers clients de l'après-midi.

— Mais que s'est-il passé ? Gabriel est venu jusqu'ici ? Il était dans quel état ?

— Il m'a dit qu'il était très inquiet, car il n'arrivait pas à te joindre. Donc comme il ne se trouvait pas loin, il est passé. Il a été surpris de ton absence, mais j'ai senti qu'il était agacé. Il a retenté de te laisser un message, et puis, après, il est parti sans rien me dire de plus.

Mon cerveau fonctionne à mille à l'heure pour essayer de trouver une excuse plausible en rapport avec mon absence. Sans perdre de temps, je prends mon téléphone et envoie un message.

* Gabriel, je suis au cabinet et Mandy m'a rapporté que tu étais passé. J'ai profité de ma pause de midi pour aller faire un peu de shopping. Je n'avais pas fait attention, mais mon téléphone était sur silencieux, donc je n'ai pas entendu tes appels. J'espère que tout va bien, À ce soir !

Sobre et court… J'évite de me lancer dans des explications abracadabrantes. Il serait plus que temps pour moi de prendre une sage décision, de trancher sur un choix clair, car cette situation fait de moi une de ces femmes que j'ai toujours détestées. Une épouse infidèle et menteuse. Je ne suis pas le genre de femme à cumuler une relation extra-conjugale en parallèle de sa vie de famille. Savoir mentir ne fait pas partie de mes talents, et je ne veux pas me trouver tiraillée entre deux histoires où je ne pourrais me sentir sereine ni dans l'une ni dans l'autre. Je n'ai pas pris un amant pour combattre la morosité dans mon couple défaillant, mais parce que cette histoire s'est imposée à moi, comme une évidence.

Mon âme est étirée de part et d'autre, entre le ciel et l'enfer, entre le bien et le mal, entre le faisable et l'impossible, entre l'acceptable et l'intolérable, entre la jouissance et la douleur.

Adam ou Gabriel ? Gabriel ou Adam ? Pourquoi l'amour fait-il si mal ? Et pourquoi la nature humaine a-t-elle le pouvoir de créer tant de douleur au nom de l'amour ?

Ma tête est à nouveau captive de cet étau impitoyable ; la fameuse migraine de la honte ressurgit de plus belle, l'enrobant de sa puissance malfaisante et algique. Mes mains sont prises de tremblements, car je sais que l'heure est grave. En revenant auprès de mon mari, j'ai repoussé l'échéance, ce moment où il faut m'armer de courage, faire face à mon comportement et surtout à ses conséquences et ses dégâts collatéraux.

Malheureusement, à cet instant, je n'ai pas le loisir d'entrer en introspection, prendre de la hauteur pour évaluer la situation. Les clients s'impatientent derrière la porte de mon bureau, et je dois remettre à plus tard mes pérégrinations mentales.

À la sortie du travail, j'invente tout un tas d'excuses pour ne pas rentrer directement chez moi. Courses, pressing, tout est bon à prendre pour reculer l'heure de la confrontation avec ma vie. Et si je n'étais vouée qu'à nulle autre destinée qu'un quotidien bien huilé de mère-épouse, tiraillée entre enfants boulot et maison ? J'aspire à un autre avenir, mais entre rêve et réalité, le pas est tellement grand parfois. Ce qui est cruel en fait, c'est que le choix des quelques mots que je risque de prononcer peut changer le cours d'une vie, et non seulement la mienne, mais également celle de ma famille. Est-ce de l'égoïsme que de privilégier mon bonheur et mes envies, au détriment d'un bouleversement familial ?

Je me désole : depuis quelque temps, je dois être la femme qui se pose le plus de questions à la minute. Désespérée, je me torture l'esprit en espérant trouver une réponse autour de moi, mais en fait, c'est en moi que je dois creuser. Et là, ce n'est plus une pelle qu'il me faut, mais une tractopelle pour se lancer dans des fouilles archéologiques jusqu'aux tréfonds de mon cerveau malmené.

Assise derrière mon volant, je suis garée à ma place habituelle devant la maison depuis cinq bonnes minutes. La voiture de Gabriel est là, il était censé s'occuper des enfants et de leurs activités cette fin d'après-midi.

Alors, on y est. La confrontation va avoir lieu, et je vais devoir m'expliquer, car je suis certaine que ses doutes sur ma fidélité sont réels. Pourquoi sinon serait-il venu jusqu'à moi ce midi, si ce n'est pour contrôler que je n'étais pas mal accompagnée ?

En dissimulatrice avertie que je suis désormais, je vérifie mon téléphone et surtout que j'ai bien effacé le message laissé à Adam tout à l'heure pour le rassurer.

Quand je pénètre dans la maison, tout est calme. Les filles sont à leurs activités respectives et Sacha fait ses devoirs, sous le regard attentif de son père.

— Bonsoir, comment vas-tu ma chérie ?

L'accueil chaleureux me surprend ; je pensais qu'il serait furieux et me questionnerait, mais non, il semble paisible.

J'embrasse Sacha puis Gabriel, dépose un baiser qui effleure à peine ses lèvres et me hâte vers la cuisine comme si les sacs que je porte étaient trop lourds. Va-t-il falloir que je m'explique sur mon absence à midi ? Comme aucune conversation ne s'engage, je préfère anticiper l'affrontement.

— Au fait Gabriel, je me suis rappelé ce matin, que mon petit magasin préféré déstockait ses produits, alors je suis allée faire un tour. Je n'ai rien trouvé de sympa, mais vu le temps superbe, j'en ai profité pour flâner tout en dégustant un sandwich. Dommage qu'on se soit ratés.

Pathétique, c'est le bon mot. Comment puis-je me perdre avec autant d'aplomb dans ce mensonge ? Mais c'est promis, je lui parlerai ce week-end, ce qui me laisse quelques jours pour réfléchir à quoi lui dire et comment.

— Pas de souci, Lyne je n'étais pas loin, donc je suis passé voir si tu voulais déjeuner avec moi. Mais j'aurais dû te prévenir avant. Bon, Sacha a terminé les devoirs, nous allons partir à l'entraînement ! Léna rentre avec la maman de sa copine et Clara sera là d'ici trente minutes !

Ils discutent tactiques de jeu tout en préparant leurs affaires et quelques minutes après disparaissent dans un claquement de porte, au pas de course car, comme très souvent, ils sont en retard pour l'entraînement de rugby.

Enfin seule, je m'affale sur le canapé. Il faut impérativement que je parle à quelqu'un. Mais à qui ? Les contacts de mon téléphone défilent sous mes doigts ; je clique sur un nom que je chéris.

— Allô, Carine, c'est Marylin. Je n'ai pas trop de temps, mais j'ai besoin de me confier, tu es disponible ?

— Oui bien sûr, tu n'as pas l'air d'aller bien, que se passe-t-il ?

Je lui confirme mon attirance viscérale pour Adam, les derniers rebondissements et ma peur de faire du mal à ma famille. Elle me laisse parler un long moment, puis prend la parole.

— Tu sais, je te connais depuis des années, et jamais je ne t'ai sentie aussi perdue. Tu es une femme droite et honnête, et le fait de te poser toutes ces questions prouve qu'il se passe quelque chose de grave. Toi seule peux prendre la décision de rester ou partir, mais n'oublie pas qui tu es, et surtout ce que tu veux faire de ta vie. Ton bonheur ne doit pas dépendre de celui des autres, mais du sens que tu veux donner à ta vie, et qui fera de toi une femme épanouie. Tu sais que, quelle que soit la voie que tu prendras, quelqu'un souffrira. Mais il faut aussi voir qu'il y aura des personnes qui trouveront en ta décision une vie meilleure. Donc cesse de penser au négatif, mais essaye de regarder le positif et surtout les perspectives d'avenir que ton choix induira.

Elle se tait un instant comme pour réfléchir.

— Ta décision sera la bonne, car ce sera celle que tu auras prise avec ton cœur, reprend-elle. Il ne faudra alors plus regarder en arrière, que ton choix se porte sur l'un ou l'autre, mais juste tout faire pour que ta vie retrouve l'éclat qu'elle mérite. Tu es une belle femme Marylin, aussi bien à l'extérieur qu'à l'intérieur, ne l'oublie pas, ne t'oublie pas.

Mon amie trouve toujours les mots pour panser les plaies de l'âme. Je l'aime tellement et elle m'est tellement précieuse que je loue le ciel de l'avoir auprès de moi.

Après de chaleureux remerciements, je lui promets de la tenir au courant et raccroche un peu vite : l'une de mes filles est de retour.

Chapitre 25
Le jour d'avant

Ce mercredi matin le travail nous accapare trop pour que je m'accorde un moment de réflexion. Je consulte la messagerie en fin de matinée et, une nouvelle fois, le nom d'Adam vient immédiatement faire frissonner mon épiderme.

« *Ma chère Marylin, j'ai tellement envie de te serrer dans mes bras. Chaque seconde passée loin de toi est une seconde perdue. J'ai encore en tête notre pause-déjeuner d'hier et j'aimerais vraiment qu'on se retrouve à midi pour qu'on puisse discuter. Promis pas de repas chez moi, juste un petit resto en tête-à-tête ! À tout à l'heure, j'espère. Je t'embrasse tendrement, mais pas seulement. Adam* »

Quel don fabuleux que de m'embraser à distance, avec ses mots et son ton bien à lui ! Je ne peux lui résister, mon corps est addict au sien. Je me comporte comme une droguée en manque de sa présence, ce qui me semble bien pire. Mais ce repas sera sage et parler avec Adam apaisera sûrement mon cœur tout chamboulé.

« *Bonjour, Adam, je partagerais avec plaisir un moment avec toi ce midi, à tout à l'heure.* »

Une réponse quasi immédiate arrive.

« *Toi, tu sais me rendre heureux ! Quand je te dis que tu es la femme faite pour moi, je confirme que je n'ai pas tort ! Je t'attendrais en bas dans ma voiture.* »

Et comme à chaque contact avec lui, je me sens pousser des ailes et des picotements délicieux me parcourent le dos… et pas seulement, comme dirait l'homme de tous les dangers.

L'horloge du cabinet indique midi pile ; je file sans attendre, me retenant de courir. Ah, l'adolescente amoureuse n'est jamais loin !

Mon regard part à la recherche de mon carrosse du jour et il me faut seulement quelques secondes pour l'apercevoir : je m'empresse de me faufiler à l'intérieur.

L'odeur de l'homme qui me fait tourner la tête emplit l'habitacle. Quand je suis près de lui, mes doutes s'envolent, sa présence dissipe tous les tourments qui me rongent.

Discrets, nous échangeons un furtif baiser. Et tout aussi rapidement, Adam démarre pour nous conduire dans un petit resto italien, toujours situé dans le vieux Lyon, notre quartier préféré de cette belle ville.

Pendant le repas, nos jambes se frôlent, nos mains se cherchent, nos yeux s'accrochent et nous discutons cependant de tout et de rien. Interdiction absolue de gâcher ce moment avec mes questionnements incessants. Les mots de Carine résonnent encore en moi.

Vis, vis pour toi !

Et je décide que ce déjeuner sera une parenthèse enchantée dans une journée ordinaire.

Nous passons un très agréable moment, à parler de nous, de nos envies, de nos rêves. Avec Adam, je me sens importante ; mes idées et mes avis l'intéressent, il m'écoute avec attention, me regarde avec les yeux qui brillent. J'aime la femme qu'il fait rejaillir de moi, une femme douce et maline, mais également sensuelle et désirable.

Adam règle l'addition et me prend le bras pour m'aider à me lever. Nos doigts entremêlés, nous rejoignons la voiture comme deux amoureux, main dans la main. La rue pavée est propice pour se tordre la cheville, j'en profite pour assurer ma démarche en m'agrippant fermement à lui. Je l'observe, cet homme incroyable bien trop beau pour moi. Puis soudain, lorsque nous atteignons le parking, je vois son visage se crisper. Son regard se fixe droit devant lui. Lorsque je tourne la tête dans la même direction, je blêmis également. Sa voiture a été vandalisée, les quatre pneus crevés, les essuie-glaces arrachés, les rétroviseurs pendant lamentablement.

— Merde alors, mais c'est quoi, ce bordel ? rugit-il.

Adam passe sa main dans les cheveux dans un geste de colère, il cherche autour de lui un éventuel responsable, observe les autres voitures aux alentours. Mais seule la sienne semble avoir subi des dégâts.

Il me regarde avec un air contrarié, soupire, jette un œil à sa montre.

— Je vais t'appeler un taxi pour qu'il te ramène au boulot. J'irai déposer plainte puis je me chargerai d'appeler l'assurance.

— Je suis vraiment désolée. Qui a pu faire une chose pareille ?

— Je ne sais pas, déplore-t-il, mais j'ai très envie de retrouver le responsable. Mais tu sais, c'est peut-être un malencontreux hasard ou… quand on est avocat, on ne se fait pas que des amis.

Sa réponse me fait frissonner. Mince alors, cela peut aussi signifier que quelqu'un lui voudrait du mal et nous aurait suivis ?

— Ne t'inquiète pas, ce n'est que de la carrosserie. Même si ce n'est pas super réjouissant, ce n'est pas grave, je t'assure.

Dix minutes plus tard, le taxi est là et me reconduit au cabinet. Durant tout le trajet, je reste perplexe face à cette destruction.

Quel client mécontent pourrait lui en vouloir au point de détériorer sa voiture ? À moins qu'il ne s'agisse de l'acte isolé d'un déséquilibré.

Régulièrement dans l'après-midi, je repense à l'incident, et ça m'angoisse. J'envoie un texto à Adam. Sa réponse arrive vite : il est allé déposer plainte, son assurance lui a trouvé un garage qui prend en charge ses réparations et lui prête un nouveau véhicule. Puis je reçois un nouveau petit message, bien plus guilleret dans lequel il me dit que notre déjeuner fut un pur bonheur pour lui et qu'avec moi il est heureux. Ces mots font gonfler mon cœur de joie puisque je ressens exactement la même chose.

L'évidence est là, au creux de mon ventre, sur le bout de mes lèvres, prête à jaillir. C'est lui et uniquement lui que je dois choisir. Mon cœur ne peut pas se séparer en deux et Adam a pris toute la place. Gabriel est la raison, Adam la passion. Je ne me vois plus faire semblant et mentir à Gabriel.

C'est décidé, ce week-end, je demanderai à ma mère de s'occuper des enfants, et je parlerai à Gabriel. Ma décision est prise, enfin. C'est la bonne et je ne reviendrais plus dessus. Un poids énorme quitte mon corps. J'aime Adam, je veux Adam. Mais je ne vais pas le prévenir tout de suite, je lui ferai la surprise dès que j'aurai averti l'homme avec qui je suis mariée.

À la maison, ce soir, l'ambiance est étrange. Cela doit probablement venir de cette nouvelle détermination qui m'anime. J'essaye d'éviter de me retrouver seule avec mon mari pour l'instant ; rester distante s'avère relativement facile tant Gabriel est taciturne. Une fois les enfants couchés, je m'octroie un long moment à lire dans mon fauteuil, laissant mon conjoint se coucher seul. Il ne doit pas apprécier que je ne l'accompagne pas et, au moment où il me dit bonsoir, son regard est encore plus sombre que ces derniers jours.

Je profite du calme du salon juste éclairé d'une lumière douce, mon roman sur mes genoux, mais l'esprit ailleurs. Je regarde le titre de mon livre et je souris : « Au premier jour »… serait-ce une prémonition ? Le premier jour d'une nouvelle vie qui se profile ? Il n'est pas loin de minuit quand je vais me coucher ; la respiration lente et régulière de Gabriel m'assure qu'il dort profondément et j'en suis soulagée.

Jeudi est égayé par quelques échanges de mails et de textos avec Adam. Il m'annonce qu'il peut récupérer sa voiture samedi et qu'il espère passer un moment avec moi très rapidement. Je n'évoque pas mon projet d'annoncer ce week-end ma décision de quitter Gabriel, car je sais que cela le stresserait. Je temporise ses élans à me voir en arguant une fin de semaine chargée. Mais il n'est pas dupe, il a compris que je ne veux pas me sentir oppressée. Il m'assure simplement qu'il est là, sans jamais être envahissant, et qu'il est prêt à m'attendre le temps qu'il faudra.

À mesure qu'avance le vendredi, mon moral décline. L'heure tourne et je me prépare à affronter une épreuve très compliquée. Dans ma tête, j'élabore tout un tas de phrases, afin de pouvoir me confronter à Gabriel, et surtout garder le cap, cette fois.

Demain matin, je passerai chez ma mère, je lui expliquerai la situation. Ça va être un choc, elle ne s'y attend pas du tout. J'espère qu'elle acceptera de garder les enfants dimanche. Samedi après-midi, le rugby va occuper les hommes de la maison, la grande mise au point aura donc lieu dimanche.

∞∞∞∞∞∞

Voilà, c'est fait. Maman est au courant du tournant que va prendre mon couple. Elle a d'abord été abasourdie, a pleuré sous le choc de l'annonce. Je ne lui mens pas ; de toute façon ma mère me connaît tellement qu'elle verrait tout de suite si je lui dis la vérité ou pas. Dans un débit de paroles plus rapide que je ne l'aurais souhaité, je lui explique que je perds mon identité dans cette vie que je mène auprès de Gabriel, que je suis devenue transparente et surtout juste une intendante pour lui. Je lui raconte également mon attachement pour Adam, et que je n'agis pas sur un coup de tête. Étouffant un sanglot, je lui jure que j'ai tenté de résister, de poursuivre ma vie en oubliant mon amant. Tête basse, je lui assure que ceci m'a été impossible et que je ne ressens plus d'amour pour mon mari. Et enfin je la rassure, lui promettant que quoiqu'il arrive mes enfants resteront ma priorité et je ferai tout ce qui est en mon possible pour qu'ils ne souffrent pas trop de cette séparation à venir. Je craque sous le coup de l'émotion, et ma maman adorée m'offre le réconfort de ses bras. Elle me console comme lorsque j'étais une petite fille, me caressant les cheveux et me susurrant des petits mots doux que seule une maman peut dire à son enfant.

Cette fois, je ne reculerai pas. Maman viendra chercher les enfants demain en fin de matinée et les emmènera passer la journée dans un parc zoologique ; ils adorent s'y promener.

Samedi après-midi, les filles sont tranquilles dans leur chambre, Gabriel et Sacha au rugby. Je tourne comme un lion en cage, à la fois angoissée et pressée d'être demain pour pouvoir me sentir honnête avec tout le monde. J'ai besoin de soutien, cette maison est trop silencieuse. J'appelle Carine, mais je tombe sur son répondeur. J'aimerais tellement entendre la voix d'Adam pour me donner du courage. Je suis seule, qu'est-ce que je risque à l'appeler ? Je m'enferme dans ma chambre et compose le numéro de « l'autre Carine ». Mon cœur bat la chamade, comme une enfant qui sait pertinemment qu'elle fait une bêtise. Mais pas de chance, je tombe sur sa boite vocale.

— Bonjour, Adam, j'avais juste besoin d'entendre ta voix. Bon, ce n'est pas grave, tu dois être occupé. Je suis seule jusqu'à dix-huit heures, au cas où tu pourrais me rappeler. Mais sinon, ne t'inquiète pas, il n'y a rien d'important. Je t'embrasse.

Je m'apprête à raccrocher puis ajoute tel un aveu :
— Tu me manques.

Un petit pincement au cœur me fait grimacer. Entendre quelques instants la voix d'Adam m'aurait tellement soulagée.

À dix-huit heures, Sacha et son papa rentrent boueux du sport. Pas d'appel d'Adam. J'espère qu'il ne va pas tenter de m'appeler maintenant qu'ils sont de retour.

Trente minutes plus tard, la sonnerie de mon téléphone me fait sursauter alors que je suis dans la cuisine. Pétrifiée, je prie pour que ce soit Adam. Mais non, un numéro inconnu.

— Qui est-ce ? me demande Gabriel.

— Je ne sais pas, un numéro que je ne connais pas. Sûrement encore un démarcheur.

La soirée se passe tranquillement. Je m'occupe en lisant tandis que Gabriel regarde du sport à la télévision. Les enfants sont ravis de passer leur journée de demain avec leur grand-mère, ils savent qu'elle va les choyer et bien trop les gâter.

Je manque cruellement de concentration sur ma lecture. Ce samedi est certainement le dernier que je passe « en famille » avant le grand chamboule-tout. Ma vie maritale s'achève ici, je ne ferai sans doute plus jamais l'amour avec mon mari. Au fond, cette idée me soulage, car je n'en ai plus du tout envie. J'ai annoncé à Gabriel que nous serons seuls demain et que nous aurons une discussion. Son comportement envers moi est assez étrange, comme s'il me regardait de haut, un peu dédaigneux. Cette attitude qui ne lui ressemble pas m'étonne. Mais j'imagine que c'est ainsi qu'il se protège, qu'il a peut-être compris que notre histoire touchait à sa fin.

Après une nuit sans sommeil, je me lève tôt. J'ai besoin de prendre l'air, et pendant que tout le monde est encore couché, je sors me balader. L'air frais me revigore, je marche sans but durant de longues minutes, essayant de me vider la tête. Mon téléphone presque à court de batterie est resté branché à la maison. Dommage, j'en aurais bien profité pour rappeler Adam. S'il savait ce que je m'apprête à faire, il me serait certainement d'une grande aide psychologique.

Il est huit heures lorsque je réintègre mon domicile ; la maison est toujours aussi calme. Je m'emploie à confectionner un bon déjeuner pour toute la famille. Je prépare les bricoles dont les enfants auront besoin pour la journée. Dans le silence de l'aube qui se lève, pelotonnée sur le canapé, attendant que la maisonnée s'éveille, mes mains se réchauffent, enserrant mon mug de thé bouillant. Le regard perdu à travers la baie vitrée, je caresse des yeux ce jardin que j'adore. Des souvenirs heureux me reviennent en mémoire et mon cœur tombe en miettes. Une larme s'échappe et glisse avec langueur sur ma joue. Des bruits de pas dans l'escalier me forcent à me ressaisir. Les filles descendent, organisant déjà leur journée, se chamaillant gentiment la place à l'avant de la voiture. J'entends Gabriel qui réveille Sacha et, cinq minutes plus tard, les enfants sont attablés devant le petit-déjeuner, se délectant avec gourmandise de chocolats chauds, tartines de confiture sur le pain encore chaud que j'ai ramené de ma sortie matinale et jus d'oranges fraîchement pressées. L'ambiance qui règne autour de la tablée me bouleverse ; les prochaines heures risquent malheureusement de voir s'envoler cette insouciance. Gabriel, très peu loquace, café dans une main, téléphone dans l'autre, semble absorbé par les informations émanant de son Smartphone. Nos regards se croisent furtivement, mais aussitôt, le visage impassible, il replonge le nez sur son écran. Le bruit de pneus qui crissent sur le gravier me fait tendre l'oreille. Ma mère arrive ; les enfants se dépêchent d'aller se préparer. Ma poitrine est de plus en plus oppressée, l'instant fatidique s'approche dangereusement…

Chapitre 26
Séisme

— Au revoir, les enfants, à ce soir ! Passez une belle journée !

J'embrasse tour à tour toute ma tribu qui s'engouffre dans la voiture de ma mère. Tout à l'heure, maman m'a interrogée du regard pour savoir si j'avais déjà parlé à Gabriel. Je lui ai fait signe que non.

— Prends garde à toi, ma chérie, courage. Je serai toujours là pour toi, me confie-t-elle en me serrant dans ses bras.

Je l'aime tellement. Les larmes me montent aux yeux, mais je ne les laisse pas m'envahir. La voiture s'éloigne ; je remonte l'allée et ferme la porte derrière moi avant de m'y appuyer pour recouvrer un semblant d'aplomb. Allez, cette fois, on y est. La maison résonne d'un silence étourdissant. Je me sens nauséeuse et angoissée. Gabriel, installé au salon avec un magazine, est étonnamment silencieux.

Les jambes tremblantes, je m'approche, me racle la gorge ; il est l'heure de s'engouffrer dans l'arène. Malgré le stress qui me coupe le souffle, j'inspire un grand coup et me force à l'affronter.

— Gabriel, je peux te parler ?

Il lève la tête vers moi, sans sourire, sans montrer d'autre émotion qu'un profond agacement.

— Je t'écoute.

Il délaisse son livre, prend une pose détachée, les mains derrière la tête, les jambes allongées sur la table basse. Décidément, il est carrément bizarre. Pourtant il sait que je vais lui parler d'un sujet épineux.

— Je ne sais pas si tu te doutes de ce que je vais te dire, débuté-je en me frottant mes mains moites.

Il me regarde en fronçant un peu les sourcils et hausse les épaules comme pour dire non. D'évidence, il n'est pas décidé à me faciliter la tâche. Il n'est d'ordinaire pas très bavard, mais j'ai l'étrange sensation que là, il se joue de moi. M'armant de courage, debout face à lui, je poursuis cependant.

— Gabriel, j'ai essayé, tu sais. Je ne te mens pas, j'ai vraiment essayé de reprendre le cours de notre vie après m'avoir dit de partir pour réfléchir. Mais malheureusement, je crois que quelque chose s'est brisé entre nous. Je n'arrive pas à retrouver notre complicité d'avant. Et surtout, je ne peux pas aller contre les sentiments qui m'animent. Je ne peux plus faire semblant de t'aimer, Gabriel, alors que ce n'est plus le cas. Enfin, plus assez pour me battre afin que notre couple perdure. Je suis vraiment désolée, mais je pense qu'il est préférable que l'on se sépare.

Voilà, c'est dit. Je n'ose pas le regarder, je ne sais pas quelle tête il fait. Je me concentre sur mes pieds, comme s'ils pouvaient venir à mon secours. Ma tête bourdonne ; je suis proche du malaise, ma bouche est complètement sèche, mon estomac se contracte. L'attente d'une réaction devient insupportable. Je relève mon visage et me fige quand je vois son sourire quasi diabolique. L'homme qui me scrute de pied en cape m'effraie ; je ne reconnais plus mon mari dans la voix haineuse qui s'exprime enfin.

— Tu crois que je ne t'ai pas vue venir peut-être ? Tu te fous de ma gueule depuis des semaines et tu imagines que je vais pleurer et me jeter à tes pieds pour te retenir ? Tu pensais peut-être que j'étais trop con pour ne pas comprendre ton manège ? Tu n'es qu'une belle salope !

Je chancelle sous le choc de sa réponse agressive et vulgaire. Cet homme que j'ai en face de moi n'est définitivement pas celui que j'ai aimé et épousé. Je lis une froideur terrifiante dans son regard, et le sourire qui étire ses lèvres ne monte pas jusqu'à ses yeux.

— Mais Gabriel, ne me parle pas ainsi. Je ne te reconnais pas…

— Tu crois que je te reconnais, toi ? Tu fais la putain avec un autre mec, tu me fais cocu ! Et tu crois que je vais pleurer ? hurle-t-il sans me laisser terminer.

Il fulmine maintenant, les yeux exorbités et le visage métamorphosé par la colère.

— Tu me dégoûtes, Marylin. Je t'ai vue mercredi. Je suis venu à midi, car je pensais te faire une surprise. Mais je me doutais aussi que tu voyais quelqu'un. Alors, quand je t'ai observée monter dans cette voiture avec ce type, tu imagines ! J'aurais dû t'interpeller, mais j'étais encore naïf, je pensais que c'était peut-être un rendez-vous professionnel. Je me suis contenté de vous suivre. J'ai vite compris que tout cela n'avait rien à voir avec ton travail. Merde, je t'ai offert une chance de revenir vers moi et toi, tu me trompes encore ! Je l'ai vu te toucher dans sa bagnole, te sourire, t'embrasser. Tu n'oserais pas nier, j'espère ?

Tout à coup, je comprends.

— Gabriel, c'est toi qui as vandalisé sa voiture ?

Il se lève d'un bond, se plante à un mètre de moi et éclate de rire, comme pris de démence. Il me terrifie.

— Tu veux ta liberté pour aller baiser avec lui ? Ce n'est pas toi qui la prends, c'est moi qui te la donne ! J'espère qu'il te saute bien au moins, parce que moi, je ne veux plus te voir !

Cette fois, c'est plus que ce que je ne peux supporter. Les larmes jaillissent, je n'arrive plus à respirer correctement. Jamais de la vie, je n'aurais pensé que les choses se passeraient ainsi.

Certes, je l'ai trompé, mais je ne soupçonnais pas qu'il puisse réagir de cette manière. On croit connaître les gens, mais non, la douleur ou la frustration peut faire dire des choses terribles.

— Gabriel, calme-toi. Il faut qu'on essaye de se comporter intelligemment, surtout par rapport aux enfants. Je reconnais mes torts et je suis vraiment désolée de te blesser. Je comprends que tu sois en colère. Mais malheureusement, il y a des émotions et des sentiments qu'on ne peut pas maîtriser. Je t'en prie, laisse-moi le temps d'expliquer la situation aux enfants quand ils rentreront ce soir. Il faut qu'on organise la suite afin qu'ils ne soient pas trop perturbés par la séparation.

— Intelligemment ?! Alors que tu empestes l'odeur d'un autre ?! Non, c'est moi qui me casse. Je m'installe dans le petit appartement au-dessus du garage le temps que tout cela se tasse. Je ne veux plus te croiser dans mon quotidien. Tu sais, je suis peut-être débile, mais pas aveugle. Et j'ai bien compris, depuis que tu es revenue de ce week-end, que je te dégoûtais. Je me demandais juste combien de temps tu allais t'enliser dans le mensonge. Mais je savais que ça ne durerait pas, tu es incapable de mentir sans que cela se remarque comme le nez au milieu du visage. Donc tu vois, je me suis préparé. J'ai même déjà emporté des affaires à moi, là-bas.

Abasourdie, je réalise qu'il savait depuis un moment ma relation avec Adam, qu'il me suivait, qu'il avait détruit sa voiture par pur esprit de vengeance. Je n'arrive même plus à réfléchir, moi qui pensais devoir le consoler, je me retrouve face à un homme blessé en furie, capable d'une violence verbale dont j'ignorais la puissance.

— Tu as autre chose à me dire ?

Il me toise d'un regard froid, puis me voyant amorphe et muette, part s'enfermer dans la chambre. Il ressort quelques minutes après avec un sac de sport dans lequel il a sans doute glissé des effets personnels. La porte de la maison claque ; il est parti sans un mot de plus…

Je reste là, seule, immobile, dans cette maison vide. Je ne comprends pas ce qui s'est passé. Cet homme ne peut pas être mon mari, l'homme que j'ai aimé pendant des années ! Jamais je ne l'avais vu réagir avec tant de véhémences et d'agressivité surtout à mon égard. Je peux tout à fait concevoir qu'il soit en colère, qu'il me déteste mais je ne pensais pas que j'aurais eu à subir une telle déferlante d'injures.

Et puis il y a cette histoire de voiture. Il n'a pas démenti l'avoir détériorée, et j'ai même lu de la jouissance dans son regard, lorsque je lui ai posé la question. Je vais devoir expliquer à Adam qui est le responsable de cet acte de vandalisme. Mais je m'inquiète, car ceci signifie qu'il sera sans doute poursuivi pour répondre de ses méfaits devant la justice. Le père de mes enfants risque de se retrouver avec un casier judiciaire. Je ne sais pas quoi faire. Mon premier réflexe est de composer le numéro de ma mère, mais je me rétracte. Les enfants sont avec elle et je ne veux pas qu'ils apprennent la séparation de leurs parents par la bouche d'une autre personne que moi.

Quoiqu'il en soit, je dois informer Adam, j'ai plus que jamais besoin d'entendre sa voix, de recevoir une once d'amour au milieu de cette déferlante de haine. Mon doigt compose fébrilement son numéro. Mais les sonneries s'enchaînent et, déçue, je tombe sur son répondeur.

— Bonjour, Adam, j'espère que tu vas bien. Il faudrait vraiment que je te parle rapidement. Tu peux me rappeler dès que tu as ce message, je suis seule. À très vite.

Je sais qu'il va rappeler très vite, mon message va sans doute l'inquiéter. En attendant, je tourne en rond en me demandant ce que j'expliquerai aux enfants ce soir et comment m'y prendre pour trouver les mots justes. Gabriel reviendra-t-il à la maison ? Je n'arrive à anticiper aucune suite à cette débâcle ni quelle organisation s'instaurera pour les enfants. J'espère que la colère de mon mari va vite retomber et que l'on pourra agir en toute intelligence, ne serait-ce que pour leur bien-être.

Les minutes passent et toujours aucun signe d'Adam. Je soupire, regarde mon téléphone pour vérifier si je n'aurais pas loupé son appel. À ma grande surprise, je découvre que le numéro qui m'a appelée hier a encore tenté de me contacter ce matin, deux fois, sûrement quand je suis sortie ou pendant notre dispute car je n'ai pas entendu de sonnerie. Intriguée, j'affiche le numéro et décide de le joindre pour découvrir l'identité de cette personne. Ça décroche dès la deuxième sonnerie. Une voix d'homme que je ne reconnais pas me répond.

— Bonjour, j'ai vu que vous avez essayé de me joindre plusieurs fois. Puis-je savoir à qui j'ai à faire ?

— Marylin ?

Surprise que mon interlocuteur m'appelle par mon prénom je reste quelques secondes sans répondre puis, intriguée, je reprends.

— Oui, c'est moi, qui êtes-vous ?

— Bonjour, je suis Jason. Je ne sais pas si vous vous souvenez de moi, je suis le frère d'Adam.

Mon cœur se met à battre très vite, des sensations très désagréables me transpercent, annonciatrices d'un pic d'anxiété. Pourquoi Jason m'appelle-t-il ? Pourquoi Adam, lui, ne me répond-il pas ?

— Oui bien sûr je me souviens de vous...

Le temps d'une seconde, je me remémore avoir fait l'amour chez lui avec Adam, pendant son absence. Mais évidemment, je m'abstiens de lui raconter ce qui me passe par la tête.

— ... Que se passe-t-il ? Où est Adam ?

Ma voix tremble, je sais qu'un événement grave va survenir, c'est viscéral, je le sens. Le silence d'Adam est anormal depuis hier, quand j'y repense.

— Marylin, est-ce que je peux vous parler, êtes-vous seule ?

— Oui, oui, je suis seule, allez-y, je vous écoute, dis-je anxieuse.

Jason reste muet quelques instants, comme s'il cherchait ses mots, ce qui m'inquiète encore plus.

— Adam a eu un accident. Là, je suis à l'hôpital à son chevet. C'est grave, il est actuellement dans le coma.

Chapitre 27
Le choc

Un sifflement strident envahit ma tête, un poumon vient de m'être arraché, mes jambes ne répondent plus et je me retrouve au sol sans savoir ce qui m'arrive. J'entends Jason qui m'appelle.

— Marylin ! Marylin, vous m'entendez ? Allô ?

Non, j'ai du mal comprendre, ou alors je poursuis mon avancée dans ce cauchemar qu'est devenue ma matinée. Je ramasse mon téléphone qui m'a échappé dans ma chute et le regarde comme si c'était la première fois que je le tenais dans mes mains. Jason continue de m'appeler. J'arrive à rapprocher l'appareil de mon oreille.

— Que s'est-il passé ? Comment va Adam ? Où est-il ?

J'ai besoin de tout savoir tout de suite et surtout où est l'homme que j'aime.

— Adam est à l'hôpital Edouard Herriot, en service de réanimation. Il a eu un accident de voiture hier et depuis, il n'a pas repris connaissance, m'annonce Jason.

— J'arrive !

Mon cerveau ne réfléchit plus. Je récupère mon sac et pars en courant. J'ai du mal à voir la route. Les larmes forment un voile flou, mais je roule à vive allure, oubliant la limitation de vitesse et la signalisation. J'entends bien quelques coups de klaxons et des freinages intempestifs, mais la seule chose à laquelle je pense est de retrouver Adam au plus vite.

Une fois ma voiture garée, je cours jusqu'au bureau des admissions pour demander la direction du service de réanimation. Puis toujours comme une folle, je reprends ma course. Un panneau écrit « Service de Réanimation » surmonte une double porte battante. Je la pousse, déjà à la recherche d'un membre du personnel soignant pour me renseigner. Et tout à coup, après avoir arpenté plusieurs couloirs, je reconnais un visage. Celui de Jason, qui vient à ma rencontre. Les traits tirés et les gestes gauches, il ose à peine poser sa main sur mon épaule.

— Bonjour. Adam est dans cette chambre. Je dois te prévenir : tu risques d'être choquée. Il est en vie, c'est un miracle quand on voit sa voiture, mais il a de graves blessures.

Je note que Jason m'a tutoyée alors qu'il me vouvoyait au téléphone tout à l'heure. Je hoche la tête, chancelante, incapable de parler. Puis, après une profonde respiration, j'ouvre la porte de la chambre, Jason sur mes talons.

Adam est allongé dans le lit. Enfin, j'imagine que c'est lui, il m'est impossible de le reconnaître. Je ne vois qu'un grand corps alité, cerné d'un tas de machines qui émettent des bips affreusement terrifiants. Sa tête est entourée d'un gros bandage, son bras gauche enveloppé dans une attelle. Je ne discerne pas le reste de son corps recouvert par un drap. Mon regard est obnubilé par cet énorme tuyau qui entre dans sa bouche, puis s'attarde sur sa poitrine qui se soulève au rythme d'une machine bruyante à ses côtés.

J'ai peur d'avancer jusqu'au lit. Jason me prend par les épaules. Ensemble, nous nous approchons. Mes mains se posent sur le lit, mais je n'ose pas le toucher. Si sa poitrine n'effectuait pas ces mouvements, on pourrait penser qu'il est mort. Ses magnifiques yeux aux couleurs d'or ne me lancent pas ce regard que j'aime tant, mais restent clos.

La porte de la chambre s'ouvre et un médecin entre, accompagné d'une infirmière.

— Si vous voulez nous laisser un moment, nous devons l'examiner et faire des soins, s'il vous plaît.

Nous respectons la demande de l'infirmière et sortons de la chambre.

— Viens, je vais te payer un café et t'expliquer ce que je sais.

Nous déambulons quelques minutes dans les couloirs avant d'atteindre la cafétéria, Jason en tête, ce qui me permet de l'observer. Il a des ressemblances certaines avec Adam, mais son physique n'est pas aussi éblouissant à mes yeux. Il est un peu moins grand, mais très musclé aussi. Ses cheveux bruns encadrent un visage plus rond que celui d'Adam, ses yeux foncés ne possèdent pas l'hypnotisme de ceux de son frère. Mais je retrouve dans son visage des expressions d'Adam, et être auprès de lui me rassure.

Installés à une table, nous nous regardons intimidés, nos cafés devant nous que nous n'osons boire. Les questions qui me brûlent les lèvres finissent par sortir, dans un murmure, comme un terrible secret.

— Mais qu'est-ce qu'il s'est passé ? Un accident de voiture c'est ça ? Et comment as-tu pensé à m'appeler ? le questionné-je.

— Tu sais, Adam est fou de toi. Il me parle de toi sans cesse, je ne l'ai jamais vu aussi amoureux de quelqu'un. Quand il a eu son accident hier, nous étions ensemble au téléphone, Adam avait activé le Bluetooth de sa voiture. J'ai donc vécu l'accident en direct.

L'émotion le submerge et l'oblige à s'arrêter. Je pose ma main sur la sienne pour lui dire que je comprends ce qu'il ressent. Puis il reprend.

— En fait, il venait de récupérer sa voiture au garage. Je crois que tu sais qu'elle avait été vandalisée quelques jours auparavant.

Mon visage vire au cramoisi. Je repense au rictus vicieux de Gabriel quand je lui ai demandé s'il était responsable des dégâts sur la voiture. Jason hausse les sourcils en voyant ma réaction.

— Jason, je crois savoir qui a abîmé sa voiture. Je suis persuadée que c'est mon mari. J'ai eu une violente dispute ce matin avec lui et il m'a dit qu'il nous avait suivis, ce jour-là. Et il n'a pas démenti quand je lui ai demandé s'il était responsable de ce qui s'était produit.

— OK. Eh bien, il a effectivement des réactions assez virulentes cet homme ! soupire Jason.

Oh, il n'imagine même pas combien il a raison et le mot « virulent » me semble bien en dessous de la réalité.

— Raconte-moi la suite s'il te plaît. Je veux savoir ce qui est arrivé à Adam.

— Samedi, en fin de matinée, il a récupéré sa voiture réparée, et nous devions manger ensemble à midi. Il m'a donc appelé pour me dire qu'il avait enfin son véhicule et pour savoir où il devait me retrouver. On discutait quand, tout à coup, je l'ai entendu jurer. Puis il s'est mis à crier qu'il ne pouvait pas freiner… et j'ai entendu un énorme fracas. Ensuite, plus rien. Je crois que je n'ai jamais eu aussi peur de toute ma vie. J'ai géolocalisé son téléphone et appelé immédiatement les secours. Puis je me suis rendu sur place. Quand je suis arrivé, le SAMU venait de le prendre en charge. Sa voiture a percuté la rambarde de sécurité et a fait sans doute des tonneaux, car elle était dans un sale état. J'ai réussi à récupérer son téléphone et j'ai donc pu retrouver ton numéro pour te prévenir. Je t'ai appelée hier, mais tu ne m'as pas répondu. Je n'ai pas osé te laisser de message ni utiliser le portable d'Adam parce qu'il me disait qu'il devait rester discret vis-à-vis de ta famille.

— Et tu en sais plus sur l'étendue de ses blessures ? Ce coma, ce n'est pas normal ! Les médecins en pensent quoi ? m'inquiété-je, complètement blême, après les explications de Jason.

— Les airbags se sont déclenchés et Adam leur doit certainement la vie. Il a un traumatisme crânien et l'épaule gauche luxée, sans compter mal d'ecchymoses un peu partout à cause du choc. Les examens qu'il a passés hier étaient rassurants concernant sa colonne vertébrale. Le plus inquiétant, c'est donc le choc qu'il a reçu à la tête. Il avait son ordinateur sur le siège passager, et dans l'accident c'est probablement ça qui lui a cogné le crâne. Il y a un petit hématome intracrânien qui expliquerait son coma. J'ai discuté avec le médecin avant que tu arrives, il pense qu'il est sorti de la phase critique, mais ne sait pas quand il retrouvera un état de conscience normal. Ça peut arriver aujourd'hui comme dans quelques jours, voire des semaines ou plus…

Mes larmes coulent, je me sens si impuissante et j'ai tellement peur de le perdre.

— Allez viens, on va voir si les soins sont terminés. Ah, il faut aussi que je te dise : sa fille et son ex-femme devraient arriver d'ici un petit moment.

L'appréhension me gagne. Je vais donc rencontrer sa fille dans ces conditions horribles. Je crois qu'on ne peut pas faire moins bon timing. Peut-être devrais-je m'éclipser avant leur arrivée ?

— Jason, ce matin, j'ai expliqué à mon mari que je le quittais. Je voulais annoncer cette nouvelle à Adam aujourd'hui. Mais vu les circonstances…

Il s'arrête et me regarde avec un petit sourire qui dénote dans ce moment douloureux. Il me prend dans ses bras.

— Je suis persuadé que cette nouvelle sera fabuleuse pour lui, car il me disait qu'il s'inquiétait pour toi et qu'il avait peur que tu ne veuilles pas t'engager avec lui. Je suis certain que si tu lui annonces que tu as quitté ton mari, cela le stimulera à reprendre connaissance.

Les paroles de Jason me redonnent de l'espoir. J'aime Adam, au-delà de toute raison, au-delà de sa fille et son ex-femme, et je suis vraiment heureuse de découvrir que son frère est un homme bon, même si le contexte est déplorable. Un lien fraternel se tisse entre nous. Nous allons lutter ensemble au chevet d'Adam ; à deux, nous serons plus forts.

Dans la chambre, les soins se poursuivent et s'éternisent. Nous patientons dehors et je m'impatiente en ruminant. J'essaye de comprendre pourquoi Adam a eu cet accident alors que sa voiture sortait du garage.

— Jason, demandé-je soudain, la voiture d'Adam est bien entretenue ? Il avait négligé ses révisions ? Pourquoi a-t-il eu ce souci de freins ?

Jason secoue la tête, le visage paré d'incompréhension.

— Si tu le connais un peu, tu sais que c'est un homme quelque peu maniaque et qui prend soin de ses affaires, me confirme-t-il. Je sais qu'il l'avait fait réviser il y a quelques semaines. Ce qui rend encore plus étrange cet accident. La police est venue sur les lieux de l'accident quand j'étais sur place. Ils m'ont demandé de passer au poste hier, en fin d'après-midi. Ils sont étonnés qu'il n'y ait aucune trace de freinage au sol. Il va y avoir une enquête et une recherche de témoin.

La porte de sa chambre s'ouvre. L'homme en blouse blanche s'approche de nous.

— Vous êtes de la famille ? me demande le médecin.

— Je suis… sa petite amie, annoncé-je faiblement, prise au dépourvu et rougissante de cette réponse un peu prématurée à mon goût.

— L'état de Monsieur Leclerc est stable. Je pense qu'il a passé la phase critique. Cependant, pour l'instant, il n'est pas encore capable de respirer seul, même si on commence à noter une petite amélioration. Tous les examens complémentaires que nous avons faits sont rassurants. Nous allons lui faire repasser un scanner pour contrôler si l'hématome se résorbe bien. Si les résultats sont bons, nous envisagerons alors d'ôter le respirateur pour passer à un système moins invasif.

— Merci, docteur, répond Jason. Espérons que les choses évoluent dans le bon sens rapidement.

Je murmure un merci, mais je suis incapable d'en dire plus. Pourtant, j'aurai une multitude de questions à lui poser, mais aucune ne me vient sur le moment.

Nous retournons auprès d'Adam. Cette fois, je pose ma main sur la sienne. Elle est chaude, ce qui me rassure. Je la caresse doucement, espérant une réaction, mais non, ses doigts restent figés, immobiles. Je le regarde, je n'arrive pas à croire que l'homme que j'aime est allongé dans ce lit, entre la vie et la mort. Il doit reprendre conscience, car nous n'avons eu le temps de rien. J'ai besoin de lui, de construire un avenir avec lui. Il ne peut pas me laisser seule, pas maintenant.

Je ne peux retenir un sanglot, Jason passe son bras autour de mes épaules, le geste protecteur et rassurant du frère qu'il est devenu pour moi. Silencieux, nos respirations se calquent sur le rythme du respirateur artificiel. L'arrivée de soignants nous oblige à sortir de nouveau. Je préférerais attendre dans le couloir mais Jason décide de m'emmener déjeuner, même si je n'ai pas faim du tout. Nous nous installons à la table d'une petite brasserie à deux pas de l'hôpital. Je ne commande qu'un café et une viennoiserie que j'émiette méthodiquement en écoutant Jason me parler de son frère, de leur relation qui comme je l'imaginais est très fusionnelle. Parfois il m'interroge, me pose quelques questions sur moi, sur ma famille, ma vie en général. Je réponds par politesse, sans engouement, obnubilée par ce temps perdu loin d'Adam. J'avoue mon impatience à Jason. Il règle aussitôt la note ; nous reprenons le chemin du centre hospitalier au chevet de l'homme que j'aime.

— Tu sais, maintenant que je te connais un peu mieux, je comprends pourquoi mon frère est tombé amoureux de toi. Tu es une très belle femme, tu es adorable et sensible, simple et naturelle. Je suis heureux de t'accueillir dans la famille, m'avoue-t-il alors que nous marchons côte à côte.

Je ne sais pas si je dois sourire ou pleurer, me réjouir ou être terrifiée. M'accueillir dans sa famille… Encore faut-il qu'Adam… Je m'agrippe à son bras pour ne pas chanceler.

— Merci, Jason, je suis touchée, mais je ne serais sereine que lorsqu'Adam sera éveillé et qu'il aura retrouvé ses capacités. Tu vois, j'ai l'impression de subir une punition divine pour avoir osé dire à mon mari que je le quittais. C'est débile, je sais, mais je ne peux m'empêcher de penser que tout cela ne serait pas arrivé si j'étais restée auprès de l'homme que j'ai épousé il y a des années.

— C'est un accident Marylin, un accident ! Tu n'es responsable de rien.

Jason tente de me rassurer, mais je me perds dans des idées noires, inconsciente de notre marche, mon bras sous le sien, des escaliers, des longs couloirs et du personnel soignant que nous croisons. Je relève la tête quand nous arrivons vers la chambre. Deux personnes discutent à voix basse devant la porte.

— Tu vas faire connaissance de sa fille et de son ex, me murmure Jason à l'oreille, en déposant sa main sur mon avant-bras.

Je me raidis. Je ne suis pas prête pour cela, j'ai envie de prendre mes jambes à mon cou et de partir dans l'autre direction. Mais il est trop tard ; quelques pas nous séparent d'elles désormais.

Jason s'approche, et les embrasse.

— Bonjour, Camille, dit-il en enlaçant la jeune fille.

Elle sanglote dans son cou ; il la réconforte en promettant que ça va aller, que son père va s'en sortir. Il lui parle avec douceur, lui sourit tendrement. Puis son visage change d'expression en s'adressant à son ex-belle-sœur.

— Bonjour, Marion, comment vas-tu ? Tu as pu parler à un médecin ? Tu as pu le voir ?

Il lui fait une bise rapide entre deux questions, mais je vois tout de suite que les relations entre ces deux-là doivent être tumultueuses. Marion rétorque sèchement qu'elles viennent juste d'arriver, que la route fut longue et fatigante, et l'équipe médicale était trop occupée pour leur prêter attention.

En retrait, j'observe cette fameuse Marion. Elle ressemble en tout point à ce que je m'imaginais. Grande, mince, blonde, des yeux bleus très maquillés, un regard perçant et glacial, perchée sur des talons de dix centimètres. Une beauté froide qui ne dégage aucune onde positive. Sa fille est une adolescente adorable, aussi grande que sa mère, de jolis cheveux châtains ondulés. Mais ce qui me frappe dès que nos regards se croisent, ce sont ses yeux. Les mêmes que son papa, le même éclat d'or qui scintille ! Jason m'extirpe de ma contemplation lorsqu'il m'attrape par le bras.

— Je vous présente Marylin, l'amie d'Adam.

Je le regarde comme s'il venait de dire une bêtise. Pourquoi me présente-t-il aussi abruptement à son ex-femme ? Il aurait dû parler d'une simple amie. D'un pas hasardeux, je me rapproche des deux femmes et leur tends la main. Camille me sourit poliment, ses yeux embrumés par de grosses larmes qui coulent sur ses joues rosies, et répond à mon bonjour. Sa mère, en revanche, me fusille du regard et snobe ostensiblement ma main. Je comprends immédiatement que je suis l'ennemie à abattre.

Jason réitère les explications du médecin et ce qu'il sait de l'accident. Nous les laissons aller dans la chambre, et nous patientons dehors, les visites étant limitées à deux personnes en même temps.

— Il ne fallait pas me présenter comme cela ! lui reproché-je la porte à peine refermée. J'ai l'impression que Marion n'apprécie pas trop ma présence.

— Alors je te préviens tout de suite : Marion n'aime personne à part sa fille, son ex-mari et les personnes fortunées.

Il ne peut empêcher un rire désabusé, et très vite une ombre obscurcit son regard.

— Fais attention à elle, elle peut être vicieuse et capable de tout pour arriver à ses fins. C'est une manipulatrice vénale, ni plus ni moins. Adam l'a compris, mais un peu tard, hélas !

Avec un tel tableau dépeint, elle ne me donne pas trop envie de la côtoyer. Les minutes s'éternisent, je m'impatiente dans le couloir, verte de jalousie, imaginant cette femme auprès de l'homme que je chéris de tout mon cœur. J'aurai envie d'entrer dans la chambre et de lui intimer l'ordre de partir. Mais bien sûr, je me retiens et j'enrage en silence. Trente minutes plus tard, elles ressortent, Camille est en pleurs. Son ex-femme arbore un visage pincé, mais n'exprime aucune émotion, comme hermétique face à l'état de son ex-mari.

— Nous vous laissons, nous devons nous rendre au poste de police, j'ai reçu un appel ce matin ; ils désirent me parler. Nous repasserons en fin d'après-midi. J'ai pu trouver en catastrophe un hôtel où nous logerons, Camille et moi, le temps que nous resterons ici.

En disant ceci, elle fixe Jason, sa remarque sent le reproche à plein nez. Elle espérait sans doute qu'il leur propose le gîte. Mais vu le peu que j'ai entendu, j'imagine bien qu'il n'a pas proposé à cette pimbêche de séjourner chez lui.

Je réintègre ma place auprès d'Adam, ma main sur la sienne, toujours à l'affût d'un éventuel mouvement, même à peine perceptible. Mais non, rien.

Vers seize heures, je décide de rentrer, les enfants risquent de ne pas tarder et j'ai une nouvelle épreuve qui m'attend à la maison. Jason me promet de me tenir au courant si le moindre changement intervient. Je laisse également mon numéro de téléphone à l'infirmière du service.

Tandis que je m'active à la confection du dîner, l'arrivée d'un message me fait sursauter. Je soupire ; il émane de Gabriel qui m'informe de son proche retour afin que nous parlions ensemble aux enfants dès ce soir. Je suis à la fois rassurée et inquiète. Rassurée de ne pas être seule pour annoncer une telle nouvelle, mais inquiète du comportement explosif de Gabriel. Pourvu qu'il se soit calmé et qu'il ne déverse pas de grossièretés devant les enfants, comme ce matin.

Un brouhaha arrive à mes oreilles. Les enfants débarquent dans le salon en riant, suivis de ma mère qui a l'air épuisée.

— Eh bien, un peu de calme, les enfants ! Mais dans quel état vous avez mis Mamie ! J'espère que vous n'avez pas été trop terribles avec elle ?

Maman me tapote le bras.

— Non, ne t'inquiète pas, ils ont été adorables, c'est juste qu'on a beaucoup marché, et que je n'en peux plus, je n'ai plus vingt ans. C'est dans des journées comme celle-ci que je m'en rends bien compte.

Je lui souris, admirative et reconnaissante de la super grand-mère qu'elle est.

— Allez ranger vos affaires, les enfants, et passez par la case salle de bain, vous êtes poussiéreux !

— Papa n'est pas là ? s'inquiète Sacha.

— Non, mais il ne devrait pas tarder à rentrer.

Une boule me serre la gorge. Je réalise que sous peu leur monde paisible va s'écrouler. Restées seules dans le salon à l'abri des oreilles indiscrètes, ma mère s'inquiète de ma mine fatiguée.

— Alors comment s'est passée votre discussion ?

— Maman, c'était horrible, une journée cauchemardesque. Gabriel a été terriblement grossier et agressif, et il a décidé de quitter la maison. En plus, il m'a à demi avoué qu'il est responsable des dégâts sur la voiture d'Adam. Mais le pire, c'est qu'Adam a été victime d'un accident hier, et qu'il est hospitalisé dans un état grave... Oh, maman, si tu savais comme je suis mal.

— Ma chérie, je suis tellement désolée. Je ne sais pas quoi te dire pour Gabriel. Parfois, les personnes ont des réactions étranges lorsqu'elles sont blessées, mais jamais je n'aurais pensé qu'il puisse être violent. Et j'espère que ça va aller pour ton ami, me dit-elle en m'enlaçant.

Notre câlin est stoppé lorsque la porte de la maison s'ouvre sur un Gabriel sifflotant. Maman me regarde, étonnée. Je hausse les épaules pour lui signifier que, moi non plus, je ne comprends pas son comportement.

— Bonjour, alors comment s'est passée cette journée avec les monstres ? s'enquiert Gabriel, auprès de ma mère, tout en accrochant sa veste au porte-manteau.

— Ce sont des amours, nous nous sommes vraiment amusés !

Puis, le fixant pour jauger son état d'esprit, elle s'approche de lui.

— Tout va bien, Gabriel ? Tu as une mine fatiguée ?

Surpris par la question, il marque un silence de quelques secondes avant de répondre dans un sourire forcé.

— Le travail certainement. En ce moment je n'ai pas cinq minutes à moi.

Il me jette un regard furtif, hausse les épaules, se frotte le visage et se dirige vers la cuisine se servir une bière dans le frigo. L'observant discrètement, le rictus qui réapparaît au coin de ses lèvres pincées ne m'a pas échappé.

Ma mère se tourne vers moi, l'inquiétude se lit dans ses yeux. Je n'ose pas prononcer un mot et lui offre uniquement une moue contrite. D'une main sur son bras, je lui signifie que tout va bien se passer. Ses épaules s'affaissent dans un soupir.

— Tu peux nous laisser Maman, merci pour tout, murmuré-je en me forçant à éclairer mon visage d'un sourire le plus naturel possible.

Maman embrasse ses petits-enfants et repart, non sans m'avoir discrètement enjoint de l'appeler en cas de souci, mais surtout de la tenir au courant, car elle s'inquiète beaucoup. Je la rassure en essayant de cacher mon stress.

— Je t'appelle tout à l'heure, ne t'inquiète pas. Je t'aime.

C'est très rare que je lui dise « je t'aime ». La pudeur m'empêche certainement de lui avouer ces petits mots si intimes, mais ce soir j'en ressens le besoin.

Ma mère rejoint sa voiture à contrecœur ; elle sent bien que je ne suis pas sereine, et que Gabriel est étonnamment calme par rapport à ce que je lui ai expliqué plus tôt. La porte refermée, j'opte pour un repli stratégique auprès des enfants pour discuter de leur journée. Gabriel ne m'a pas décroché un mot depuis son retour, et il évite de se retrouver seul avec moi dans une pièce. Mais il faudra bien tôt ou tard nous accorder sur le moment où nous allons parler aux enfants. Je profite de le découvrir installé devant son ordinateur dans la chambre pour prendre mon courage à deux mains. D'un geste mal assuré, je ferme la porte et m'approche de lui. C'est fou qu'un homme avec qui j'ai vécu tant d'années dans le calme et la confiance puisse tout à coup me terrifier à ce point.

— Gabriel ? Est-ce qu'on peut parler ?

Il hoche la tête sans lâcher son écran des yeux, mais en fermant la page qu'il lisait comme s'il ne voulait pas que je la voie.

— Il faut qu'on avertisse les enfants, reprends-je, et ça serait bien qu'on leur parle ensemble, mais dans le calme. Est-ce que tu penses que c'est possible ?

Il se tourne doucement, son regard toujours aussi froid et haineux.

— Bien sûr, tu me prends pour qui ? Je suis quand même capable de me contrôler devant eux. Mais sache que toi et moi, nous n'en avons pas fini. Nous allons les réunir dans le salon et leur expliquer que pendant un temps, je vais aller vivre au garage, car nous devons prendre un peu de distance. Nous n'entrerons pas dans les détails, je ne veux pas que tu leur parles de quoi que ce soit en rapport avec ton infidélité, tu as compris ?

Je suis tétanisée devant son comportement si directif. J'acquiesce de la tête et m'éclipse en annonçant que je vais demander aux enfants de venir dans le salon.

Chapitre 28
L'attente

Nous voilà tous réunis dans le salon, les enfants sur le canapé, Gabriel et moi ayant rapproché des chaises pour nous installer face à eux. Sacha scrute son père puis moi, l'incompréhension se lit dans son regard. Les filles comme d'habitude se chamaillent ; Lena reproche à sa sœur de prendre trop ses aises et de ne pas lui laisser assez de place.

Je m'éclaircis la voix, jette un œil à Gabriel qui me toise de son air déplaisant, puis me concentre sur les enfants.

— Si nous vous avons demandé de venir tous les trois ici, c'est que nous voulons vous expliquer quelque chose. Ce n'est pas facile à dire mais c'est important que vous nous écoutiez avec attention.

Mon entrée en matière stoppe net la dispute entre les deux filles et je me retrouve avec trois paires d'yeux étonnés qui me dévisagent. Les mains posées sur mes cuisses pour calmer le tressautement nerveux, je repousse l'envie de prendre immédiatement mes enfants dans mes bras pour enfin leur annoncer la terrible nouvelle qu'ils attendent en silence. Je reste cependant assise à ma place, droite comme un i, la boule au ventre.

— Avec papa, nous avons pris une décision difficile mais qui malheureusement est nécessaire. Nous allons prendre un peu de distance, et donc ne plus vivre ensemble. Nous avons besoin de faire un peu le point chacun de notre côté.

Les visages perplexes des filles se figent dans une expression de surprise douloureuse. Sacha fronce les sourcils, secoue la tête, dubitatif.

— Mais pourquoi ? gémit Clara en nous regardant, incrédule.

— Oui, pourquoi ? renchérit Léna, les yeux déjà humides.

— C'est de ma faute ? s'inquiète Sacha. J'ai entendu que vous vous disputiez l'autre jour après mon accident.

D'un bond, je me lève de ma chaise pour le serrer dans mes bras.

— Bien sûr que non, mon amour, tu n'es responsable de rien !

Puis les regardant tour à tour, j'essaye de leur sourire, refoulant mes larmes pour ne pas les affoler.

— Vous n'êtes responsables de rien les enfants, ni toi Sacha, ni toi Léna, ni toi Clara. C'est un problème entre papa et moi, une histoire d'adultes, insisté-je en continuant de câliner mon petit garçon qui cache son visage au creux de mon épaule.

Gabriel, jusqu'à maintenant silencieux, prend la parole.

— Votre mère a raison. Ce qui se passe entre nous est uniquement une affaire d'adultes. Et le fait d'avoir pris la décision de nous séparer ne change rien à l'amour que nous avons pour vous. Les histoires d'amour des parents sont parfois compliquées, mais l'amour que les parents portent à leurs enfants ne meurt jamais.

Les questions fusent sur la raison de notre choix mais nous gardons les explications pour nous, privilégiant les mots de réconfort et de consolation. Clara se lève, les lèvres pincées.

— Il va falloir choisir où on va vivre et avec qui ?

— Ma puce, essayé-je de la rassurer malgré des trémolos dans la voix, pour le moment vous restez ici dans la maison avec moi. Papa va aller s'installer provisoirement dans l'appartement au-dessus du garage. Nous allons tout faire pour bouleverser le moins possible votre quotidien.

— Ah, moi je ne veux pas changer de collège, hein ! clame Léna, les poings sur les hanches.

— Non, ne t'inquiète pas, personne ne change d'école ou de collège. C'est nous qui allons réorganiser notre vie autour de la vôtre, promet Gabriel en attrapant la main de sa fille.

Leur détresse m'ébranle, je suis à deux doigts d'annoncer qu'en fait ce n'est pas grave, juste un petit « break » sans conséquence entre nous. Mais le regard buté de Gabriel m'en dissuade. Il ne me pardonnera jamais, et j'aime trop Adam pour renoncer à l'avenir qu'il me promet. Gabriel laisse échapper un ricanement à peine perceptible quand je leur dis que leur papa à raison et qu'ils n'abandonneront pas leurs habitudes. Quelle idée a bien pu lui passer dans la tête ? Je n'ai pas le temps de m'en inquiéter plus, car Léna vient à son tour réclamer un câlin dans mes bras. J'essaie de les rassurer chacun au mieux, toujours en gardant un œil sur l'attitude ambiguë de Gabriel. Il m'époustoufle, mais je n'arrive pas à définir ni sa sincérité ni sa volonté de conciliation. Cependant il a troqué temporairement son masque de mari trompé contre celui d'un papa posé et à l'écoute de ses enfants. Je ne peux pas lui enlever cela : il aime ses enfants et ne souhaite que leur bien, tout comme moi.

Pour rassurer tout le monde, nous réalisons ensemble un tableau récapitulatif de qui emmène qui, et quand. Mais en fait, je ne sais même pas comment nous allons gérer la suite, les choses s'étant déroulées tellement vite ces dernières heures.

Lorsque vient le moment pour Gabriel de partir, les larmes coulent un peu moins chez nos enfants. La situation, sans être idéale, s'est clarifiée, leur faculté d'adaptation est impressionnante. Gabriel les serre dans ses bras, les embrasse en leur promettant que rien ne change dans son cœur et qu'ils restent sa priorité. Aucun regard pour moi, aucun mot… La porte se referme sur lui, tout comme sur notre vie de couple.

À cet instant débutent donc mes premières minutes de mère célibataire. Un éclair de panique me traverse : vais-je réussir à gérer le quotidien seule et surtout apporter aux enfants une vie sereine ? Pas le choix. Je suis responsable de ce bouleversement qui entraîne tous les membres de ma famille dans la tourmente, je dois donc faire face et être à la hauteur pour les protéger.

La fin de journée ayant été assez difficile, nous décidons de nous octroyer un petit plaisir en mangeant des aliments réconforts. Nous voilà donc installés dans le salon avec une maxi pizza, du pop-corn, des grands verres de soda et le DVD du dernier Jumanji déjà vu trois fois, mais que nous adorons tous. Je passe un peu de temps en tête-à-tête avec mes trois enfants pour le coucher, tentant d'être la plus bienveillante possible.

Il est vingt et une heures quand je me retrouve seule dans ma chambre. Mon premier réflexe est de prendre mon téléphone et de composer le numéro de Jason.

— Jason, bonsoir, c'est Marylin. Excuse-moi, je n'ai pas pu te rappeler avant, j'avais des obligations familiales. Comment va Adam, des nouvelles ?

— J'allais justement t'envoyer un message. Ce soir, il semblerait qu'Adam commence à lutter contre le respirateur, ce qui veut dire que ses poumons vont bientôt être capables de respirer sans cette foutue machine. Enfin une bonne nouvelle !

— Oh, Jason, merci pour cette nouvelle qui est sans aucun doute la première agréable de la journée ! Je passerai à l'hôpital demain lors de ma pause de midi, tu y seras ?

— Oui, on se retrouvera là-bas alors !

Après quelques secondes de silence, il reprend.

— Comment s'est déroulée ta soirée ?

Pendant notre conversation en début d'après-midi, je lui avais expliqué que la grande conversation avec les enfants était prévue pour ce soir.

— Gabriel est rentré en fin de journée et nous avons parlé ensemble, dans le calme, avec les enfants. C'est fait, Jason, je suis officiellement séparée.

— J'imagine que ce n'était sûrement pas un moment facile, mais je sais que tu le fais par amour pour Adam. Tu sais, il va être le plus heureux des hommes.

Évoquer le bonheur d'Adam me cueille au cœur, et le trop-plein d'émotions du jour à raison de mon self-control. Les larmes et les sanglots m'interdisent toute conversation intelligible, laissant un Jason sans voix à l'autre bout du téléphone.

— Excuse-moi, j'ai eu une journée vraiment très lourde en émotions, lui dis-je confuse, après deux minutes à renifler.

— Ne t'inquiète pas, je comprends. Tu penses que ça va aller pour ce soir ? Tu n'as personne pour te tenir compagnie ?

— Non, mais j'ai besoin d'être seule de toute façon. Je te remercie, Jason, on se voit demain. Mais si, entre-temps, tu as du nouveau, je veux que tu me tiennes au courant, d'accord ?

— Aucun souci, je le ferai. Essaye de te reposer, à demain !

Je suis vraiment rassurée de le savoir à mes côtés pour m'aider à vivre ce moment difficile. Maintenant, il faut que je positive pour Adam ; je prie pour qu'il s'en sorte et que nous nous retrouvions. Il me manque tellement.

Lundi matin défile dans un étrange brouillard cérébral. Mon corps est présent au travail, mais mon cerveau n'arrive pas à se concentrer. Mes pensées oscillent entre Adam et mon nouveau statut de femme séparée. J'ai bien entendu informé Mandy des bouleversements du week-end et, toute la matinée elle essaye de me décharger de la plus grosse partie de mon travail. Je ne peux m'empêcher de regarder la messagerie du boulot, espérant voir apparaître un mail d'Adam. Mon cœur se serre quand je réalise que je ne suis pas près d'en recevoir, mon amour étant allongé dans un lit d'hôpital, inconscient.

Mon téléphone dans la poche, je le consulte régulièrement afin de ne pas louper un éventuel message de Jason. Quand, vers dix heures, je vois son prénom inscrit sur ma messagerie, mes mains tremblent en validant le SMS.

— Bonjour, Marylin, j'espère que tu vas bien. Je viens d'avoir l'hôpital et j'ai une bonne nouvelle, Adam a repris une respiration autonome, les médecins vont enlever le respirateur artificiel. Je suis vraiment soulagé. On se rejoint là-bas vers midi ?

Je lis et relis le message, ne pouvant me retenir de psalmodier « oh, mon Dieu, merci ! ».

— Tout va bien, Marylin ?

Mandy a posé sa main sur mon épaule et me regarde, le front plissé d'inquiétude. Je lève des yeux larmoyants vers elle.

— Adam semble reprendre conscience, ils vont le débarrasser de son respirateur, lui dis-je dans un murmure.

— Oh, enfin une nouvelle rassurante ! Allez, ma belle, ça va aller. C'est un battant cet homme, il va s'en sortir !

Plusieurs patients attendent leur rendez-vous non loin de nous ; Mandy se penche, laissant imaginer qu'elle me parle à l'oreille, et dépose un discret baiser sur ma joue. Dès cet instant, je n'ai qu'une envie : me retrouver près de l'homme que j'aime. Mes yeux usent la pendule à regarder les minutes s'égrainer trop lentement. Il est presque l'heure de la pause déjeuner quand Adrien, le jeune médecin du cabinet, termine ses consultations du matin et s'approche de nous.

— Je viens d'apprendre une chose étrange. Saviez-vous que l'avocat avec qui nous travaillons a eu un grave accident et se trouve dans le coma ?

Je hoche la tête.

— Oui, je le sais. Je vais d'ailleurs à son chevet dans quelques minutes.

Adrien fronce les sourcils en voyant mon visage se décomposer et des larmes naissantes. Face à son évidente incompréhension et malgré ma réticence à évoquer ma vie privée, je lui dois une explication.

— Adrien, il faut que je vous parle. Vous auriez quelques minutes à m'accorder ?

— Bien sûr, venez, nous allons nous installer dans mon bureau.

Je l'accompagne et, en quelques minutes, lui relate ma relation avec Adam, et les derniers jours terribles que je viens de passer.

— Je comprends pourquoi vous n'alliez pas très bien, ces derniers temps. Allez vite le rejoindre ! Ne vous inquiétez pas si vous débordez un peu sur le temps de pause, je vais demander à Mandy d'assurer le secrétariat seule en vous attendant.

Adrien est extrêmement sensible et humain, et je le remercie vivement. Puis je me dépêche de récupérer mes affaires afin de prendre au plus vite la route vers l'hôpital.

Mes pas résonnent dans ce grand couloir blanc, l'odeur des produits désinfectants agresse mes narines. Les murs gris sont marqués de traces plus ou moins importantes, sûrement causées par les passages répétés des chariots ou des lits.

Jason m'attend à l'entrée du service de réanimation. J'accélère l'allure.

— Alors, tu l'as vu ? Comment va-t-il ? le questionné-je, impatiente, oubliant même de le saluer et l'embrasser.

— Allez, viens, on va aller le voir, rétorque Jason en me prenant la main.

Lorsque je pénètre dans la chambre, je vois Adam débarrassé de ce gros tuyau qui lui mangeait le visage. Un masque à oxygène est posé sur sa bouche, et il me semble que la pièce est moins encombrée de machines. Le pansement sur sa tête paraît un peu plus petit… Ou bien est-ce l'espoir qui embellit le décor ? Je m'approche et pose ma main sur la sienne. De l'autre, j'ose caresser enfin son visage impassible.

— J'ai vu les médecins tout à l'heure, m'annonce Jason en s'asseyant sur la seule chaise disponible. Ils sont très rassurants, le scanner a révélé une diminution de l'œdème. Ils pensent qu'il ne devrait pas tarder à montrer encore plus de signes d'éveil.

Attentive aux paroles de Jason, je n'arrive pas à détacher mon regard d'Adam malgré tout. Il respire seul, c'est déjà formidable. Je sens encore les larmes couler. Décidément, je crois n'avoir jamais autant pleuré qu'en ce moment ! Je ne sais même plus pourquoi je pleure. Certainement un mélange de peur qui s'estompe, d'espoir, de tristesse aussi de le voir allongé, là.

— Tu as mangé ?

La voix de Jason qui s'inquiète pour moi brise le silence. Bien sûr que non, je n'ai pas pensé à me prendre à manger. Mais de toute façon, je n'ai pas faim. Jason, prévenant, sort en me disant qu'il part me chercher quelque chose à grignoter.

Je tire la chaise jusqu'au lit, m'assois en essayant de me tenir le plus près possible d'Adam, ma main toujours sur la sienne. Seule avec lui, je pose ma joue sur sa main, cherchant le souvenir de ses caresses sur ma peau. Je me remémore avoir entendu dans une émission télévisée que les personnes dans le coma entendent probablement ce qu'on leur dit. Il faut que je prenne mon courage à deux mains, et que j'arrive à lui parler.

— Adam, je t'en supplie, sois fort, j'ai besoin de toi, lui murmuré-je dans un souffle. Il faut que tu reprennes conscience. J'ai des choses importantes à te dire. Des choses qui vont bouleverser le cours de notre existence. J'ai tellement eu peur, hier, quand je t'ai vu, allongé dans ce lit. Je ne veux pas te perdre.

Ma voix se meurt dans un sanglot, ma bouche dépose des petits baisers sur sa main. Tout à coup, j'ai l'impression de sentir ses doigts bouger. Je fixe sa main, j'entrelace mes doigts dans les siens. Et là, non, je ne rêve pas, je perçois nettement que ses doigts se resserrent légèrement sur les miens.

— Adam ! Adam ! Tu m'entends ? m'écrié-je.

J'ai envie de courir dans le couloir chercher Jason ou une infirmière, mais en même temps, je refuse de stopper ce moment magique, juste lui et moi. Une machine reliée à sa poitrine par des électrodes se met à sonner. La panique me gagne, que se passe-t-il ? Des pas précipités se dirigent vers la chambre. Une infirmière entre et jette immédiatement un œil vers les machines.

— Vous pensez qu'il y a un problème ? Je crois que ses doigts ont bougé. Enfin non, j'en suis certaine même !

Angoissée, je bombarde de questions la jeune femme qui s'affaire auprès d'Adam et surveille ses constantes.

— On dirait que Monsieur Leclerc commence à montrer des signes de réveil, me répond-elle posément.

Elle lève vers moi un visage teinté d'un léger sourire. Cette jeune femme est très belle, et ses yeux renvoient une bonté et une douceur rassurante en cet instant de stress.

— Vous devriez le stimuler en lui parlant. Ses constantes sont bonnes, sa respiration est vraiment correcte, ce sont de bonnes choses.

Elle me sourit à nouveau et me laisse seule avec lui. Je m'approche, me penche vers son visage meurtri et dépose un baiser sur sa joue. Sa peau est chaude et colorée, sa barbe de quelques jours mange une partie de son visage sain. Le pansement sur le haut de sa tête et les ecchymoses violacées lui donnent un air de boxeur en fin de combat.

Quand je pense que cet homme me faisait l'amour il y a quelques jours ! Le voilà immobile dans ce lit, victime d'un accident tragique. C'est fou comme la vie peut se montrer sournoise et vous rappeler qu'elle est capable de vous retirer à tout moment le bonheur que vous touchez du doigt. Mon cœur fond pour cet homme, même blessé et inerte. Il a su réveiller en moi la flamme que je croyais éteinte, ou du moins affaiblie. Il a su me rendre à nouveau belle et désirable, prête à vivre une magnifique histoire d'amour. Il m'a donné envie de plaire, envie de vivre ma vie à fond et pas seulement en tant que mère et intendante. Il m'a redonné le goût du plaisir et du partage, l'idée que mon bonheur personnel soit aussi important que celui des autres.

Je regarde Adam et, silencieusement, je hurle mon désir de le rendre heureux. Cet homme est ma bouée de sauvetage, me sauvant de l'abysse dans lequel sombrent certaines épouses réduites au seul rang de bonniche et d'intermède sexuel de temps en temps.

Est-ce une fatalité ? Toutes les femmes doivent-elles se contenter de ce rôle au bout de plusieurs années en couple ? Mais ne suis-je pas également responsable de cet état de fait, me laissant emporter dans le tourbillon de la routine et négligeant les efforts à faire, afin que la vie garde son croustillant ? Je sais que tous les couples ne se réduisent pas à ma triste constatation, mais malheureusement, le mien n'a pas résisté au temps et à l'indifférence qui s'est peu à peu immiscée.

La porte de la chambre s'ouvre, me stoppant dans mes réflexions. Jason apparaît avec un sandwich club à la main, un brownie et un café.

— Jason, Adam a bougé un peu ses doigts, j'en suis persuadée ! Et l'infirmière est passée en me confirmant que son état montre des signes de réveil qui ne devrait pas tarder ! lui assuré-je, excitée.

Jason sourit. Mon cœur se pince, car je reconnais dans ses traits le sourire d'Adam. Tous les deux de chaque côté du lit, nous guettons le petit miracle, encadrant le corps d'Adam toujours immobile, comme si ces mouvements à peine perceptibles n'avaient hélas jamais existé. J'essaie de le stimuler, me rappelant les conseils de l'infirmière, mais rien ne se passe. À regret, dépitée, je lâche finalement sa main. Il va être l'heure de repartir travailler, je laisse à contrecœur Adam et Jason, emportant le petit encas avec moi.

— Promets-moi de me prévenir si quoique ce soit arrive, Jason ! J'aimerais tant qu'il ouvre enfin les yeux.

— Ne t'inquiète pas, je te tiens au courant du moindre changement. Je ne vais pas tarder à partir, Camille et Marion doivent passer tout à l'heure. Je reviendrai en fin d'après-midi.

Une bouffée de jalousie me fait tressaillir. Et dire que si ça se trouve, c'est son ex-femme qui aura la chance de se trouver à ses côtés à son réveil. Je détesterais une telle injustice, d'autant que je ne peux pas revenir après le boulot, il faut que je récupère les enfants et m'occupe d'eux. C'est tellement déchirant de ne pas pouvoir lui donner de mon temps comme je le souhaiterais.

Chapitre 29
Patience

Dans l'après-midi, un message de Jason m'indique que rien n'a évolué depuis ce matin. Sa fille et son ex ont passé un moment auprès de lui, et aucun autre signe d'éveil n'a été constaté. Je me déteste pour le soulagement puéril que je ressens, qu'Adam n'ait pas ouvert les yeux et vu Marion auprès de lui.

Ma soirée à la maison est difficile, car je gère seule les enfants avides de questions. Je m'emploie à les rassurer encore et toujours, mais mon esprit est resté dans cette chambre blanche. Mon téléphone ne me quitte pas, au cas où je recevrais des nouvelles en provenance de Jason. En fin de journée, ne tenant plus en place, j'appelle ma mère pour qu'elle vienne tenir compagnie aux enfants un moment. J'ai viscéralement besoin de me rendre à l'hôpital. Je sens au fond de moi qu'Adam me réclame, une sensation étrange qui me perturbe. Sans hésitation, ma mère accepte et à peine est-elle arrivée que je fonce en direction de cette chambre 13.

À cette heure tardive, seuls quelques soignants circulent dans les couloirs. Un infirmier m'aperçoit et m'interpelle.

— Madame, les visites sont terminées à cette heure-ci.

— Je suis l'amie de Monsieur Leclerc, chambre 13. Je vous en prie, je n'ai pas pu lui rendre visite en fin d'après-midi, mais je dois le voir. J'ai un pressentiment, c'est comme s'il me réclamait. S'il vous plaît…

Il me regarde en fronçant les sourcils, soupire puis m'autorise l'accès à la chambre d'Adam, me faisant cependant promettre de ne pas m'éterniser. Après l'avoir vivement remercié, je me hâte de retrouver mon amour, mon Adam.

La chambre est plongée dans une semi-obscurité, tout juste éclairée par les lumières des écrans et des veilleuses au bas des murs. Le bip du scope est régulier. Sur le moniteur, son tracé cardiaque se répète inlassablement avec les alternances de pics et de creux. Installée sur une chaise, le plus près possible de lui, j'entrelace mes doigts dans les siens.

— Adam, je suis là. Je sais que tu luttes pour te réveiller. Ne t'inquiète pas, tu n'es pas seul. Je suis à tes côtés mon amour. J'ai besoin de toi.

Je lui susurre des petits mots d'amour que je ne lui ai encore jamais dit. J'ose lui parler enfin ; personne n'est là pour me juger, je peux lui avouer tout ce que je ressens. L'ambiance feutrée et la pénombre m'aident à exprimer tout mon amour, toutes les angoisses que j'endure face à son état, et combien il me manque.

Je me penche afin de déposer un baiser sur ses doigts, mais stoppe mon geste à quelques centimètres. Oui, je ne rêve pas, j'ai bien à nouveau senti ce même petit mouvement que tout à l'heure. Mes yeux rivés sa main, je vois son index bouger, puis tous ses doigts qui se referment sur ma main. Tétanisée, en apnée, mon cœur est au bord de l'explosion. Je lève ma tête vers son visage et pousse un gémissement. Ses yeux sont ouverts, grands ouverts, et il me regarde. Un frisson me secoue et je me lève d'un bond pour embrasser furtivement son front.

— Adam, Adam, tu es enfin de retour parmi nous ! sangloté-je.

Mes larmes coulent, mais je ne peux lâcher son regard. Il me fixe un instant, puis tourne la tête vers la machine qui émet des bips de plus en plus rapides. Les chiffres s'affolent et les alarmes se déclenchent. J'entends des pas pressés qui se rapprochent. L'infirmier que j'ai croisé tout à l'heure entre et nous regarde, ébahi.

— Vous aviez effectivement raison, je crois que Monsieur Leclerc vous attendait pour se réveiller, déclare-t-il d'une voix rieuse en vérifiant les appareils.

À contrecœur, je recule d'un pas afin de le laisser ausculter Adam. Il surveille ses constantes puis dirige une lampe vers ses yeux. Adam fronce les sourcils, et détourne la tête, ébloui par la lumière.

— Monsieur Leclerc, vous m'entendez ? Est-ce que vous pouvez me voir ?

Adam ne répond pas tout de suite, mais hoche la tête au bout de quelques secondes. Je me mets à pleurer tellement fort qu'Adam tourne son visage vers moi. Et l'impensable arrive : il me sourit. Bien sûr, c'est un sourire très mince, mais je l'ai vu, il était pour moi. Mon cœur se gonfle encore plus de joie. Moi qui pensais qu'Adam occupait déjà toute la place, je me rends compte que mon amour pour lui ne fait que grandir en moi.

Il paraît tellement faible, le regard terne, les traits de son si beau visage tirés. Mais il est là, parmi nous, il est de retour auprès de moi. L'infirmier ôte le masque posé sur le visage d'Adam et le remplace par des petites lunettes à oxygène qu'il place dans ses narines. Adam n'a toujours pas prononcé un mot, mais ses yeux scrutent la chambre, son attelle au bras, puis se reposent sur moi et me lancent une question muette « qu'est-ce que je fais là, que s'est-il passé ? ».

Je reprends tendrement sa main dans la mienne.

— Adam, mon Dieu, comme je suis heureuse de te voir éveillé. Tu nous as tellement fait peur. Tu as eu un accident de voiture et tu as perdu connaissance. Nous sommes lundi ; tu es ici depuis trois jours.

Il ouvre la bouche mais aucun son ne sort. Son front se plisse, comme si la tête lui faisait affreusement mal. L'infirmier s'approche et pose une main réconfortante sur son épaule valide.

— Je vais appeler le médecin de garde pour qu'il vous ausculte. Ne forcez pas. Et ne vous inquiétez surtout pas, tout va revenir, mais petit à petit. Je vous donne un léger calmant en attendant. Vous avez subi un gros choc à la tête, il est donc normal que vous ressentiez des douleurs.

Adam fait signe qu'il a compris et ses yeux se referment. Le voilà reparti dans un sommeil profond.

— Madame, il est préférable d'écourter votre visite. Le médecin de Garde sera là d'ici quelques minutes. Mais vous avez eu raison de venir, vous avez eu un bon pressentiment, conclut-il le en me souriant.

— D'accord, laissez-moi juste une minute puis je partirai.

Seule à côté d'Adam, assise en équilibre précaire sur le lit, je caresse son visage. Puis je dépose un baiser sur sa bouche enfin libéré de son masque. Ses lèvres sont sèches, mais je m'en moque, j'ai envie de ce subtil contact, si infime qu'il soit. Juste avant de le laisser, je susurre quelques mots au creux de son oreille.

— Adam, nos vies sont liées maintenant, je t'attendrais le temps qu'il faut. Je t'aime.

De retour dans ma voiture, j'appelle Jason pour l'informer de ce qu'il vient de se passer. Ému, il me remercie d'une voix rauque d'avoir été là au bon moment, d'être retournée à l'hôpital ce soir. Timidement, il m'avoue regretter d'avoir, lui, raté cet instant tant espéré. Je suis troublée par leur complicité fraternelle très forte. Le trajet jusqu'à la maison se déroule dans une euphorie difficile à contenir. Adam a repris connaissance enfin et la chape de plomb qui écrasait mes épaules se dissipe.

J'envoie un message à ma mère pour l'informer de la merveilleuse nouvelle ; je ne souhaite pas encore parler d'Adam devant les enfants ; ils sont bien assez soucieux avec la séparation toute récente. Une fois à la maison, ma mère m'accueille avec une tendre accolade. Notre émotion non verbale se lit dans notre échange de regards entendu.

Le lendemain midi, je retourne à l'hôpital. Avec délicatesse, j'ouvre la porte de la chambre 13 dans l'espoir de trouver Adam réveillé. Mon optimisme est fusillé sur le champ quand je découvre le lit vide. Mon cœur s'arrête, je me sens défaillir. Je me mets à courir dans le couloir à la recherche d'un soignant. J'aperçois une infirmière.

— S'il vous plaît, où est Monsieur Leclerc ?

— Vous êtes de la famille ?

La jeune femme ne m'a jamais vue, donc oui, je lui confirme, bien qu'évasive, une parenté avec Adam. Au bord du malaise et face à son visage impénétrable, je me prépare à nouveau à une terrible nouvelle.

— Monsieur Leclerc a été changé de service. Son état s'est amélioré, il a donc été transféré en soins continus il y a moins d'une heure.

Je reprends enfin ma respiration. La vue de ce lit vide m'a effrayée au point que j'ai cru que… Non, je ne veux même pas y penser. Adam va mieux et il est donc normal qu'il quitte la réanimation. Forte de cette constatation réjouissante, je pars à la recherche de sa nouvelle chambre, dans le nouveau service.

Chambre 7, c'est bon, j'y suis. Je donne deux petits coups avec la main, entrouvre la porte, et passe la tête pour vérifier que je ne me suis pas trompée. Adam est là, en compagnie de Jason.

— Bonjour, Marylin.

Oh, mon Dieu, ce bonjour ! Le plus beau bonjour du monde, un bonjour qui provient d'Adam. Sa voix est enrouée, mais il parle enfin !

— Tu vois, Adam, s'exclame Jason en lançant un regard de connivence à son frère, je t'avais dit qu'elle serait surprise !

Adam sourit à son frère, puis retourne son visage vers moi et me tend sa main valide.

C'est moi qui n'arrive plus à parler. Adam a conservé l'oxygène dans ses narines et une perfusion dans le bras. Un appareil à tension se trouve dans la chambre, mais il n'est plus relié à ces appareils produisant des bips effrayants. L'émotion me submerge et une fois de plus, mes joues sont noyées d'une pluie de larmes. Des larmes d'une incommensurable joie. J'attrape la main d'Adam et l'embrasse.

— Et je n'ai pas droit à un vrai baiser ? demande-t-il d'un ton badin.

Je m'approche de lui et dépose un baiser sur sa bouche. Je vois que quelqu'un s'est chargé d'entretenir sa barbe et que le pansement à la tête, bien moins volumineux et impressionnant, a été changé.

— Adam, lui dis-je, émue, quel bonheur de te voir enfin réveillé et plutôt en forme.

Adam essaye de rire, mais se met à tousser.

— Tu parles d'une forme d'enfer. J'ai la tête comme prise dans un étau, un bras qui ne fonctionne pas et je suis accroché à cette perfusion. Mais je suis heureux, car j'ai autour de moi deux des personnes les plus chères à mon cœur.

— Tu nous as fait une belle frayeur. Tu te souviens de ce qui s'est passé ? demandé-je, curieuse d'entendre sa réponse.

Adam m'explique qu'il a de vagues souvenirs, qu'il discutait avec Jason en roulant à vive allure, et qu'au moment où il avait fallu freiner, les freins n'avaient pas répondu. Puis c'est le trou noir, jusqu'à hier soir.

— Tu m'as vue, hier soir ?

— Oui, je t'ai entendue, confirme-t-il, et je t'ai aperçue. Je rêvais de toi, et tu es apparue quand j'ai ouvert les yeux. Mais tout était flou et impossible de m'exprimer.

— Tu sais, j'étais chez moi, et j'ai senti que je devais venir te voir, comme si tu m'avais appelée. C'était étrange et magique à la fois.

Adam me sourit.

— Tu es mon ange gardien, Marylin, tu as sûrement facilité mon retour vers vous.

Et il serre mes doigts très fort, ne lâchant pas son regard du mien.

Puis il se tourne vers Jason.

— Jason, est-ce que tu as une photo de ma voiture ? J'aimerais voir de quoi je suis rescapé.

Jason sort son portable de sa poche de jean puis montre une photo de la voiture, prise ce matin quand il est passé au garage déposer des documents concernant l'assurance. Il cherche également dans son blouson et en tire un autre téléphone.

— Tiens, frérot, j'ai réussi à récupérer ton téléphone. D'ailleurs, c'est grâce à lui que j'ai pu contacter Marylin.

— Ouf alors, dit Adam, reconnaissant. Merci encore pour tout.

Jason fait défiler sur l'écran une série de photos. La voiture paraît terriblement amochée à la suite des tonneaux. C'est incroyable qu'Adam ait réchappé à cet accident. Merci les airbags ! Je fixe ces images avec horreur. Arrive un cliché de la voiture avant l'accident, envoyé par Adam le mercredi soir, lorsqu'elle avait été vandalisée et transportée dans un garage. Je tressaille.

— De quand date cette photo, Jason, et où a-t-elle été prise ? l'interrogé-je tout à coup frigorifiée.

Jason fronce les sourcils, étonné de ma question.

— Après le vandalisme de mercredi, au garage en charge de la réparer. Pourquoi ?

— Peux-tu l'agrandir, s'il te plaît ?

Il passe directement en grand écran et zoome. Je lui arrache le téléphone des mains et regarde en détail la photo avant de blêmir. Je connais ce garage. Je le connais même très bien… C'est le garage de Gabriel. Et tout à coup, les pièces du puzzle s'imbriquent. Je revois Gabriel et son regard sadique samedi. Je me revois quand je comprends qu'il est sans doute responsable des dégradations de la voiture. Mais j'ai peur de comprendre encore pire. L'assurance a choisi le garage de Gabriel pour réaliser les travaux de réparations.

Quelle ironie ! Mais une supposition bien plus angoissante me traverse l'esprit : et si le problème de freinage n'était pas un simple accident, mais un acte délibéré de malveillance ?

Non, impossible. Gabriel n'aurait tout de même pas pris le risque d'attenter à la vie d'Adam par vengeance ? Si cela s'avère véridique, ça s'apparente à une tentative de meurtre. Mes pensées m'effraient. Je vois juste, cela fait de mon futur ex-mari un criminel, une accusation que je n'ose même pas formuler à haute voix.

Les garçons me regardent avec étonnement. Je dois inventer quelque chose, car mes divagations prennent une tournure étrange et potentiellement dangereuse.

— Adam, je dois t'avouer quelque chose. J'en ai déjà parlé à Jason, mais j'ai de bonnes raisons de penser que Gabriel n'est pas étranger aux dégâts que ta voiture a subis. Il m'a avoué nous avoir suivis le mercredi midi et n'a pas nié quand je lui ai demandé si c'était lui le responsable.

J'hésite à poursuivre dans mes suppositions, car leur avouer mes craintes sur Gabriel trafiquant la voiture d'Adam serait lourd de conséquences. Et pour l'instant, je n'ai aucune preuve de ce que j'imagine.

— Ne t'inquiète pas. Effectivement Jason m'en a parlé juste avant que tu arrives. Tu n'y es pour rien, et ce n'est que de la carrosserie, me rassure-t-il avec un sourire triste.

Je sais que je devrais parler de mes soupçons, mais c'est au-dessus de mes forces. Dénoncer Gabriel entraînerait certainement un procès au pénal pour tentative de meurtre. Et savoir le père de mes enfants en prison n'est pas le futur que je souhaite pour lui ni pour ma famille.

De toute façon, la police enquête et si Gabriel a réellement quelque chose à se reprocher dans cette affaire, ils finiront par découvrir la vérité. Je décide de me taire pour l'instant, et profite d'Adam qui semble retrouver très vite ses facultés.

La santé de mon rescapé d'amour s'améliore effectivement, sa bonne condition physique aidant certainement à sa récupération rapide. Après vingt-quatre heures d'observation, il est à nouveau transféré en service moins fortement médicalisé, sevré de l'oxygène et il commence à remarcher. Bien sûr, il lui faut de l'aide, il manque encore d'équilibre et son bras en écharpe n'arrange rien. Les soignants sont admiratifs de sa volonté qui lui permet de progresser si vite.

Au quatrième jour, alors que son état s'est nettement amélioré, deux policiers se rendent à son chevet afin de l'interroger sur son accident. Le capitaine lui montre des photos de sa voiture, le rapport d'expertise énumérant les dégâts et le coût de ceux-ci. Il explique qu'il suspecte un acte de malveillance et souhaite connaître les noms de personnes pouvant lui en vouloir. Adam coopère autant que sa mémoire le lui permet. Quelques noms de clients un peu virulents lui reviennent en tête. L'adjoint note les noms, puis intervient à son tour.

— Monsieur Leclerc, demande-t-il, nous avons retrouvé dans la boite à gant un document concernant votre voiture. Apparemment, elle a subi des dégâts quelques jours avant votre accident ; nous avons trouvé la facture avec le montant des frais occasionnés. Que s'est-il passé ?

Adam blêmit ; évoquer Gabriel mènerait la police sur une piste qu'il ne souhaite pas, par égard pour moi, voir exploiter.

— Effectivement, ma voiture a été vandalisée le mercredi avant mon accident, confirme-t-il. Mais comme vous vous en doutez, la personne n'a pas laissé son nom.

— Évidemment, répond l'inspecteur, mais peut-être devrions-nous creuser dans ce sens. La personne qui a abîmé votre voiture a peut-être un rapport avec le problème de freins de votre voiture.

— Peut-être, mais je ne peux pas vous aider plus. Je vous ai dit tout ce que je savais.

— Pas de souci, ne vous inquiétez pas, nous allons enquêter sérieusement sur cette piste, car cet accident aurait pu vous tuer.

Lorsqu'Adam me relate cette discussion, je vois qu'il n'est pas bien. Il ne me regarde pas en face, évince toutes mes questions.

— Parle-moi. Dis-moi, est-ce que tu penses que mon mari est lié de près ou de loin à ton accident de samedi ?

— Je ne sais pas. Je t'avoue que cela m'a effleuré l'esprit quand j'ai appris qu'il était certainement responsable des dégâts du mercredi. Mais c'est une accusation très grave, et nous n'avons aucune preuve.

— Mon Dieu, si jamais il s'avère que c'est lui qui a fait cela, je ne m'en remettrais pas ! Tu sais mieux que moi ce que cela impliquerait. S'il est coupable, il risque la prison pour tentative d'homicide ! Et comment j'explique aux enfants que leur père a intentionnellement voulu tuer un homme ?

Je m'effondre sur son épaule valide. Il tente de me rassurer en me disant que nous nous faisons certainement des idées. Mais au fond de moi, je sais. J'ai reconnu le garage, et j'ai vu comment Gabriel pouvait se métamorphoser sous la colère. Un homme imprévisible. Mais peut-il vraiment aller jusqu'à envisager un stratagème pour se débarrasser d'Adam ? Pour moi, c'est inconcevable. Enfin, ça l'était jusqu'à ces derniers jours. Maintenant, je n'ai plus aucune certitude.

— Tu sais, nous n'en avons pas encore parlé, mais je dois te dire une chose importante. Le week-end dernier, j'ai enfin pris la décision de parler à Gabriel. Et depuis dimanche, je suis officiellement séparée de lui.

C'est vrai que depuis dimanche, je viens voir Adam tous les jours, mais nous n'avons pas encore abordé ce sujet. Il reste sans voix lorsque je lui annonce que j'ai pris la décision qu'il attendait. Maladroitement, il se redresse, caresse mon visage, m'attire vers lui et m'embrasse tendrement.

— Cela veut donc dire que j'ai mes chances et que je peux te draguer en toute liberté, sans me sentir coupable ?

Il se met à rire, soulagé par l'annonce que je viens de lui faire. Je ris volontiers avec lui, malgré la situation qui ne se prête pas à la joie.

— Oui, je crois que tu peux tenter. À mon avis, il y a une opportunité à saisir !

Je lui donne un nouveau baiser, heureuse de pouvoir enfin partager avec lui l'espoir d'une vie amoureuse ensemble.

— Il me tarde que tu sortes de l'hôpital afin qu'on puisse profiter sereinement de moments ensemble, même si, et j'espère que tu le comprends, je ne serai pas forcément disponible tout le temps à cause des enfants.

— J'en ai conscience et je trouve ça tout à fait normal. Si tu savais combien j'ai espéré ce moment, créer notre monde à nous, notre histoire d'amour. Je n'osais pas trop l'imaginer de peur que tu ne veuilles pas franchir le pas. Tu es une femme merveilleusement courageuse. Tu me donnes l'envie et la force de tout mettre en œuvre pour sortir d'ici très vite.

— Tu sais, cela n'a pas été facile de l'affronter ; il a complètement changé de comportement vis-à-vis de moi depuis qu'il sait que mon cœur ne lui appartient plus. Je comprends que ça puisse le blesser, mais il est devenu affreusement terrifiant, d'une froideur angoissante mêlée à de la violence verbale. J'ai tenté plusieurs fois de t'appeler durant le week-end ; j'avais besoin de t'entendre pour m'aider à l'affronter. Et tu ne me répondais pas... Si j'avais su...

— C'est moi qui suis désolé. Tu as fait preuve d'une telle force de caractère. Tu lui as tenu tête et tu as su aller au bout de ton choix sans flancher. Tu m'impressionnes. Par contre, fais bien attention à toi, je ne suis pas serein par rapport à lui, vu ce que tu me racontes. J'espère qu'il ne te fera aucun mal, car dès que je sortirai d'ici, il risquerait de fortement le regretter.

Je lui souris, charmée de le savoir si déterminé à me protéger.

— Ne t'inquiète pas, je vais faire attention. Je pense qu'il est très en colère, blessé et virulent dans ses paroles, mais je suis persuadée qu'il ne deviendra pas violent physiquement. Il n'a jamais été comme cela. C'était plutôt quelqu'un de calme et respectueux.

Adam hoche la tête, mais je vois qu'il est inquiet et que, malheureusement, son état actuel ne lui permet pas me protéger comme il le désirerait, ce qui le perturbe d'autant plus.

— Tu sais, tant que je suis à l'hôpital, s'il se passe quoique ce soit de compliqué avec lui, n'hésite pas à faire appel à Jason, tu peux compter sur lui.

— OK, c'est noté, mais je crois que tu te fais du souci pour rien, le rassuré-je. De toute façon, vu la vitesse à laquelle tu reprends des forces, je suis certaine qu'ils ne vont plus te garder très longtemps.

Le temps file trop vite lorsque je suis près de lui, et il faut que je retourne travailler.

— Je suis désolée mon amour, mais je dois y aller, je reviendrai demain. Repose-toi ; toutes ces histoires doivent te fatiguer plus que nécessaire, ton corps a subi un gros traumatisme. Et maintenant que tu as récupéré ton téléphone, tu peux m'envoyer des messages si tu veux.

— Je ne sais pas si j'ai le droit de l'utiliser ici, je demanderai. Allez file, tu vas être en retard. Envoie-moi un message quand tu es arrivée et j'en veux un autre ce soir pour me dire si tout va bien chez toi.

— Oui, chef, répondis-je, me fendant d'un rapide salut militaire peu orthodoxe en passant la porte.

Chapitre 30
Enfin

Comme j'ai toujours été une employée modèle, que j'adore mon travail et que j'apprécie la confiance que les médecins me portent, je m'impose de ne pas trop penser à Adam dans l'après-midi et ainsi conserver une concentration indispensable. Je ne souhaite surtout pas que mes patrons puissent avoir quoi que ce soit à me reprocher.

C'est une mission difficile après avoir discuté avec Adam ce midi, même si cela m'a remis du baume au cœur. C'est sûr, je suis follement amoureuse de cet homme, et il me tarde que toute cette sordide aventure soit derrière nous, afin que nous puissions vivre notre amour sereinement.

Sur le chemin du retour, je m'amuse à imaginer des journées où nous passerions du temps en famille, Adam, les enfants et moi. Je suis certaine qu'ils vont l'adorer. Bien entendu, je ne souhaite rien précipiter : il nous faut d'abord nous apprivoiser au quotidien, apprendre à vraiment nous connaître, à passer du temps ensemble afin de nous assurer que notre histoire est solide. Puis, dans un deuxième temps, je présenterai officiellement Adam aux enfants. Je sais que cela risque de les perturber d'envisager leur mère amoureuse d'un autre homme que leur père, mais quand ils verront combien il me rend heureuse alors ils l'accepteront.

J'ouvre la porte d'entrée, le sourire aux lèvres en pensant à ce bel avenir qui s'offre à nous, heureuse, fredonnant un air entendu à la radio. La maison est encore silencieuse pour une petite demi-heure. Ma mère a accompagné Sacha à son entraînement de piscine, mais les filles ne devraient pas tarder.

— Eh bien, je vois que mon départ ne semble pas trop t'attrister.

Je pousse un cri, surprise par la présence de Gabriel assis sur le canapé, toutes lumières éteintes.

— Bon sang, Gabriel, tu m'as fait une de ces peurs !

— Je crois que, dorénavant, ça sera bien le seul moyen pour moi de te faire pousser des cris.

Son humour noir déplacé tombe à plat et, pire, me révulse comme jamais. Il me regarde avec son air mauvais, celui censé m'impressionner, ce qui est le cas. Il se lève, s'approche et tourne autour de moi comme un prédateur autour de sa proie. Je reste plantée là, tétanisée. Je tente d'occulter la peur qu'il m'inspire en engageant la conversation, poussant la courtoisie jusqu'à l'inviter à s'asseoir à table tandis que je me prépare un thé.

— Tu ne m'as pas dit que tu passais ce soir. Tu as besoin de quelque chose ?

Il continue de me toiser en marchant, sans parler. Je me force à le regarder dans les yeux, même si mon seul désir est de prendre mes jambes à mon cou et de partir loin d'ici. Mais il poursuit son horripilante guerre des nerfs du chat et de la souris. De plus en plus affectée, je persiste cependant avec mon monologue afin de rompre ce silence pesant.

— Les filles ne vont pas tarder, elles seront heureuses de te voir.

— Ce qui ne semble pas le cas de tout le monde, je me trompe ? rétorque-t-il avec un rictus.

— Écoute, Gabriel, je ne suis pas ton ennemie. OK, nous sommes séparés, mais nous pouvons nous comporter comme les deux adultes intelligents que nous sommes et cesser ce petit manège.

— Est-ce que tu as parlé de moi aux flics ? m'interroge-t-il subitement en se plaçant à quelques centimètres de mon visage.

Sa question me surprend tellement que je recule d'un pas, feignant de récupérer la bouilloire sur le plan de travail.

— De quoi parles-tu ? Pourquoi j'aurais dû parler de toi à la police ? demandé-je en essayant de masquer la terreur qui me submerge.

Je n'aime pas du tout la tournure que prend cette conversation et tâte discrètement ma poche pour vérifier que mon téléphone est bien à portée de main, au cas où.

— Ne joue pas à l'imbécile avec moi ! me hurle-t-il au visage.

Il commence à parler bien trop fort : il perd à nouveau le contrôle. Son visage est bloqué dans une expression furieuse, quelques gouttes de sueur perlent sur son front. J'essaie de balbutier quelques mots, mais il m'interrompt en m'agrippant violemment le bras.

— Réponds-moi ! Est-ce que tu es allée pleurnicher chez les flics, oui ou non ? Car étrangement, j'ai eu de la visite au garage, tout à l'heure.

Il faut que j'arrive à le calmer ; je sens qu'il est sur le point de perdre toute maîtrise. Sa main serre mon bras tellement fort que je suis incapable de me dégager.

— Lâche-moi, Gabriel, tu me fais mal ! Et je ne vois pas pourquoi j'aurais parlé de toi à la police.

Hystérique. Il commence à me secouer, m'attrape par les épaules et me plaque sans ménagement contre le mur.

— Je te préviens, me dit-il en articulant bien chaque syllabe, que si tu me crées des ennuis, tu vas le regretter, ainsi que ton estropié de mec.

Acculée, bien trop faible pour riposter et me libérer de son emprise, je repense aux paroles d'Adam m'enjoignant de contacter Jason en cas de souci. Mais dans la situation actuelle, Gabriel me bloque de telle manière qu'il m'est impossible d'attraper mon téléphone. Avec force, il me décolle du mur pour m'y repousser encore plus fort. Sonnée, je ne sais plus quoi faire pour stopper cette escalade de violence.

Un bruit de clés dans la serrure le fait bondir en arrière et il me relâche enfin. Les filles entrent en papotant et, voyant leur père, se mettent à crier de joie et à courir vers lui. En deux secondes, Gabriel se transforme en super papa poule, accueillant ses princesses les bras ouverts, un sourire jusqu'aux oreilles. Je reste stupéfaite par ce que je viens de vivre, et estomaquée de voir Gabriel se métamorphoser en une personne tellement différente. Le film Docteur Jekyl et Mister Hyde me revient en mémoire. Oui, c'est tout à fait cela. Comment peut-il passer d'un comportement à un autre avec une telle aisance ? Sans m'en rendre compte, je me frotte les bras qu'il a brutalement malmenés.

— Eh, maman, ça va ? Tu es toute blanche ! me demande mon aînée, étonnée.

Clara m'observe avec attention, puis vient m'embrasser. En m'attrapant le bras pour m'enlacer, j'ai un réflexe de recul. Une douleur cuisante m'accable ; j'aurai certainement des bleus qu'il me faudra camoufler.

— Tu es malade ? Que se passe-t-il ?

Joie et ferveur disparaissent de leurs jolis visages.

— Non, ne vous inquiétez pas, mes chéries, j'ai eu une journée compliquée. Justement, je disais à votre père que j'étais épuisée.

Je m'efforce de leur sourire, mais mon visage reste glacé par l'énorme stress que je viens de subir.

— Je vais aller chercher Sacha à la piscine, annoncé-je en me dirigeant d'un pas décidé vers mon sac à main.

Trouver une échappatoire afin de ne pas subir sa présence, voilà où j'en suis réduite. J'ai du mal à recouvrer une respiration normale, mais je m'impose un autocontrôle pour ne pas laisser paraître mon véritable état.

— Papa, j'ai une idée ! s'exclame Lena enjouée. Et si nous allions chercher Sacha tous les trois, et, après, on va se manger une pizza ? Comme ça, on laisse maman se reposer un peu ?

Gabriel semble pris de court par la proposition de sa fille et accepte, à mon grand soulagement.

Les filles s'empressent de poser leurs sacs dans leur chambre. Me revoilà à nouveau seule avec lui. Je l'esquive et pars m'enfermer dans la salle de bain avant qu'il n'ait le temps de m'alpaguer le bras. Je l'entends juste me dire tout bas.

— N'oublie pas ce que je t'ai dit, ce ne sont pas des paroles en l'air. Reste à ta place, ne va pas inventer des saloperies qui pourraient me porter préjudice.

Je frissonne en entendant ses dernières paroles et surtout le ton utilisé : calme, froid, implacable.

Les filles sont vite de retour, excitées par l'idée d'un moment de détente et de plaisir normalement réservé au vendredi ou au week-end. Je passe la tête par la porte en leur disant que je vais en profiter pour prendre un bon bain. Elles m'envoient un baiser de loin. Gabriel se retourne et me transperce d'un regard noir, celui qui m'est dorénavant exclusivement réservé.

La porte se ferme et je me laisse glisser au sol. Le visage entre les mains, ma peur contenue se transforme en larmes. Je ne sais pas combien de temps je pleure ainsi. Au bout d'un moment, je me relève, m'observe dans le miroir et le reflet de mon visage ravagé par la tristesse renforce ma peine. Et si ce qui venait de se passer n'était qu'un extrait de ce que deviendra ma vie ? Je secoue la tête, respire à fond et me force à me trouver à nouveau face au miroir. Je n'abdiquerai pas ; je n'ai pas quitté Gabriel pour me retrouver dans une situation aussi cauchemardesque. L'idée d'appeler Adam m'effleure, mais non, il faut d'abord que je réfléchisse. Le moment est grave et il ne faut pas que j'oublie que Gabriel est avec les enfants. Je me refuse à envenimer la situation tant que mes petits ne sont pas en sécurité. Je sais qu'il ne leur fera jamais de mal, mais ma dernière parcelle de confiance en lui vient de totalement disparaître.

Je me repasse le film de ces terrifiantes minutes de violence gratuite, me remémore ses allusions et ses menaces. Puis tout à coup, je me rappelle un mot en particulier. « Estropié ». Il l'a utilisé pour parler d'Adam, donc il sait qu'il est blessé. Pourtant, à aucun moment, je n'ai abordé le sujet de l'hôpital. Gabriel vient de commettre un faux pas qui m'apporte la preuve de son implication dans l'accident. Je meurs d'envie d'appeler Adam pour l'informer, mais je risque de le fatiguer et de l'alarmer avec ces révélations accablantes. Il faut vraiment que je parle à quelqu'un, que je me décharge de ce poids si lourd à porter seule, sinon je vais devenir folle. Il faut impérativement que j'avertisse quelqu'un au cas où il m'arriverait malheur.

Il décroche à la deuxième sonnerie.

— Allô ? Marylin, c'est toi ?

— Bonsoir Jason. Oui, c'est moi, je te dérange ?

— Non, bien sûr que non. Au contraire, j'ai une excellente nouvelle. Je rentre de l'hôpital et justement j'allais t'envoyer un message. Les médecins sont vraiment satisfaits de l'évolution de l'état de santé d'Adam. Ils lui ont proposé de sortir demain à condition que quelqu'un reste avec lui quelque temps et qu'une infirmière passe pour ses soins. Pendant cette période, il devra retourner en consultation toutes les quarante-huit heures. J'ai donné mon accord, je vais prendre quelques congés afin de l'accueillir chez moi et le dorloter. Tu en penses quoi ?

— Oui, c'est effectivement une bonne nouvelle. Adam doit être soulagé. Il a vraiment de la chance de t'avoir !

Je suis heureuse de cette nouvelle, mais mes déboires avec Gabriel m'empêchent de me réjouir complètement, ce qui ne manque pas de surprendre Jason.

— Tout va bien, Marylin ? Tu as une drôle de voix ?

Il n'en fallait pas plus pour que je m'effondre. J'essaye de calmer mes sanglots pour expliquer ce que je viens de subir et c'est finalement entre deux hoquets que je relate avec précision mes fortes suspicions.

Jason reste sans voix quelques secondes. Puis je l'entends tousser puis pousser un juron.

— Bordel de merde, mais ce mec est complètement tordu ! Marylin, tu n'es pas en sécurité, je vais venir te voir.

— Non surtout pas ! Gabriel est avec les enfants et ils doivent rentrer vers vingt heures, je pense. Je ne veux pas qu'il te trouve là, et les enfants ne comprendraient pas.

— OK je comprends. Laisse-moi réfléchir quelques secondes. Je te rappelle très vite.

Il raccroche. J'en profite pour vite appeler ma mère, soulagée d'avoir parlé à Jason et de ne plus désormais être seule à détenir ce lourd secret. Sans entrer dans les détails, je demande à maman de me rejoindre rapidement. Elle comprend à mots couverts que j'ai besoin d'elle et se met immédiatement en route. Je m'affale dans le canapé, pantelante, rassurée d'avoir des personnes de confiance qui m'apportent leur soutien.

Jason me rappelle.

— Je ne peux pas te laisser comme ça sans rien faire, alors je vais venir. Mais je resterai discret dehors, caché jusqu'à ce qu'il reparte. Tu laisseras ton téléphone prêt à m'appeler au cas où, et si c'est nécessaire, j'interviendrai. Si tout va bien, envoie-moi un message pour me dire que tout danger est écarté lorsqu'il sera parti.

— Je te remercie, Jason, c'est adorable. Ma mère ne devrait pas tarder non plus. Tu sais, ça m'embête vraiment de te mêler à tout cela.

— Ne sois pas embêtée, c'est tout à fait normal. Adam n'est pas encore en mesure d'intervenir, moi si. Mais s'il le pouvait, je ne voudrais pas être à la place de ton mari ! Et c'est normal que j'aide ma belle-sœur, non ?

Son petit brin d'humour me fait sourire et allège pour quelques instants l'interminable et angoissante attente du retour de Gabriel.

Maman arrive un peu avant vingt heures. Je lui explique la violente crise de Gabriel, et tout comme moi, elle est perplexe. Cet aspect de sa personnalité qu'il révèle maintenant au grand jour est si terrifiant. Je tente de joindre Adam, juste pour entendre sa voix et y trouver du réconfort, mais je tombe sur sa messagerie. Je surveille l'extérieur, guettant la présence de Jason, mais je ne vois rien. Dix minutes après l'arrivée de ma mère, la porte s'ouvre et les enfants rentrent excités comme des puces. Gabriel les suit sans rien dire, s'approche de moi, le regard aussi sombre qu'à son départ, déterminé à me terroriser. Puis il aperçoit ma mère, et son visage redevient celui du mari et gendre parfait. Écœurée par son rôle d'acteur, je m'éloigne vers la cuisine, vérifiant mon téléphone dans ma poche, prête à appeler au secours mon protecteur.

— Oh, bonsoir belle-maman, qu'est-ce qui vous amène là, à cette heure tardive ?

Gabriel prend un air désinvolte, mais j'ai bien vu ses traits se crisper quand il a remarqué sa présence.

— J'ai égaré un papier important, je suis venue voir si je ne l'avais pas laissé ici dimanche, en ramenant les enfants, déclare ma mère au sens de la répartie bien avisée.

Elle aussi a capté l'ambivalence de son comportement. Elle peut se montrer la plus douce et gentille des femmes, mais il ne faut pas malmener les gens qu'elle aime et surtout pas sa famille, sinon elle pourrait très rapidement se transformer en tigresse. Droite face à lui, elle le regarde dans les yeux.

— Tout va bien, Gabriel ? poursuit-elle, en soutenant son regard.

Je retiens mon souffle, apeurée à l'idée qu'il redevienne l'homme maléfique qu'il peut être et qu'elle en fasse les frais. Il répond vaguement puis tout à coup, se déplace vers moi.

— Je peux te parler en privé ? me demande-t-il à voix basse.

J'acquiesce dans un murmure. Je doute qu'il profère des menaces en présence des enfants et de ma mère. Et puis j'ai la main sur mon portable, afin de prévenir Jason en cas de besoin.

Ma mère me lance un regard inquiet, mais je lui fais signe que je gère la situation. Je pars en direction de la chambre et Gabriel me suit. Lorsqu'il se sait hors de portée d'écoute, il se rapproche, et poursuit son travail d'intimidation à quelques centimètres de mon visage, les dents serrées.

— Ne t'amuse pas à essayer de me faire passer pour un homme violent ou autre pour m'éloigner des enfants. Je vais me battre pour leur garde, tu as compris ? Toi, tu restes avec ce type et tu ne les mêles pas à ça, c'est clair ?

Son index menaçant pointe juste sous mon nez. Et je sais que dans sa phrase, bien d'autres mots résonnent qu'il ne prononce pas, mais qu'il pense très fort. Il essaye de m'impressionner afin que je ne raconte à personne cette facette de lui que je découvre et que je subis. Je décide de ne pas le provoquer ni lui donner matière à s'exciter encore plus. Je hoche la tête en baissant les yeux.

Il ressort de la chambre en sifflotant et appelle les enfants pour leur dire au revoir. Il salue brièvement maman d'un signe de la main et quitte la maison tout sourire. Par la fenêtre je surveille l'éloignement de sa voiture. Puis j'envoie un message à Jason lui confirmant que tout va bien maintenant, qu'il peut enfin rentrer chez lui. Il me demande s'il a été à nouveau agressif ; je lui relate la menace dans la chambre. Il me rappelle que je peux l'appeler au moindre souci puis me propose de l'accompagner demain vers midi pour la sortie d'Adam, et finalement me souhaite une bonne nuit. Cet homme est vraiment adorable et sa présence, même lointaine, me rassure.

Ma mère repartie et les enfants couchés, j'erre dans le salon, incapable d'envisager d'aller me coucher. J'essaie à nouveau d'appeler Adam, mais seul le répondeur me répond. Je lui laisse un message juste pour lui dire que je pense à lui. Il n'a pas besoin de subir le stress supplémentaire de ma confrontation avec Gabriel, il a déjà eu sa dose. Il doit se reposer, demain sera une longue journée.

Je passe une nuit quasi blanche, à revivre les moments douloureux de la journée. Le visage terrifiant de Gabriel me hante à chaque fois que je ferme les yeux. Je lutte pour ne pas sombrer dans le catastrophisme et tente de trouver des motifs raisonnables qui pousseraient mon futur ex-mari à se comporter de la sorte. Je sais qu'il est malheureux et qu'il souffre, mais de là à le rendre fou ? De là à commettre un acte aussi gravissime que trafiquer la voiture d'Adam ? De le blesser, voire le tuer ? D'ailleurs, il doit se douter que je le soupçonne, ce qui expliquerait ses menaces. Demain, il faut que je m'arme de courage et que je parle de tout cela à Adam. C'est décidé, je lui dirai dès qu'il sera installé chez Jason.

Le jour est enfin levé, les enfants aussi, en pleins préparatifs de départ pour l'école, je reçois un message d'Adam.

* Bonjour, mon ange gardien. Excuse-moi pour hier, j'étais épuisé et je me suis endormi tôt. Je n'ai eu ton message que ce matin. J'espère que tout va bien. Alors, il paraît que tu viens aider un vieil homme à sortir de l'hôpital, tout à l'heure ? Je vous attends avec impatience, je t'embrasse tendrement. Adam

Soulagée qu'il soit enfin apte à sortir, il me tarde tellement de le retrouver. Je demanderai à Adrien si je peux quitter un peu plus tôt mon poste à ma pause déjeuner. Il sera certainement d'accord si je lui en explique la raison. Comme une enfant exaltée, je passe ma matinée dans une agitation qui impressionne ma collègue. J'abandonne sans état d'âme mes dossiers en cours quinze minutes avant l'heure habituelle et fonce en direction de l'hôpital.

La porte de la chambre est entrouverte ; je stoppe dans l'embrasure. Jason est déjà arrivé, chargé d'un sac de sport avec des vêtements propres. Adam se tient debout, le bras en écharpe et une béquille dans l'autre main afin de l'aider à se déplacer. Le pansement sur son front est moins imposant, mais reste nécessaire. Comme ils n'ont pas encore perçu ma présence, j'ai tout loisir de les observer et de remarquer leurs traits tirés et leur ton grave.

— Tu as pris la bonne décision, Adam, déclare Jason en posant la main sur le bras valide de son frère comme pour le réconforter. Adam hausse les épaules d'un geste las et le gratifie d'une moue attristée. Me sentant un peu voyeuse, je m'annonce par quelques petits coups donnés sur la porte du bout des doigts.

— Salut, les garçons ! Alors c'est le grand jour ? dis-je, enjouée, en franchissant le pas de porte.

Leurs visages s'éclairent lorsqu'ils me voient, et un sourire franc s'étire sur le visage d'Adam.

— Bonjour, mon infirmière privée, je suis heureux de te voir.

Il pose sa béquille et m'attire pour m'embrasser langoureusement. Je rougis de ce geste très intime, car Jason est juste à côté et nous regarde.

— Bon, les amoureux, il va falloir penser à y aller, non ? Vous aurez tout le temps pour vos cochonneries plus tard.

Adam sourit à son frère et m'attrape par l'épaule.

— Marylin, je te nomme béquille principale pour le trajet jusqu'à la voiture ! Allez, partons vite d'ici. Jason s'est occupé de toute la paperasse, une vraie mère poule.

Ils se mettent à rire de bon cœur. Ce moment de complicité entre eux m'émeut et me fait sourire.

Notre trio délaisse donc la chambre sans regret, et nous rejoignons la voiture de Jason garée non loin de l'entrée de l'hôpital. Avec mon aide, Adam se hisse dans le véhicule.

— Je vous suis avec ma voiture, annoncé-je en lui tendant sa béquille. À tout à l'heure.

— Jason, amène-moi jusqu'à la voiture de Marylin, s'il te plaît, je voudrais faire la route avec elle.

Une lueur de tristesse traverse son regard ; sa demande me surprend autant qu'elle m'enchante, trop heureuse de pouvoir le conduire loin de cet hôpital.

C'est donc ensemble, dans ma voiture, que nous franchissons le portail, suivis par celle de Jason. Adam est silencieux et paraît soucieux.

— Tout va bien, tu as mal ?

— Ne t'inquiète pas… Je voudrais juste que tu prennes cette direction-là, m'indique-t-il en me montrant la route à suivre.

Nous roulons quelques minutes dans un silence religieux. Adam continue de m'orienter par monosyllabes et joue les chauffeurs appliqués, même si je ne comprends pas trop. Il me semble que ce n'est pas par là que je serais passée pour aller chez Jason, mais je m'exécute. Et plus je roule, plus je sens que quelque chose ne va pas : Adam est tendu. Je commence à en comprendre la raison quand il me fait une nouvelle fois bifurquer. Je ralentis et vois au loin des gyrophares bleus qui clignotent. Mon cœur se serre lorsque je réalise pleinement ce qui se passe. Nous nous rapprochons de ces lumières qui captent toute mon attention. Je ne peux m'empêcher de piler quand la voiture passe à proximité des trois véhicules de police qui barrent l'entrée du garage. Mon regard se brouille, mes mains se mettent à trembler. J'aperçois au loin deux hommes en uniforme sortir du bâtiment, tenant par le bras un individu menotté et tête basse.

Même si je ne vois pas son visage, je sais.

— Marylin, Jason m'a tout raconté, je ne pouvais pas le laisser te faire du mal.

Je hoche la tête en silence. Je redémarre, au ralenti, tout en douceur.

Je me concentre sur la route, bouleversée par la scène à laquelle je viens d'assister, mais persuadée que mon choix me conduira sur le chemin d'une nouvelle vie passionnante et passionnée.

FIN

... ou peut-être pas.

Remerciements

Il aura fallu attendre 50 ans pour je me lance dans l'écriture, la vraie. J'ai toujours aimé scribouiller, une chanson par-là lors d'un départ de collègue ou un anniversaire, un texte par-ci. L'amour des mots, leur mariage afin qu'ils forment une histoire, un monde dans lequel se plonger à en oublier le reste. Grande lectrice, que dis-je, lectrice compulsive, autant que le temps imparti me le permette, je ne peux passer une journée sans m'immerger dans un bon livre, ne serait-ce que quelques minutes avant de dormir. Combien de romans ont écourté mes nuits, mais accordé du plaisir à vivre moult aventures.

Puis un jour, l'envie d'écrire MON roman, celui que j'aurais envie de lire. Ce désir s'est fait pressant, presque incontournable. J'ai eu la chance d'en discuter avec une auteure que j'apprécie beaucoup. Elle m'a motivée afin que je me lance, sans avoir peur d'être jugée et c'est fin août 2017 que les premiers mots ont été posés. Il m'a fallu plus d'un an et demi pour arriver à terminer mon histoire. Mais lorsque l'on pose le mot « fin », l'auteur devrait plutôt écrire « commencement ». Oui, car à partir de ce moment, il faut se livrer, et oser proposer le manuscrit à quelques personnes afin de se confronter à leur avis. Et les premières sueurs froides arrivent. Vers qui se tourner ?

La logique de mon histoire a été que je demande à Anne, l'auteure qui m'a donné le dernier coup de pouce pour écrire, de bien vouloir se charger des premières corrections. Et c'est avec une très grande émotion que je la remercie encore et encore d'avoir pris de son temps précieux pour lire et corriger ce premier manuscrit qui était bien maladroit dans sa rédaction par moments. Merci, Anne, pour ton aide qui s'est révélée vraiment indispensable. J'ai pu ensuite retravailler le fond et la forme afin de redonner un contenu plus élaboré.

Puis il y a eu « Marie la dompteuse de mots », qui a accepté la relecture et correction du manuscrit retravaillé. Un grand merci à elle pour son travail et sa disponibilité.

Une nouvelle fée est apparue sur ma route : Laureline, auteure et spécialiste de la bêta-lecture de qualité. Je n'ai pas assez de mots pour la remercier pour son travail, sa gentillesse, sa patience et surtout son œil avisé afin de traquer les incohérences ou les erreurs. Traqueuse de fautes d'orthographe ou de grammaire, Laureline est une correctrice hors pair avec qui j'ai pris un réel plaisir à travailler. Je n'oublie pas aussi Marie qui m'a apporté son soutien et son expérience avec gentillesse.

J'ai écrit ce livre dans un quasi absolu secret, seules quelques amies proches et ma maman ont suivi avec intérêt l'avancement de mon histoire. Un grand merci à Alexandra et Mélanie pour leur soutien sans faille. Un gros merci ainsi à mon compagnon pour l'avoir souvent délaissé, la tête plongée dans mon aventure avec Marylin, concentrée sur mes écrits. Merci à Véro mon binôme de travail qui m'a soutenue et encouragée dans la dernière ligne droite.

Merci à toutes les lectrices (et lecteurs ?) d'avoir voulu rencontrer Marylin et d'avoir suivi son histoire, j'espère que vous avez vibré tout autant qu'elle dans ces moments de vie un peu tumultueux.

J'ai pris un réel plaisir à faire vivre Marylin et tous les personnages autour d'elle, je me suis attachée à eux et je souhaite du fond du cœur qu'ils aient également réussi à prendre une petite place dans votre cœur de lecteurs.

Écrire n'est pas aisé, mais oser partager ce que l'on a écrit demande un courage certain, nous mettant face aux critiques qu'elles soient bonnes ou mauvaises. J'espère avoir été à la hauteur de ma tâche, en vous offrant cette histoire comme premier roman.

Du fond du cœur, merci à tous, amoureux des mots, de permettre aux auteurs de donner vie à l'imaginaire et de plonger avec nous dans nos récits.

Vous avez aimé votre lecture ?
Découvrez les autres romans des éditions So Romance
disponibles en format papier et numérique.

Touche pas à mon cœur !
Romance contemporaine
Chloé veut être une femme libre et autonome. Pas question de se retrouver flanquée d'un mec qui lui dicte ce qu'elle peut faire ou pas ! Mais son passé tumultueux n'est jamais très loin. Dépassée par la situation, Chloé n'arrive pas à surmonter les événements. Mathieu, un mec croisé par hasard quelques jours auparavant, lui offre son aide, mais la jeune femme se met à douter. Elle ne veut pas dépendre d'un riche comme lui, qui en plus rêve d'une histoire à l'eau de rose... Mais quelle autre possibilité lui reste-t-il ?

Libertà
Tome 1 : La perle corse
Dans la Corse des années 20, les femmes ne connaissent pas encore la liberté et l'autonomie. Lisandra, jeune femme pleine de passion, rêve pourtant d'y avoir accès. Son talent extraordinaire pour la musique lui permettra de quitter son île natale. Durant ce court voyage, elle rencontrera Uguet et aura l'occasion de jouer une première fois face à un public. À son retour au domaine familial, le désir de revoir Uguet et le besoin de vivre de sa passion s'allieront et rien ne l'arrêtera dans la conquête de cette liberté.

Butterfly
Romance contemporaine
Charlie est une femme brillante qui a tout pour elle. Tout, sauf ses souvenirs. À ses quinze ans, un terrible accident en mer lui a pris ses parents, et tous ses souvenirs, la laissant amnésique. Accompagnée par Stan, son meilleur ami de toujours, elle retourne à Saint Amour, lieu du drame, mais aussi le lieu de toute son enfance. En quête de son passé, elle fait la rencontre d'hommes magnifiques, dignes d'Apollon, notamment de Sébastien, qui la trouble intensément... Qui est-il ? Et pourquoi Stan se met-il à réagir étrangement ? Il est parfois dangereux de remuer le passé...

Il s'appelait...
Tome 1 : Désir charnel
Un mariage parfait, un travail passionnant, des enfants adorables, une belle maison... Elle possède tous les ingrédients pour mener une vie idyllique. Sauf la passion. Au fil des années, le désir dans son couple s'est essoufflé, l'indifférence s'est installée et la folie des premières années s'est volatilisée pour laisser place à la tristesse et la nostalgie. Et puis un jour d'hiver, elle l'a rencontré. Dès le premier regard, elle a succombé. C'est à ce moment-là que tout a basculé...

Pour en savoir plus
www.soromance.com

© Éditions So Romance, 2020 pour la présente édition

Éditions So Romance
159 avenue de la Couronne
1050, Bruxelles
www.soromance.com

D/2020/14.771/21
ISBN : 9782390451365

Maquette de couverture : Philippe Dieu
Photo : © Roman Samborskyi / Shutterstock